KB078222

天魔劒葉傳

천마검엽전

임준후 新무협 판타지 소설　FANTASTIC ORIENTAL HEROES

천마검엽전 6

임준후 新무협 판타지 소설

초판 1쇄 찍은 날 § 2010년 3월 5일
초판 1쇄 펴낸 날 § 2010년 3월 11일

지은이 § 임준후
펴낸이 § 서경석

편집장 § 문혜영
편집책임 § 서지현

펴낸곳 § 도서출판 청어람
등록번호 § 제1081-1-89호
등록일자 § 1999. 5. 31
어람번호 § 제2-1898호

주소 § 경기도 부천시 원미구 심곡2동 163-2 서경B/D 3F (우) 420-822
전화 § 032-656-4452 팩스 § 032-656-4453
http://www.chungeoram.com
E-mail § chungeoram@chungeoram.com

ⓒ 임준후, 2009

ISBN 978-89-251-2104-8 04810
ISBN 978-89-251-1954-0 (세트)

一天魔劒葉傳一

천마검엽전

FANTASTIC ORIENTAL HEROES

임준후 新무협 판타지 소설

철혈무정로 1부

6

도서출판 청어람

目次

第一章

천
마
검섭
전

어둠을 태우며 지옥의 겁화처럼 피어오르던 아홉 개의 시퍼런 빛의 벽이 하나둘씩 스러졌다.

검엽은 갑작스럽게 찾아든 정적이 차가운 얼음처럼 신경을 찔러오는 것을 느끼며 현실로 돌아왔다.

나뉘어져 있던 두 개의 마음이 하나로 합쳐졌다.

그는 정말로 현실로 돌아온 것이다.

그동안 그는 무아지경 속에서 살았다.

현실을 의식할 여유는 존재하지 않았다.

절대적인 집중이 유지되어야만 했다.

오직 살아남기 위해서.

허공.

그는 지면의 다섯 자 위 허공에 떠 있었다.

자신의 몸이 허공에 떠 있음을 자각한 순간 그의 신형은 낙엽처럼 가볍고 조용하게 지면으로 내려앉았다.

휘우우우우우웅!

그를 중심으로 나선형을 그리며 거대한 용권풍이 일어났다.

진득한 무엇인가가 형체를 분간하기 어려운 조각들과 함께 바람에 밀려 사방으로 날아갔다.

검엽은 심안을 감고 이곳에 들어온 후 한 번도 떠본 적이 없는 눈을 떴다.

살아 있는 것이라면 결코 피할 수 없는, 이미 마(魔)라 부를 수 있는 단계를 넘어선 처절한 마기가 어둠을 갈기갈기 찢으며 미친 듯이 내달렸다.

그는 천천히 두 손을 활짝 편 채로 들어 올렸다.

소수(素手)라는 말이 절로 떠오르는 투명한 손.

여인의 것보다 더 곱고 긴 손가락들이 눈앞에 있었다.

손을 내린 그는 천천히 사방을 둘러보았다.

칠흑 같은 어둠.

무한의 공간.

그곳에 그것들이 있었다.

얼마인지 모르는 그 기나긴 시간 동안 한시도 쉬지 않고 그의 목숨을 노리던 마물들이.

오래전 허실생동의 안력을 얻은 검엽조차 그들의 형태를 알 수는 없었다.

보이는 것은 시뻘건 빛을 발하는 괴기한 눈빛들뿐.

눈의 크기는 각양각색이었다.

손가락 한 마디만 한 것들도 있었고, 작은 동산만 한 크기여서 한눈에 들어오지 않는 것들도 있었다.

혈안(血眼)의 수를 헤아리는 것은 무의미했다.

칠흑 같은 어둠이 닿는 그 끝까지 그들은 가득했다.

검엽의 눈빛이 강철처럼 단단해졌다.

몸체가 제대로 식별되지 않아 붉은 눈만이 보이는 혈안들은, 살아 있을 때의 모습을 떠올리는 것이 불가능한 기괴한 형태의 뼈와 육편(肉片), 그리고 피의 바다 위에 둥둥 떠 있었다.

검엽은 자신의 발아래로 시선을 돌렸다.

맨발이었다.

그리고 손만큼이나 투명하게 느껴지는 그의 하얀 두 발은 검게 죽은 대지를 단단히 밟고 서 있었다.

그를 중심으로 십 장 방원은 거대한 무형의 강기막에 의해 벽이 생겨난 상태였다.

강물처럼 출렁이는 진득한 피와 육편들은 그 너머에 있었다. 그리고 그 공간은 시간이 갈수록 넓어지고 있는 중이었다.

그가 서 있는 곳은 오직 그만을 위한 공간이었다.

다른 어떤 것도 감히 침범할 수 없는 절대의 영역.

검엽은 혈안의 태도가 이전과 다르다는 것을 깨달았다.

그를 향한 광포한 살기로 충만한 채 쉴 새 없이 그의 피와 살을 탐하던 그것들은 하나같이 절반쯤 눈을 내리깔고 있었다.

그 눈에 드리워진 기색은 광포한 살기 대신 공포와 경외.

어떤 혈안도 감히 검엽과 눈을 마주치려 하지 않았다.

그와 눈이 마주친 혈안은 크기의 여하와 상관없이 전율하며 눈을 감았다.

마치 집에서 키운 강아지와 같은 태도로.

검엽은 천천히 뒷짐을 졌다.

손끝에 닿은 남루한 장포의 소맷자락이 먼지가 되어 조금씩 부서졌다.

이제… '그'가 말한 때가 된 것이다.

이곳을 나설 때가.

무심하게 사방을 돌아보던 그의 두 눈이 잠시 감겼다.

사방을 진저리치게 하던 처절한 마기가 조용히 스러졌다.

'얼마나 지났을까…….'

알 수 없는 일이었다.

하지만 굳이 궁금해할 필요는 없었다.

이곳을 나가면 머지않아 알게 될 것이다.

검엽이 눈을 뜸과 함께 가공할 마기가 해일처럼 일어나며 기지개를 켰다.

천지간에 홀로 존귀하다는 듯 마물들을 돌아보는 그의 모습은 오연했다.

생(生)과 사(死)……. 선(善)과 악(惡)……. 신(神)과 마(魔)…….

감정이 완벽하게 배제된 그의 두 눈은 상반된 기운들이 용광로처럼 녹아든 대혼돈이었다.

검엽의 입술이 천천히 벌어졌다.

"려아, 나는 내 방식대로 그들에게 묻겠다. 그들이 과연 살아 숨 쉴 자격이 있는지, 그럴 권리를 갖고 있는지를!"

높낮이가 없는 낮고 무심한 어조.

그러나 그를 둘러싸고 있던 무한의 혈안들은 보일 정도로 눈꺼풀을 떨어댔다.

쿠우우우우우우우…….

인간의 역사와 세월을 함께해 왔다는 마물들조차 검엽의 전신에서 흘러나오는 절대의 기세를 견디지 못하는 것이다.

말의 여운은 오래지 않아 사라졌다.

그리고 검엽도 사라졌다.

마치 처음부터 존재하지 않았던 사람처럼.

콰아아아아아아!

그가 떠난 자리는 산산이 찢어지고 짓이겨진 마물의 육편과 피의 바다로 메워졌다.

살아남은 마물들은 그 광경을 보지 못했다.

공포에 젖어 고개를 들지 못하고 있었기에.

*　　　　*　　　　*

지켜야 할 것이 있는 자는 강하다고들 하지.

일리가 있는 말이다.

인정하겠다.

그렇다면 너희가 지키고자 하는 것은 무엇인가?

그래…….

지키고 싶다면 지켜야겠지.

지켜라!

말리지 않겠다.

…….

마지막으로 하나만 더 묻겠다.

너희는 지키고 싶은 것을 지킬 수 있을 만큼 충분히 강한가?

잠깐.

대답은 필요치 않다.

이 질문은 나에게가 아니라 너희가 스스로에게 대답하라고 던진 것이니까.

왜냐고?

너희가 충분히 강하지 않다면…….

지켜야 할 것을 지키기 위해 너희가 희생해야 할 대가는,

너희가 상상한 것보다 클 것이기 때문이다…….

그것도 아주 많이!

기억하라!

나는 혼돈에서 태어난 만상의 파괴자.

모든 것을 혼돈으로 되돌리고자 하는 자다!

第二章

천마
검섭
전

휘이이이이―

귀신이 울부짖는 듯한 음산한 바람 소리가 끝도 없이 펼쳐진 설원을 휩쓸며 지나갔다.

살을 에는 삭풍에 휘말려 올라간 눈가루들이 천지를 희게 물들였다.

차갑게 빛나는 달빛 아래, 하늘과 땅은 온통 흰빛 일색이었다.

오치르는 몸에 두른 털옷을 단단히 여몄다. 그래도 파고드는 바람에 온몸이 사시나무처럼 떨려왔다. 또래보다 작은 그의 몸이 잔뜩 움츠러들었다.

"후욱… 후욱……."

입밖으로 새어 나온 김은 흩어지기도 전에 미세한 얼음 가루로 변해 입가에 달라붙었다.

머리부터 목까지 두껍게 가린 털모자 때문에 오치르의 얼굴에서 드러난 부분은 두 눈과 코의 윗부분뿐이었다.

지금 오치르의 눈가는 피로와 실망으로 거무스름하게 죽어 있었다.

아침에 나와 허리까지 빠지는 눈을 헤치며 여섯 시진이 넘도록 설원을 뒤졌지만 토끼 한 마리 발견하지 못한 것이다.

"이대로 돌아가면 안 되는데……."

병상에 누워 있는 어머니를 떠올린 오치르의 눈에 습막이 번졌다.

열세 살의 그가 입김을 불면 바로 얼음 가루로 화할 정도로 추운 날씨에도 불구하고 설원을 헤매는 것은 모친을 위한 식량을 구하기 위해서였다.

심각한 병세를 치료하지도 못한 채 제대로 먹지도 못한 그의 모친은 빠르게 죽음을 향해 달려가고 있었다.

어린 오치르도 그것을 알 수 있을 정도로.

그가 동굴을 나올 때도 모친은 혼수상태였었다.

하지만 모친을 생각하는 그의 마음이 얼마나 간절하든 자연은 날씨만큼이나 냉혹하기만 했다.

걸을 때 깊이 빠지지 않기 위해 신은 설피 덕분에 키보다 높이 쌓인 눈 위를 걸을 수 있긴 했다.

그러나 평지를 걷는 것에 비해서는 체력 소모가 당연히 많을 수밖에 없는 일.

이런 날씨와 눈 위에서 열세 살의 아이가 여섯 시진을 돌아다닌 것만 보아도 오치르의 체력은 정말 대단한 것이다. 하지만 그 체력도 이제는 한계에 도달하고 있었다.

병상의 모친이 아기였을 때부터 가르친 호흡법과 장정을 뺨칠 정도로 좋은 체력을 타고난 오치르라 해도 지난 닷새 동안 먹은 두 끼 남짓의 식사로는 버틸 여력이 더 이상 없는 것이다.

그나마 눈이 오지 않아서 다행이었다.

이곳에서는 오치르의 키를 넘기는 폭설이 흔했다.

그런 눈이 내렸다면 아무리 식량이 급하다 해도 오치르는 밖으로 나올 생각도 하지 못했을 것이다.

오치르는 감기려는 눈을 부릅떴다.

정신이 가물거릴 정도로 졸음이 쏟아졌다. 그러나 설원 한복판에서 자는 건 자살행위였다.

집까지는 아직 두 시진가량 더 가야 했다.

식량은 없지만 그곳에는 어머니와 얼어붙은 몸을 덥혀줄 불이 있었다.

이를 악물다시피 하며 걸음을 옮기던 오치르는 고개를 갸웃하며 눈을 깜박였다.

바람에 휘날리는 눈가루로 인해 하얗게 변한 설원에 검은 점이 하나 찍혀 있었다.

거리는 사오백 장가량.

사방이 흰빛 일색이어서 눈에 들어왔지, 그렇지 않았다면 보지 못했을 것이다.

"어……?"

오치르는 놀라 걸음을 멈췄다.

검은 점은 눈에 들어왔다고 생각한 순간 사람의 크기만큼 커져 있었다.

그러나 평범한 사람은 저런 속도로 움직이지 못한다.

점에서 사람만큼의 크기로 변하려면 족히 수백 장은 다가와야 했다.

오치르의 안색이 창백해졌다.

'무인이다!'

얼어붙었다고 생각한 그의 몸이 뜨거워졌다.

긴장과 흥분이 심장박동을 빠르게 만들면서 피의 속도를 올린 것이다.

오치르의 움직임이 다람쥐처럼 빨라졌다. 그는 삼사 장 떨어진 설암(雪巖) 밑으로 파고들었다.

설암은 근방의 원주민들이 바위 형상을 이룬 얼음덩어리를 지칭하는 이름이다.

오치르의 몸은 설암 밑으로 완전하게 들어가지는 못했다. 그러나 그가 입고 있는 옷은 흰 사슴의 가죽이라 등을 보이며 눈 속에 숨은 그를 발견하는 건 거의 불가능에 가까웠다.

하지만 그건 보통 사람들에게만 해당되는 말이었다.

오치르는 자신의 등 뒤에 불어닥치던 바람이 그쳤다는 것을 알았다.

그의 얼굴이 일그러졌다.

그는 천천히 파고들었던 눈의 구덩이에서 빠져나와 엎드린 상태로 몸을 돌렸다.

예상대로였다.

그의 앞에는 허름한 흑의를 걸친 사내가 장승처럼 내려다보며 서 있었다.

그와 눈이 마주친 오치르는 침을 꿀꺽 삼켰다.

흑백이 뚜렷하고 자신보다 더 맑은 눈인데도 이상할 정도로 침침하다는 느낌을 주는 깊고 어두운 눈동자였다.

그의 눈을 보자 오치르의 몸이 저절로 떨려왔다. 마치 안개처럼 무언가가 마음을 파고드는 느낌이었다.

알 수 없는 압박감에 사내의 시선을 피한 오치르는 빠르게 사내의 전신을 훑었다.

약간 마른 듯한 체구의 흑의인은 굉장히 키가 컸다.

태양을 등 뒤에 둔 터라 오치르가 본 사내의 전면은 깊은 음영이 드리워져 있어 어떻게 생겼는지 알 수는 없었다.

그럼에도 사내는 충분히 인상적이었다.

얼굴의 태반을 가리며 허리춤까지 흘러내린 머리카락은 숱이 많고 칠흑처럼 검었을 뿐만 아니라 믿기지 않을 정도로 가지런하고 윤기가 났다.

설원을 걸어온 사람의 것이라고는 생각되지 않는 머리였다.

눈을 맞았으면 의당 있어야 할 물기도 없었고, 시도 때도 없

이 부는 세찬 바람에 흐트러졌어야 할 머리카락은 갓 빗질을
한 머리처럼 고왔다.

사내를 훑어나가던 오치르는 사내의 옷차림이 남쪽 사람들
이 입는다는 얇은, 그것도 곳곳이 해지고 찢어진 장포에 불과
하다는 것을 발견하고 내심 숨이 막혔다.

게다가 사내는 맨발이었다.

사내의 해진 흑포 사이로 드러난 가슴은 미간과 콧날만 보
이는 얼굴과 마찬가지로 눈으로 빚은 듯 희고 투명했다.

오치르는 사내의 몸을 보며 투명하다는 생각을 했다. 통상
사람들이 눈앞의 흑의인의 것과 같은 살색을 보면 쓰는 창백
하다는 표현은 생각나지 않았다.

흑의인의 손과 발도 마찬가지였다.

마치 오랫동안 태양을 보지 못하고 지하에서 산 사람처럼
희고 투명했다.

오치르는 사내의 기이한 행색을 하나하나 발견할수록 가슴
이 떨려왔다.

'무공을 익힌 사람이라도 저런 차림으로 시백력(斯白力)을
돌아다니면 얼어죽는다.'

그것은 상식이었다.

그러나 사내는 죽지 않았으며, 추위를 타는 기색도 없었다.

그것이 의미하는 것은 명백했다.

'절세의 무공을 익힌 고수…….'

오치르의 안색이 푸르게 질렸다.

근방 오천 리 이내에서 시백력의 살인적인 추위를 아랑곳하지 않을 정도의 고수는 단 한 곳에만 존재한다. 그리고 그곳에서도 흔하지 않다.

절망한 오치르의 전신에서 암울한 기운이 흘러나왔다.

그때, 흑의인의 목소리가 그의 귓전을 울렸다.

"나는 빙궁을 찾고 있다. 너는 그곳으로 가는 길을 알고 있느냐?"

조금 탁하고 음의 고저가 없지만 이상하게 가슴을 파고드는 음성이었다.

오치르는 고개를 번쩍 들었다.

그의 안색은 밝아져 있었다.

흑의인이 '그곳'에서 나온 사람이라면 이런 질문을 할 까닭이 없다는 것을 바로 알아차린 때문이었다.

그랬다면 물어보기 전에 자신을 알아보았을 테니까.

흑의인의 눈을 힐끔 일별한 그는 재빨리 고개를 숙이고 잠시 고민했다.

하지만 고민은 길지 않았다.

생면부지의 흑의인을 믿을 수는 없었다. 그러나 최소한 흑의인이 '그곳'에서 나온 사람이 아니라는 것을 알게 된 이상 모험을 하지 않을 수 없었다.

선택의 여지가 없었기 때문이다.

이대로 사흘만 더 지나면 그의 어머니는 기아와 병마 때문에 죽음을 피하지 못할 운명이었다.

오치르가 말했다.

"저는 모르지만 그곳까지 가는 길을 알고 계시는 분을 알려드릴 수는 있어요."

흑의인은 깊은 눈으로 아이를 내려다보았다.

허기와 피로에 지친 가운데서도 아이의 눈은 맑았고 힘이 있었다. 지금 그 눈은 기대와 두려움이 교차하고 있었다.

"내게 원하는 것이 있구나. 말해보아라. 대가를 치르겠다."

오치르는 환한 얼굴이 되었다.

"아저씨는 의술을 아시나요?"

"조금."

오치르는 침을 꿀꺽 삼켰다.

"아픈 분이 있어요. 그분을 치료해 주시면 빙궁까지 가는 길을 아실 수 있을 거예요. 그분이 길을 아시거든요."

흑의인은 고개를 끄덕였다.

자리에서 일어난 오치르의 몸이 순간적으로 휘청거렸다.

허기로 쓰러지기 직전이었던 몸이다. 그 몸에 극심한 긴장이 왔다가 풀리자 현기증이 난 것이다.

흑의인은 그런 오치르를 무심한 시선으로 바라보다가 몸을 돌렸다.

오치르는 이를 악물었다.

그는 무너지려는 다리에 힘을 주며 흑의인의 앞으로 걸어나갔다.

안내를 해야 했다.

뽀드득. 뽀드득.

오치르의 설피가 지면을 밟을 때마다 작은 비명 소리와 함께 눈이 부서지는 소리가 났다.

그것이 설원의 침묵을 깨뜨리는 유일한 소음이었다.

안내를 하는 사람도, 안내를 받는 사람도 말이 없었다.

오치르는 말을 할 기력이 없었고, 흑의인은 할 말이 없었다.

흑의인의 걸음은 독특했다.

함께 걸은 지 얼마 되지 않아 오치르는 그것을 알아차렸다.

오치르는 삭풍과 한기를 피하기 위해 머리를 최대한 가슴 쪽으로 붙이고 작은 몸을 절반쯤 웅크린 채 걸었다.

하지만 흑의인은 고개를 들고 가슴도 편 채 걸었다. 뒷산을 산책하기라도 하는 사람처럼. 무엇보다도 흑의인이 내딛는 걸음에서는 발자국 소리가 나지 않았다.

속으로 고개를 갸우뚱하며 흑의인의 발을 힐끔거리던 오치르의 두 눈이 쟁반만 해졌다.

'설마……?'

오치르는 자신이 너무 허기져서 잘못 본 것이라고 생각했다.

사람이 어떻게 눈 위에서 반 치 정도 뜬 채 허공을 걸을 수 있을까.

세차게 고개를 휘저은 오치르는 생각을 하지 않으려 노력하며 묵묵히 걸음을 옮겼다.

이각 정도를 걸었을까.

오치르는 흑의인이 걸음을 멈추었다는 것을 불현듯 깨닫고 멈춰 섰다.

그가 올려다본 흑의인은 오른쪽 어깨 쪽으로 시선을 돌린 채 먼 곳을 보고 있었다.

"조금 돌아가자."

예의 낮고 조금 탁하면서 기이하게 가슴을 파고드는 목소리로 말을 한 흑의인은 방향을 바꾸어 걸었다.

흑의인의 말처럼 우회하는 길이었다.

지칠 대로 지쳤으면서도 오치르는 이상하게 사내의 말에 반대하고 싶은 마음이 전혀 들지 않았다.

고개를 끄덕인 오치르가 사내를 따라 반 각 정도 걸었을 때 오치르는 사내가 반 각 전 무엇을 보았는지 알 수 있었다.

무리에서 떨어져 나온 암사슴 한 마리가 커다란 눈망울을 빛내며 백여 그루의 나무가 모인 작은 숲 속을 서성이고 있었다.

사슴은 오치르의 두 배 정도 되었다.

흔히 보기 어려운 커다란 놈이었다.

흑의인과 암사슴의 거리는 삼십 장가량.

오치르는 안타까운 눈으로 흑의인을 돌아보았다.

그는 흑의인이 사슴을 잡을 생각이라는 걸 알 수 있었다. 그래서 더 안타까웠다.

사슴은 겁이 많은 짐승이라 낯선 기척만 나도 도망간다. 게다가 발도 빨라서 일단 도망가기 시작하면 잡기 어렵다.

그런데 흑의인은 사슴이 보기를 바라기라도 하듯 우뚝 선 채 사슴을 정면으로 바라보고 있는 것이다.

흑의인이 아무리 절세의 고수라도 삼십 장 밖에서 도망가는 사슴을 과연 따라잡을 수 있을지 무공을 정식으로 배운 적이 없는 오치르는 감을 잡을 수 없었다.

그가 속으로 끙끙거릴 때였다.

흑의인이 천천히 오른손을 들었다.

그리고 오치르는 평생 그런 광경을 볼 수 있으리라 상상조차 하지 않았던 장면을 볼 수 있었다.

나무 사이에 서서 커다란 눈망울로 불안하게 그들을 응시하고 있던 사슴의 몸이 허공으로 느릿하게 솟구쳐 올랐던 것이다.

오치르는 사슴의 눈동자가 겁에 질려가는 것, 그리고 허공에서 네 발을 휘저으며 발버둥치는 사슴이 삼십 장의 허공을 수평으로 가로질러 날아오는 것을 넋을 잃고 바라보았다.

그가 어리고 무공을 잘 모르는 것이 차라리 다행이었다. 그가 만약 무공에 대해 어느 정도의 지식을 가지고 있었다면 흑의인에게 절을 했거나 기절했을 것이다.

삼십 장을 격하고 허공섭물(虛空攝物)을 전개하는 존재가 사람이라고는 믿지 못했을 테니까.

오치르가 정신을 차렸을 때 흑의인의 길고 흰 손가락은 지면에 발을 딛고 있는 사슴의 목을 잡고 있었다.

흑의인은 비어 있는 다른 한 손으로 오치르의 뒷덜미를 붙

잡아 들어 올리더니 그를 사슴 위에 던지듯이 올려놓았다.

"말 대신이다."

그 말이 끝이었다.

흑의인은 걸음을 옮겼고, 그의 손이 떠났음에도 도망갈 생각을 하지 못하는 이상한(?) 암사슴은 오치르를 등에 태운 채 집에서 키우는 강아지처럼 얌전하게 흑의인의 뒤를 따랐다.

입장이 바뀌었다.

이제는 흑의인이 앞장서고 오치르가 뒤를 따르는 형국.

그러나 흑의인은 오치르에게 무언가를 묻지도, 안내하라고 다그치지도 않았다.

그는 오치르가 잡았던 방향으로 한순간의 멈춤도 없이 묵묵히 걸음을 옮길 뿐이었다.

그것으로 충분했다.

오치르는 엉덩이에서 전해지는 사슴의 온기를 느끼며 앞장서 가는 흑의인의 등을 경이에 젖은 눈으로 바라보았다.

흑의인은 돌아가는 법이 없었다.

설원은 대부분 평야였지만 간간이 야트막한 야산이나 커다란 설암이 앞을 막곤 했다.

그럴 때마다 흑의인은 마치 나무를 휘돌아 나가는 한줄기 바람처럼 지면으로부터 두세 치 정도 허공에 뜬 채로 야산을 넘었고, 설암은 가볍게 한 번 손을 대는 것만으로 고운 눈가루로 만들며 전진했다.

오치르는 움직일 필요가 없었다.

사슴은 자석처럼 흑의인이 움직이는 대로 움직였다. 그가 허공에 뜨면 사슴의 네 발도 허공에 떴고, 그가 지면에 발을 디디면 사슴의 네 발도 땅을 디뎠다.

오치르는 자신이 꿈을 꾸는 것은 아닌지 의심스러워 여러 차례 허벅지를 꼬집었다.

그때마다 얼어붙은 살점이 떨어져 나가는 듯한 통증에 오만 상을 찡그려야 했다.

현실이 아닌 듯싶었다.

그러나 부인할 수 없는 현실이었다.

오치르가 사슴을 말처럼 탄 덕분에 흑의인은 한 시진 만에 오치르의 집에 도착할 수 있었다.

작은 통나무집은 높이 삼십여 장가량의 눈으로 뒤덮인 산 중턱에 있었다.

삼 장을 넘지 않는 나무들이 둘러싸고 있는 집은 크기가 일정하지 않은 통나무를 얼기설기 엮어서 만든 조잡한 것이었다.

나뭇조각을 이어 붙여 형태를 만들고 그 위에 짐승 가죽을 덧댄 문을 열고 들어선 집 안은 코를 찌르는 기이한 악취로 가득했다.

그나마 집 중앙에서 희미한 열기를 뿜어내고 있는 숯 덕분에 온기가 있는 것이 다행이었다.

사슴을 마당 구석에 있는 나무에 묶은 오치르는 집 안으로 들어서자마자 벽면에 붙은 침상을 향해 구르듯이 달려갔다.

"엄마!"

흑의인도 침상으로 다가갔다.

그곳에는 말 그대로 피골이 상접해서 뼈에 가죽을 씌어놓은 것 같은 여인 한 명이 식은땀에 푹 젖은 모습으로 누워 있었다.

늑대의 가죽으로 보이는 것을 이불 삼아 덮고 누운 여인의 손을 잡은 오치르의 눈에서 닭똥 같은 눈물이 뚝뚝 떨어졌다.

여인의 숨결은 가늘고 간간이 끊어졌다.

살아 있는 게 신기할 정도로 여인의 병세는 중했다.

오치르는 옆에 서서 자신과 함께 여인을 내려다보는 사내를 돌아보았다.

"제 어머니세요. 어머니의 병을 고칠 수 있으신가요?"

흑의인은 조용히 여인을 내려다볼 뿐, 말이 없었다.

그가 입을 연 것은 일 다향 정도가 지난 후였다.

"여기서 산 지는 얼마나 되었느냐?"

어머니의 병세에 대한 질문이 나올 것으로 예상하고 있던 오치르는 어리둥절해졌다. 하지만 그는 흑의인이 무엇을 묻든 기꺼이 대답할 준비가 되어 있었던 터라 지체없이 대답했다.

"반년 정도 되었어요. 어머니는 한곳에서 석 달 이상 사신 적이 없어서 우리는 계속 설원을 떠돌며 살았어요. 그런데 이곳에 도착하시고 한 달 정도 지났을 때 어머니의 지병이 발작을 일으켜서……."

오치르의 마지막 말은 울먹거림에 가까웠다.

그것은 오치르 자신도 이해하기 어려운 일이었다.

그는 기억이 나는 어린 시절부터 어머니와 함께 온갖 고생을 다 하며 컸다.

당연히 심지가 굳었고, 어지간한 일에는 눈썹 하나 까닥하지 않을 만큼 배짱도 있었으며, 아무리 힘든 경우라도 다른 사람 앞에서 눈물을 보인 적이 없었다.

그러나 흑의인 앞에서 그는 그저 열세 살의 어린아이로 돌아와 있었다.

질문을 하나 한 이후로 흑의인은 더 이상 아무것도 묻지 않았다.

그는 여인이 덮고 있던 가죽 이불을 서슴없이 걷어내고는 여인의 옷을 하나도 남김없이 벗겼다.

피골이 상접했다고는 하나 여자다. 하지만 흑의인의 손길은 한순간의 멈춤도 없었다.

그의 갑작스런 행동에 오치르는 당황했다. 그러나 말리고 자시고 할 틈도 없었고, 그럴 마음도 들지 않았다.

흑의인의 손길에서 아무런 감정도 느껴지지 않았기 때문이다.

얼굴처럼 여인의 몸도 뼈만 남아 있었다.

가슴에 걸린 연꽃 문양의 평범한 목걸이가 조금 특이하긴 했지만 흑의인의 시선을 잡지는 못했다.

갈비뼈와 골반뼈의 윤곽이 너무 선명해서 마치 무덤에서 꺼낸 해골 같은 여인의 모습 때문이었다.

흑의인은 그런 여인의 왼쪽 가슴에 시선을 주고 있었다.

오치르도 흑의인의 시선을 따라 어머니, 카크타니의 가슴을
보았다.

젖을 뗀 지 벌써 십여 년이 지났지만 아직도 기억에 선명한
흔적이 여전히 카크타니의 가슴에 남아 있었다.

거무죽죽하게 죽은 주변의 피부와는 달리 눈처럼 흰 어린아
이 손바닥만 한 동심원.

오치르는 눈물이 나오려는 것을 참느라 이를 악물어야 했
다.

자신이 볼까 두려워하며 가슴을 움켜쥐고 피를 토하던 어머
니가 떠올랐던 것이다.

카크타니는 이전에도 많이 아팠다. 하지만 지금처럼 혼수상
태는 아니었다. 오히려 고통 속에서도 흔들리지 않는 강인함
으로 오치르를 지켜줬었다.

흑의인, 검엽은 팔짱을 꼈다.

여인의 가슴에 남아 있는 상흔은 그가 방금 전 심안으로 본
것과 동일했다.

'빙궁의 봉공 이상 인물들만이 익힐 수 있다는 명천백옥
수(明天白玉手)에 당한 상처다. 익힌 자의 성취는 절정지경.
이 아이가 빙궁의 궁주 직계에게만 전승된다는 현음빙백신
공(玄陰氷白神功)의 입문 공부를 수련한 흔적이 있어 이상하
다 생각했는데, 이 여인은 백옥수에 당하기 전 빙백신공을

오성까지 수련했을 것이다. 그렇지 않았다면 백옥수에 격중된 순간 즉사했을 테니. 빙백신공을 익혔으나 봉공 급 인물에게 당해 폐인이 된 여인과 아들… 이들이 한곳에 석 달 이상 머물지 못했다는 건 누군가에게 끊임없이 쫓긴다는 뜻. 여인의 상처는 십여 년 이상 되었다. 그맘때 빙궁 내부에 반역이 있었던 건가…….'

추정이었지만 결론이 도출될 때까지 걸린 시간은 짧았다.

검엽의 눈빛이 서늘해졌다.

심마지해를 떠난 그가 향한 곳은 중원이 아니었다.

그는 가장 먼저 수백 년간 북해의 패자로 군림해 온 초거대 세력 빙궁을 찾았다.

확인해야 할 것들이 몇 가지 있었기 때문이다.

신화종의 비전을 모은 곳, 천무신화전(天武神火殿)에는 북해 빙궁이 어디에 있는지 설명을 해놓은 서책도 있었다. 그러나 그 서책의 기록을 떠올리며 빙궁을 찾던 검엽은 곧 포기해야 했다.

이곳은 용권풍이 불 때마다 지형이 바뀌는 사막처럼, 일 년 내내 불어닥치는 눈의 폭풍 때문에 일 년이 지나면 거주하는 사람들도 목적지를 찾기 어려울 정도로 지형이 변하는 곳이었다.

게다가 천무신화전에 비장되어 있던 서책에 기록된 빙궁의 위치는 수백 년 전의 것이었다.

그 기록을 토대로 빙궁을 찾는 건 불가능했다.

그렇게 닷새 동안 설원을 헤매다가 발견한 아이가 오치르였다.

그는 오치르를 보는 순간 오치르가 빙궁과 관련이 있다는 것을 한눈에 알아보았다.

미약하긴 하지만 오치르의 경락에는 현음빙백신공을 수련한 흔적이 있었던 것이다.

비록 입문의 수준을 벗어나지 못한 흔적이었으나 그것은 뚜렷했다.

흔적의 뚜렷함은 정통의 신공을 제대로 배웠다는 것을 의미했다.

그리고 그것은 오치르의 주변에 그것을 가르친 빙궁주의 직계 인물이 있다는 뜻이기도 했다.

오치르처럼 경락에 화인처럼 뚜렷하게 신공의 흔적이 남으려면 익힐 때 시행착오가 없어야 한다.

스승 없이 서책을 통해 신공을 수련한 자들은 경락에 상처가 남는다. 신공의 오의를 제대로 풀이해 주는 사람이 없기 때문에 필연적으로 발생하는 초기의 오류 때문이다.

물론 그 상처는 크지 않다.

크면 죽으니까.

무공을 배운 자들이 만약 검엽이 오치르를 일별하는 것만으로 무엇을 파악했는지 알았다면 자신의 눈과 귀를 의심했을 것이다.

기를 투입해 살펴본다면 몰라도 타인의 경락을 눈으로 보고 상태를 파악할 수 있는 능력은 무림사에 유래가 없는 것이었으니까.

하지만 검엽에게 이런 능력은 이제 특이할 것도 없는 것에 속했다.

심마지해에 들기 전부터 공능을 발휘하던 그의 기이한 능력은 심마지해 내에서 가공할 정도로 발전했다.

살아남기 위해서.

심마지해에 들기 전의 검엽은 자신의 능력을 전혀 제어하지 못했었다. 그러나 이제는 달랐다.

검엽은 손이 백옥수의 흔적이 남아 있는 카크타니의 가슴을 덮었다.

오치르는 서너 걸음 뒤로 물러났다.

검엽이 무엇인가를 시도하려 한다는 것을 본능적으로 느낀 것이다.

오치르의 기대에 찬 시선이 검엽의 손을 뚫어지게 바라보았지만 그의 눈에 보이는 신기한 변화는 없었다.

검엽은 일각 동안 카크타니의 가슴을 애무하듯 천천히 어루만졌을 뿐이다.

그러나 검엽이 손을 떼었을 때 오치르는 십여 년이 넘는 동안 어머니의 가슴에 남아 있던 흰 동심원이 흔적도 없이 사라졌다는 것을 알았다.

오랜 바람 탓에 생긴 착각일 수도 있었지만 거무스름하게 죽었던 피부도 제 살빛을 되찾은 듯 보였다.

그의 눈에 다시 눈물이 고였다.

카크타니의 가슴에서 손을 뗀 검엽은 그녀의 상체를 일으켜 세웠다. 그리고 구부정하게 구부린 그녀의 등을 아래쪽부터 손으로 쓸어 올리다가 목 바로 아래쪽에 손이 도달했을 즈음 그 부분을 손바닥으로 가볍게 쳤다.

울컥.

카크타니의 입에서 시커먼 덩어리가 튀어나왔다.

그러나 그 덩어리는 이불에 닿지 못했다.

튀어나오는 순간 검엽의 소맷자락이 미미하게 흔들리자 덩어리는 검은 연기로 화해 흩어졌던 것이다.

카크타니를 다시 눕힌 검엽은 그녀의 양쪽 태양혈을 손가락 끝으로 슬쩍 찌르듯 눌렀다.

열을 셀 시간이 흐른 후…….

카크타니가 눈을 떴다.

"엄마!"

눈을 뜬 카크타니가 처음 본 것은 커다란 외침과 함께 그녀의 가슴에 얼굴을 묻고 흐느끼는 아들이었다.

상황 파악이 안 되어 멍하게 풀린 눈으로 오치르를 보던 그녀의 안색이 변했다.

그제야 검엽의 존재를 느낀 것이다.

그녀의 눈에 짙은 두려움과 경계의 기색이 깔렸다.

오치르도 그것을 느낀 듯 몸을 세우고 눈물을 스윽 닦으며 말했다.

36

"이분이 엄마를 치료해 주셨어요."

"뉘신지……?"

카크타니의 목소리는 탁했다. 그리고 눈빛만큼이나 경계하는 어투였다.

"고검엽이라고 하오. 빙궁을 찾고 있소."

짤막한 대답이었다.

입을 다문 검엽은 묵묵히 카크타니의 눈을 바라볼 뿐이었다.

카크타니의 얼굴이 딱딱해졌다.

그녀는 입술을 깨물었다.

십여 년 동안 자신을 괴롭혔던 명천백옥수의 기운이 흔적도 없이 사라졌음을 이미 깨달은 그녀였다.

더불어 깊은 내상을 입으며 흩어졌던 현음빙백진기가 텅 비었던 단전을 채워가고 있었다.

명천백옥수로 입은 내상은 그것을 모르는 사람이라면 결코 치료할 수 없다.

카크타니는 침상 옆에 서 있는 흑의인이 자신의 정체를 어렴풋이나마 알고 있을 거라는 걸 깨달았다.

모른다는 말이나 거짓말이 통할 상대가 아니었다.

"저는 카크타니라고 합니다. 왜 그곳을 찾으시는지 여쭈어 봐도 될까요?"

검엽은 감정을 읽을 수 없는 무심한 눈으로 카크타니를 보았다.

치료는 했지만 여전히 피골이 상접한 흉한 몰골의 여인이었다. 그러나 여인의 눈빛과 어투, 자세는 우아했고, 설명하기 어려운 기품이 있었다.

검엽이 천천히 말문을 열었다.

"빙궁은 북해에서 자생한 문파라고 알고 있소. 내부에 남방의 유목민과 북서방의 색목인의 이대지파가 있고. 나는 빙궁 내부의 요인들 가운데 최근 수십 년간 중원과 연이 닿은 사람이 있는지를 알고자 하오."

카크타니의 얼굴에 경악의 빛이 떠올랐다.

그녀는 놀라 초점이 흐트러진 눈으로 검엽을 보며 마른침을 연거푸 삼켰다.

"귀공은 뉘신지요? 이곳 분이 아니신 게 분명한데 어떻게 그처럼 궁내의 사정을 소상하게 아시는지요? 그리고 우리 말은 또 어찌 그리 잘하시는지요?"

그녀의 말을 듣고 있던 오치르는 그제야 고검엽이라고 자신을 밝힌 흑의인이 자신들의 말을 상당히 유창하게 구사하고 있다는 사실을 깨달았다.

흑의인의 말이 너무 자연스러워서 그는 미처 의식하지 못했던 것이다.

이곳에서 사용하는 말은 중원을 비롯한 남쪽 대륙이나 서쪽의 색목인들이 사용하는 말과 전혀 달랐다.

수천 년 동안 이곳에서 살아온 원주민들의 말을 기본으로 몽골과 말갈어, 그리고 색목인의 말이 어지럽게 섞여 있어서

타지인이 이곳의 말을 자연스럽게 할 수는 없었다.

신화종의 비전을 모아놓은 곳, 천무신화전(天武神火殿)에는 천하의 오지에 사는 부족의 언어가 적혀 있는 서책들이 있었고, 그들 중에는 북해의 언어를 풀어놓은 서책도 있었다.

검엽은 그것을 통해 북해의 말을 배웠다.

검엽은 대답없이 카크타니의 놀란 눈빛을 받았다.

무저갱처럼 깊고 천년풍상을 버틴 거악처럼 흔들림이 없는 눈빛.

카크타니의 눈매가 파르르 떨리더니 시선이 아래로 떨어졌다.

그녀는 전율이 척추를 타고 치달리고, 심장의 박동이 급격하게 빨라지는 것을 느꼈다.

그렇게 만든 것의 정체는 공포였다.

그녀는 방금 전 마주친 검엽의 눈을 떠올리며 잘게 진저리쳤다.

'무서운… 무서운… 사람이야…….'

이유를 알 수는 없었다.

그러나 카크타니는 검엽에게서 저항이 불가능한 절대의 공포를 보았다.

그것은 그녀가 빙궁 내에서 생활할 때에는 경험하지 못했던 느낌이었고, 그리고 그것은 무공을 익힌 자가 드러내는 기세와는 다른 무엇이었다.

고개를 숙인 채 입술을 꼭 깨물며 생각에 잠겼던 그녀가 고개를 들었다. 그러나 그녀의 시선은 검엽의 인중 위쪽으로 올라가지 못했다. 감히 그 이상을 보지 못하는 것이다.

카크타니의 태도를 본 검엽의 미간에 보일 듯 말 듯 희미한 주름이 잡혔다.

'의식을 하지 않을 때 여력이 흘러나오는 걸 보니 심마지해의 영향이 아직 다 사라지지 않았군.'

그는 카크타니의 마음이 어떤지 어렵지 않게 알 수 있었다. 그녀의 몸 안에서 일어나고 있는 불규칙한 기의 흐름과 장부의 움직임을 손바닥의 손금처럼 볼 수 있었기 때문이다.

카크타니가 느낀 것은 지존신마기, 아니, 이제는 신화(神化)된 마력(魔力)의 정화(精華)인 지존천강력(至尊天罡力), 달리 파멸천강지기(破滅天罡指之氣)라 부르는 기운의 여력이었다.

'십이 년 동안 단 한순간도 멈춤없이 흐르며 광대해진 기운이다. 좀 더 주의를 해야겠구만. 마음속에 마(魔)가 가득한데다 병마에서 갓 일어난 여인이라 조심하지 않으면 목숨이 위험할 정도의 충격을 받을 것이다.'

속으로 중얼거린 검엽의 마음이 움직였다.

마음이 움직임과 함께 그의 전신에서 실처럼 새어 나오던 검푸른 기운이 씻은 듯 사라졌다.

그러나 그것을 실제로 본 사람은 검엽뿐이었다.

파멸천강지기의 색을 보는 건 심안이 열려야만 가능했다.

카크타니는 조금 전보다 훨씬 마음이 편해지는 것을 느끼고는 내심 고개를 갸웃하며 조심스럽게 입을 열었다.

"귀공은 이미 저희 모자의 정체를 대략이나마 짐작하고 계시리라 생각해요. 그래서 더 말씀드리기가 어렵군요. 귀공을 믿을 수 있는 시간을 조금이라도 주시겠어요?"

검엽은 망설임없이 고개를 끄덕였다.

그도 여인을 추궁할 생각은 없었다.

처음부터 그가 알고자 한 것은 빙궁의 위치였을 뿐이다.

모자의 신분이 범상치 않다는 것을 알게 되어 더 많은 것을 알고자 시도한 것이지, 여인의 대답은 없어도 그만이었다. 시간이 좀 더 걸릴 뿐, 그가 알고자 하는 건 결국 알게 될 테니까.

카크타니가 눈을 감는 것을 본 검엽은 밖으로 나갔다.

오치르가 그의 기색을 살피며 뒤를 따랐다.

검엽과 카크타니의 대화 중에 그가 알아들은 말은 거의 없었다. 하지만 그 내용이 자신의 신세와 밀접한 관계가 있다는 것까지 모를 정도로 그는 둔하지 않았다.

빙궁에서 나온 자들을 피해 십여 년을 도망 다닌 그들 모자가 아닌가.

"이름이 뭐냐?"

"오치르라고 합니다."

오치르는 애써 가슴을 펴려고 노력하며 대답했다.

이상하게 눈앞에 있는 사내 앞에서는 자꾸만 어린아이 같아지는 스스로가 이해하기 어려웠기에 그의 노력은 나름 치열했다.

검엽은 그런 오치르를 깊은 눈으로 내려다보며 말했다.

"사슴을 잡아라."

오치르의 얼굴이 밝아졌다.

사슴을 잡은 건 검엽이다.

그가 죽이지 않은 터라 사슴을 잡아먹자는 말이 목까지 차올랐으면서도 말을 하지 못하던 그였다.

그는 허리춤에서 한 자 길이의 단검을 꺼내어 사슴을 향해 달려갔다.

오치르 모자와 검엽의 동거는 그렇게 시작되었다.

카크타니가 검엽의 질문에 본격적인 대답을 한 것은 동거가 시작되고 나흘이 지난 날의 해질녘이었다.

나흘 동안 사슴의 피와 고기로 몸보신을 하고, 되돌아온 빙백신공을 쉬지 않고 운기한 덕분에 카크타니는 빠르게 예전의 모습을 회복해 가고 있었다.

피골이 상접한 것을 겨우 면한 것에 불과한데도 그녀의 미모는 상당했다. 실체로 그녀는 내상을 입기 전 북해제일미녀 소리를 듣던 절세의 미녀였다.

기억이 나는 날 이후로 언제나 카크타니의 피골이 상접한 모습을 보며 자란 오치르는 자신의 모친이 그처럼 아름다운 여인이었는 줄 몰랐던 듯했다.

그는 예전의 미모를 되찾아가는 어머니를 정말 신기해했고 자랑스러워했다.

카크타니는 집의 중앙을 파고 만든 모닥불 가에 단정하게 무릎을 꿇고 앉았다. 그리고 맞은편의 가부좌를 틀고 앉아 자신을 바라보고 있는 검엽을 향해 입을 열었다.

"빙궁은 수일 전 귀공께서 말씀하신 것처럼 이곳의 원주민과 남방의 유목민이 이룬 지파와 색목인이 이룬 다른 하나의 지파가 힘을 합해 세운 문파입니다."

무릎 위에 가지런히 놓인 손을 꼭 움켜쥐며 말을 잇는 그녀의 어조는 진지하고 정중했다.

"문파는 연 것은 사백오십여 년 전이지요. 전해오는 전설에 의하면 당시 두 지파는 지역의 패권을 놓고 쟁패 중이었는데, 신인(神人) 한 분이 두 지파의 패권을 종식시키고 두 지파를 통틀어 가장 뛰어났던 한 분을 거두시어 일 년여 동안 가르침을 주셨다고 해요. 신인의 가르침을 받은 선조는 원주민과 유목민의 지파의 피를 이은 분이었죠. 그분께서는 신인의 가르침을 바탕으로 수십 년의 수련과 연구를 통해 천하에 드문 음한 기공들을 창안해 냈지요. 그 후로 사백여 년 동안 빙궁에는 두 개의 지파만이 존재했고, 신인의 가르침을 얻은 지파를 다른 지파가 보좌하며 인근 오천 리를 지배했지요. 그런데 십팔구 년쯤 전 색목인의 지파에서 궁주를 꿈꾸는 야심가가 나왔어요. 그는 자신의 지파가 지닌 힘으로는 궁을 장악할 수 없다는 것을 깨닫고 중원의 세력을 끌어들였지요."

카크타니의 눈밑에 음울한 기색이 가득해졌다.

"본래 본 궁은 외인을 박대하지 않아요. 십 년을 가도 손님이 한 명 오기 힘든 곳인데 어찌 손님을 박대하겠어요? 처음에 중원에서 온 사람은 두 명이었고 그들은 식객이 되어 본 궁에 머물렀어요. 그들은 본 궁에서도 서너 명 외에는 적수가 없을 정도로 뛰어난 무공의 소유자들인데다 인품도 훌륭해서 시간이 지나자 그들을 좋아하는 궁도들이 많아졌지요. 삼 년쯤 지났을 때 두 사람은 본 궁의 생활에 크게 만족한다면서 여생을 이곳에서 보내고 싶다 했어요. 궁주님과 그 지파는 반대했지만 색목인의 지파는 강력하게 찬성을 했고, 두 사람의 중원인을 추종하는 궁도들도 그들을 받아들이기를 원했어요. 그 수가 전체 궁도의 절반을 넘을 정도여서 궁주님도 마냥 반대하시기 어려운 상황이었죠. 게다가 그동안 겪은 두 사람의 인품이나 본 궁에 공헌한 것들을 볼 때 반대할 명분도 약했고요. 그렇게 두 사람은 본 궁의 궁도가 되었어요. 그리고 그때부터였어요, 본 궁이 이상해진 것은."

카크타니의 눈에 날이 서며 음성에 분노가 어렸다.

"그들은 중원에 있는 친우와 후인들이 본 궁의 궁도가 되고 싶어한다면서 한 사람, 두 사람 불러들였죠. 십여 년이 지났을 즈음 중원에서 온 사람들의 수는 십여 명으로 늘어났어요. 그들 개개인은 먼저 온 두 사람에게는 조금 처지지만 하나같이 초절정에 이른 고수들이었죠. 그들과 추종하는 궁도들만으로도 하나의 지파를 형성할 정도로 그들의 힘은 강했어요. 궁주님이 경각했을 때는 이미 손을 쓰기에 너무 늦어 있었죠."

카크타니는 이를 꼭 물었다.

눈에서는 불꽃이 튀고 있었다.

"팔 년 전 색목인의 지파와 연합한 중원인들은 궁주님과 궁주님을 추종하는 사람들을 제거했어요. 수백 명이 넘는 사람들이 그날 죽어갔지요."

원한의 빛이 이글거리던 그녀의 두 눈에 눈물이 맺혔다.

검엽을 떠난 그녀의 시선은 오치르를 보고 있었다.

"오치르."

"예, 어머니."

무릎을 꿇고 얘기를 듣고 있던 오치르가 열세 살 아이답지 않은 진중한 어조로 대답했다.

"…네 할아버지와 아버지도 그날 그곳에서 역적들의 손에 돌아가셨다. 하지만 그분의 희생으로 이 어미와 너는 목숨을 부지할 수 있었지……. 우리를 살리려고 하지 않으셨다면 역도들이 어찌 그분들을 해할 수 있었을까……."

"……!"

오치르는 이를 악물었다. 어느 정도 예상한 말이었지만 직접 모친에게 듣자 가슴이 무너지는 듯했다.

카크타니의 음성이 엄숙해졌다.

"네 이름은 오치르 바순. 북해 오천 리의 패자 북해빙궁의 제십이대 궁주 토레두 바순이 네 아버님이시다."

오치르는 믿어지지 않는다는 듯 눈을 부릅떴다.

팔 년 전, 반역에 의해 죽어갔다는 궁도 중 한 명이 자신의 아버지일 거라 짐작했던 그였다. 하지만 그의 짐작은 어긋나도 한참을 어긋났다.

검엽은 묵묵히 카크타니의 얘기를 들었다.

현음빙백신공은 북해빙궁의 궁주 직계들만이 익힐 수 있는 무공이었다. 그는 카크타니 모자의 신분을 짐작하고 있었고, 그것은 틀리지 않았다.

'반역이 일어난 것은 팔 년 전…… . 십여 년 동안 세력을 불린 시기를 포함해 십팔구 년 전부터 활동했다라… 세외오마세가 구주삼패세의 움직임에 은연중 제동을 걸기 시작한 것은 사십여 년 전부터였다. 당시에 빙궁은 그자들의 힘이 미치지 못했던 건가……?'

검엽의 미간에 작은 주름이 파였다.

무맹에 있을 때 그는 천하의 정세에 관심을 갖지 않았다. 남들이 보지 못했던 것들을 보긴 했지만 그 깊이는 얕을 수밖에 없었다. 정보가 부족했다.

'사십 년 전 가장 적극적으로 움직였던 변황 세력이 어디인지 알아보아야겠군.'

생각에 잠겼던 그가 카크타니를 보며 물었다.

"중원에서 왔다는 자들의 이름이 무엇이오?"

"가장 먼저 왔던 자들은 백웅천과 공야승이에요."

와호당의 노인들이 언급하지 않았던 이름이었다. 당연히 검엽은 그 이름들을 처음 들었다.

"다른 지파에서 손을 잡았다면 개인이 아닌 단체일 텐데, 중원인들이 속한 단체의 이름이 무엇인지 아시오?"

카크타니는 쓸쓸한 미소와 함께 무겁게 고개를 저었다.

"그것은 제 남편도 모르는 눈치였어요. 궁내의 일에 무지했던 소첩은 더욱 알 수 없는 일이었고요."

검엽은 고개를 끄덕였다.

이제 카크타니에게서 더 알아낼 것은 빙궁의 위치밖에 남아 있지 않았다.

빙궁의 위치를 묻기 위해 막 입을 열려던 검엽의 얼굴이 일순 무표정해졌다.

第三章

천
마
검
협
전

"손님이 왔군."

낮은 중얼거림과 함께 검엽이 일어서는 것을 본 카크타니 모자의 얼굴빛이 파랗게 질렸다.

그들의 귀에는 아무런 기척도 잡히지 않았다.

그러나 카크타니는 검엽의 말을 온전히 믿었다.

그녀는 오치르에게서 검엽이 삼십 장을 격하고 사슴을 끌어당겼다는 얘기를 들었다.

오치르가 한 얘기를 전부 믿는 건 아니었다.

하지만 오치르의 얘기가 서너 배 과장된 것이라 가정하고 검엽이 십여 장가량 떨어져 있는 사슴을 끌어당긴 것이라 해도 그는 상상하기 어려운 경지의 절대고수였다.

빙궁 역사상 손에 꼽힐 정도로 강했다는 그녀의 남편 토레두 바순조차 허공섭물로 십여 장 이상 떨어져 있는 물건을 움직이지는 못했기 때문이다.

게다가 그녀의 몸속에 남아 있던 명천백옥수의 암경(暗勁)을 단숨에 제거하지 않았던가.

그런 검엽의 말이었다.

의심할 여지가 없는 사실인 것이다.

"제가 식량을 구해 돌아다닐 때 종적을 들켰나 봐요……. 죄송해요, 엄마."

얼굴이 일그러진 오치르가 고개를 떨구며 말했다.

카크타니는 오치르를 잡아당겨 품에 꼭 끌어안았다.

불안과 기대를 담은 두 사람의 시선이 검엽을 향했다.

통나무집이 있는 곳을 중심으로 인근 백여 리 이내에는 사람이 살지 않았다.

그렇기에 그들 모자를 찾아올 사람은 더욱 있을 수가 없었다, 오직 빙궁에서 보낸 추적자를 제외하고는.

검엽은 천천히 자리에서 일어나 문을 열고 밖으로 나갔다.

그는 뒷짐을 지고 먼 하늘에 시선을 주었다.

어느새 대지는 어둠이 내려앉아 있었다.

눈이 시릴 만큼 하얀 순백의 대지와 은가루를 뿌린 듯 빛나는 별로 가득 찬 검은 하늘.

삼십을 헤아릴 정도의 시간이 지났을 무렵,

휘우우우우우웅—

갑작스레 일어난 돌개바람이 마당에 쌓인 눈을 휘말아 올리며 두 아름은 됨직한 눈기둥을 만들었다.

돌개바람의 경계 밖에 서 있던 검엽의 긴 검은 머리와 흑포 자락이 세차게 나부꼈다.

기둥이 마치 허공으로 뽑혀 올라가는 것처럼 밑동이 흐릿해 진다 싶은 순간,

스팟!

기둥이 아닌 검엽의 오른편 다섯 자 떨어진 공간이 갈라지며 새하얀 검신이 불쑥 튀어나와 목을 찔러왔다.

나타남과 동시에 검엽의 목에 도달하는 놀라운 쾌검.

돌개바람과 눈기둥에 마음을 빼앗긴 사람이라면 뭐가 어떻게 되는지도 모르고 목숨을 잃었을 것이다.

그러나 검엽의 얼굴은 여전히 무표정했다.

놀란 기색은 눈을 씻고 찾아보아도 찾을 수 없으며 심지어 그는 고개조차 돌리지 않았다.

퍼석!

수박이 깨질 때 나는, 하지만 그보다는 몇백 배 더 소름 끼 치는 소리와 한줄기 시뻘건 핏물이 허공을 수놓은 일은 거의 동시에 벌어진 일이었다.

정적 속에서 석 자 다섯 치 길이의, 검신과 손잡이까지 눈처럼 흰 검을 쥔 백의복면인이 쓰러지고 있었다.

쓰러지는 그의 목 위는 텅 비어 있었다.

머리가 사라진 것이다.

검엽의 움직임은 없었다.

그는 여전히 뒷짐을 지고 있는 모습이었다.

백의복면인의 죽음은 마치 자신과 아무런 상관조차 없기라 도 하다는 듯한 태도.

하지만 그럴 리는 없는 일.

그리고 공격은 아직 끝나지 않았다.

검엽의 발밑과 그의 머리 두 자 위의 공간이 갈라지며 두 자 루의 백검이 불쑥 튀어나왔다.

머리를 수직으로 그어 내리는 검과 사타구니에서 수직으로 그어 올리는 검.

두 자루의 검은 먼저 죽어간 백의복면인의 검보다 더 빨라 서 나타남과 진행이 눈에 보이지도 않을 정도였다.

그러나 결과는 앞서 죽은 백의복면인과 다르지 않았다.

퍼석!

우두둑!

전율을 불러일으키는 파육음.

폭발하듯 솟구쳐 오르는 피분수.

하지만 비명은 없었다.

검엽의 발과 한 자 반 떨어진 곳.

머리가 사라진 목에서 피분수를 뿜어내며 쓰러지는 백의복 면인의 시체가 있었다.

땅속에서 습격한 자였다.

그리고 한 명의 시신이 더 있었다.

검엽의 왼손은 어느새 허공으로 뻗어 있었는데, 그의 손아귀에는 기괴하게 부러진 흑의복면인의 목이 잡혀 있었다. 머리 위에서 검엽을 공격했던 자였다.

검엽은 손을 떨쳤다.

흑의복면인의 시신이 십여 장을 날아가 지면을 나뒹굴었다.

눈밭 위를 뒹구는 복면인의 의복색이 흑색에서 백색으로 변했다. 은신포의 일종인 듯싶었다.

세 명의 복면인이 죽어가는 동안에도 검엽의 시선은 서서히 형체를 잃어가는 눈기둥에서 한 번도 떨어지지 않았다.

"중원인인가?"

억양이 서툰 한어(漢語)가 눈기둥 속에서 흘러나왔다.

"흐흐흐, 대답이 없군. 능력이 있다는 건가? 확실히 본 궁에서도 일류로 인정받는 빙혼십팔검객 중 셋을 단숨에 처리하는 건 쉬운 일이 아니긴 하지."

말이 끝날 즈음 눈기둥도 사라졌다.

그 자리에 나타난 것은 지면과 구분하기 어려울 정도의 백발과 흰 피부를 가진 백의인이었다.

그의 눈이 보석을 박아놓은 것처럼 맑은 녹색으로 빛나지 않았다면 지면과 구분하는 것도 쉽지 않을 듯한 신비로운 모습이었다.

백의인은 차갑게 빛나는 녹안으로 검엽을 바라보며 물었다.

"카크타니가 부른 조력자겠군. 너는 누구냐?"

세 명의 수하가 죽어갔음에도 그의 눈에는 두려움이 엿보이지 않았다. 그것은 그의 정신력이 강해서가 아니었다.

그가 익힌 무공이 수련이 깊어질수록 감정이 얼어붙는 절세의 음한기공이기 때문이었다.

백의인이 말하는 동안 한마디도 하지 않은 채 오연히 서서 먼 하늘을 응시하고 있던 검엽이 하고 있던 뒷짐을 천천히 풀었다.

그의 눈이 백의인의 녹안과 마주쳤다.

그는 무심한 어조로 말했다.

"말이 많은 자로군. 너 따위가 물을 수 있는 이름이 아니다."

그것이 백의인, 빙궁 최강의 무력 집단 빙혼검대(氷魂魔隊)의 두 부대주 가운데 일인이며 서열 삼위자이기도 한 설백검(雪白劍) 스베타 마탄이 이 세상에서 마지막으로 들은 사람의 음성이었다.

스베타는 전신을 미친 듯이 치달리는 공포에 전율했다.

흑의인의 입에서 나온 말은 단순한 말이 아니었다.

그것은 송곳처럼 그의 뇌리를 파고들며 끔찍한 고통을 불러일으켰다.

그 고통은 스베타가 한 번도 경험해 보지 못했고, 앞으로도 경험할 수 있을 것이라 상상해 본 적도 없는 그런 것이었다.

부릅뜬 그의 눈꼬리가 길게 찢어지며 핏물이 배어 나왔다.

그는 절로 열리는 입을 막지 못했다.

"으아아아악!"

처절이 극한 비명 소리가 설원에 울려 퍼졌다. 하지만 그 비명은 끝까지 이어지지 못했다.

검엽의 소맷자락이 바람을 떨치듯 가볍게 한 번 흔들렸다.

퍼석!

스베타의 머리가 바위에 부딪친 수박처럼 터져 나갔다. 동시에 분수처럼 솟구친 피보라가 자욱하게 마당을 덮었다.

검엽은 가늘고 긴 숨을 천천히 내쉬었다.

그는 몇 년인지 알 수 없는 세월을 암흑 속에서 보냈다, 절대무적의 힘을 얻기 위해서.

그리고 오늘 처음으로 자신이 얻은 힘의 일부를 사용했고 그 결과를 보았다.

그는 무공을 사용하지 않았다. 단지 빠르게 몸을 움직였을 뿐이다. 죽어간 자들은 그가 무공을 써서 상대할 만큼의 능력을 가지고 있지 못했다.

마당에 더 이상 흰색은 보이지 않았다.

눈에 스며들어 웅덩이를 이루지는 못했지만 피에 젖은 눈은 붉기만 했다.

그리고 목을 잃은 세 구의 시신과 목이 부러진 한 구의 시신이 마당 이곳저곳에 을씨년스럽게 나뒹굴고 있었다.

삐이—꺽.

문이 열리는 소리와 함께 소리 죽인 발걸음이 검엽의 등 뒤까지 이어졌다.

카크타니와 오치르 모자였다.

두 사람은 얼어붙은 표정으로 네 구의 시신과 검엽을 번갈아 보았다.

특히 카크타니의 얼굴에는 믿을 수 없다는 기색이 완연했다.

"스베타는 발로르의 두 아들 중 차남이지만 빙궁에서 서른 명 안에 들어가는 절정의 고수인데… 어떻게 저항도 제대로 못하고……."

그녀는 말을 잇지 못했다.

"발로르가 누구요?"

앞으로 걸음을 내디디며 검엽이 물었다.

카크타니의 눈에 한이 서렸다.

"발로르 마탄. 과거 색목인 지파의 수장이었고, 현재는 궁주의 자리를 찬탈해 앉은 자의 이름이에요."

말없이 카크타니의 말을 듣고 있던 검엽은 이마에 닿는 선뜻한 느낌에 고개를 들었다.

눈이 내리고 있었다.

검은 하늘이 보이지 않을 정도의 함박눈이었다.

고개를 들었다가 내리는 사이 네 구의 시신은 눈에 덮여 봉분과도 같은 형상이 되었다.

눈 깜짝할 사이 마당도 본래의 흰색을 회복했다.

검엽은 뒷짐을 졌다.

그의 머리와 어깨에도, 카크타니 모자의 머리와 어깨에도 눈이 빠르게 쌓여갔다.

하지만 세 사람은 움직이지 않았다.

검엽은 생각에 잠겨 있었고, 검엽이 움직이지 않자 카크타니 모자도 움직일 수가 없었다.

그들은 본능적으로 검엽이 무언가 중요한 결정을 하려 한다는 것을 느끼고 있었다.

그들의 운명과 절대적으로 관련된 결정을.

검엽이 카크타니를 보며 물었다.

"이곳에서 빙궁까지의 거리는 어느 정도 되오?"

"이백오십 리가량이에요."

"등하불명이로군."

검엽이 소리없이 웃으며 말하자 카크타니의 뺨이 살짝 붉어졌다.

칭찬이라는 것을 알 수 있었기 때문이다.

그녀는 자신의 내상이 심해진다는 것을 알고 빙궁과 가까운 곳에 숨을 곳을 마련했다. 가까운 곳일수록 오히려 경계가 느슨하다는 인간 심리의 맹점을 이용한 것이다.

배짱이 두둑한 사내도 쉽사리 할 수 없는 결정이고 행동이었다.

"빙궁까지 안내를 부탁하겠소."

"그건 어렵지 않아요. 그런데……."

"말씀하시오."

"빙혼십팔검객은 항상 연락을 유지해요. 스베타는 차치하고, 그들 가운데 셋이 죽었다는 건 하루도 지나기 전에 다른 검객들에게 알려질 거예요. 그러면 저들은 경계를 강화하고 고수들을 내보낼 것이고요. 귀공께서 무엇을 하고자 하시는지 모르지만 저들의 경계가 조금 누그러질 때까지 기다리시는 것이 어떨까 해요."

카크타니는 긴장한 기색이 역력한 얼굴이었다. 하지만 두려움의 빛은 보이지 않았다, 자신이 궁으로 가는 길을 안내해야 한다는 걸 잊기라도 한 사람처럼.

"부인은 길만 안내해 주면 되오. 다른 것은 생각하지 마시오. 그건 내 몫이니까."

검엽의 음성에서 두려움이나 망설임을 읽는 건 불가능했다. 그의 음성은 무심했다.

검엽과 카크타니 모자는 어스름한 여명이 밝아오는 시각에 통나무집을 떠났다.

카크타니와 오치르는 등에 사슴 가죽으로 만든 보따리를 하나씩 짊어지고 있었다. 그곳에 든 것은 아직도 많이 남은 사슴 고기였다.

눈앞으로 어둠마저 하얗게 물들이는 순백의 설원이 끝없이 펼쳐졌다.

몇 걸음 걷지 않아 카크타니와 오치르의 입가는 얼어붙은 입김으로 인해 하얗게 변했다.

휘우우우우우―

다리에 힘을 주지 않으면 단숨에 날아가 버릴 것만 같은 강풍이 쉴 새 없이 불었다.

바람에 휘말린 눈과 작은 얼음 조각들이 눈처럼 흩날리며 안개처럼 시야를 막았다.

시백력의 날씨에 단련된 카크타니 모자도 평생 동안 겪어본 적이 몇 번 되지 않을 만큼 추운 날씨였다.

두 사람은 한 걸음 한 걸음 내디딜 때마다 입술을 깨물며 한기에 저항해야 했다.

카크타니의 내상은 완전히 나았다. 그러나 십여 년 동안 제대로 먹지도 못하고 늘 불안한 상태에서 지내며 바닥까지 떨어진 그녀의 체력은 나흘 만에 회복할 수 있는 것이 아니었다.

현음빙백신공의 공능이 아니었다면 검엽과 함께 길을 갈 엄두도 내지 못했을 것이다.

오치르의 상황도 카크타니와 별반 다르지 않았다. 카크타니처럼 내상을 입은 적은 없지만 그의 빙백신공은 이제 갓 일성을 넘은 터라 시백력의 살인적인 추위를 오롯이 견딜 수 있는 수준은 못 되었기 때문이다.

그나마 통나무집에서 죽은 자들의 몸에서 벗겨 입은 옷이 추위를 막는 데 도움이 되었다.

그래서 카크타니 모자의 행색은 설원과 구분이 잘 되지 않을 정도로 흰빛 일색이었다.

죽은 자들의 옷은 빙혼검대 소속의 무사들이 입는 옷으로, 빙설의(氷雪衣)라고 했다.

빙설의는 주변의 환경과 색이 동화되는 은신의 공능과 한기에 대한 저항력이 탁월했다.

그들 모자에게는 죽은 자의 옷을 입는 것에 대한 거부감 따위는 없었다.

살기 위해서라면 그보다 더한 일도 서슴지 않고 행하며 살아온 그들이었기에.

그들과는 달리 긴 머리를 강풍에 휘날리며 걷고 있는 검엽은 여전히 해질 대로 해진 흑의에 맨발이었다.

강풍과 추위를 뚫고 나가느라 정신이 없는 오치르와는 달리 카크타니는 입술을 꼬옥 깨물면서도 자신의 왼편에서 한가로이 걸음을 옮기고 있는 검엽에게서 한시도 눈을 떼지 않았다.

그녀에게 검엽은 그 능력의 끝을 알 수 없는 경이로운 존재였다 .

팔 년 동안 그녀의 생명을 갉아먹던 명천백옥수의 내상을 일각 만에 치료한 것, 빙궁의 내로라하는 고수 넷을 단숨에 처리한 것, 시백력의 살인적인 추위를 봄바람처럼 여기는 것. 그리고 사람이라는 느낌이 들지 않는 절대적인 아름다움까지.

통나무집에 함께 있을 때는 카크타니도 검엽의 얼굴을 제대로 보지 못했다.

늘 길고 숱이 많은 머리카락이 폭포수처럼 흘러내려 그의 얼굴의 태반을 가리고 있었기 때문이다.

하지만 지금은 강풍에 의해 머리카락이 뒤로 날리며 그의 얼굴이 온전히 드러났다.

먹으로 그린 듯 짙고 검은 눈썹, 얼굴의 한복판을 준령처럼 치달린 우뚝 선 콧날, 길고 선연한 속눈썹 아래 자리잡은 흑백이 뚜렷한 눈동자, 굳게 다문 입술의 선은 그대로 한 폭의 그림과 같았다.

전체적으로 검엽의 얼굴 선은 굵지도 않고 가늘지도 않았다.

사내답다는 말과는 일정한 거리가 있는 얼굴. 하지만 또 곱상하다고 하기도 곤란한 얼굴이었다.

하지만 한 가지는 명확했다.

아름답다는 것.

카크타니의 나이는 서른하나.

외적인 아름다움에 마음을 빼앗길 나이는 지난 나이다. 그리고 그녀는 어린 시절부터 사람의 외모에 크게 비중을 두었던 적이 없다. 게다가 험하기 이를 데 없는 십여 년의 세월을 보낸 지금의 그녀에게 사람의 외모는 철전 한 닢의 가치도 갖지 못했다.

그럼에도 그녀는 검엽의 얼굴을 본 순간부터 다른 곳으로 시선을 돌리지 못하고 있었다.

그녀는 모르고 있었고, 검엽도 의식하지 못하고 있었지만 그것은 그의 외모가 단순히 아름답기 때문만은 아니었다.

그의 외모는 사람, 특히 마음속에 격렬한 감정의 흐름, 번뇌(煩惱)와 심마(心魔)를 가지고 있는 사람이라면 결코 벗어날 수 없는 절대적인 마력을 갖고 있었다.

죽은 운려라면 검엽에게서 받는 느낌이 어떤 것인지 대번에 알아차렸을 것이다.

그것은 어린 시절 그녀가 검엽의 눈을 보며 느꼈던 것의 완성된 형태였으니까.

온몸을 둥글게 오므리다시피 한 모습으로 한기에 저항하며 아무 생각 없이 걸음을 내디디던 카크타니와 오치르는 화들짝 놀라 걸음을 멈췄다.

검엽이 오른팔을 수평으로 들어 그들의 앞을 막았기 때문이다.

"멈추시오."

며칠 동안 들었으면서도 이상하게 익숙해지지 않는 낮고 무심한 어조.

정면을 응시하는 검엽의 깊이 가라앉은 눈빛이 마치 먹이를 발견하고 입맛을 다시는 맹수처럼 느껴진 카크타니는 재빨리 오치르를 품으로 당겨 안으며 검엽의 등 뒤에 숨듯이 섰다.

순백의 설원이 침묵에 잠겼다.

휘우우우우우―

삭풍에 난도질당한 눈발이 안개처럼 자욱하게 사방을 뒤덮었다.

검엽의 입가가 미미하게 비틀리며 가지런한 치열이 살짝 드러났다.

그것은 웃음이었다.

그의 미소가 신호 역할을 한 것일까.

침묵에 잠겼던 설원의 곳곳에서 송곳처럼 예리한 살기가 아지렁이처럼 일렁이며 솟아났다.

살기는 두 갈래였다.

한 갈래는 검엽을 목표로, 다른 한 갈래는 카크타니 모자를 목표로 했다.

그리고 둘 중 숫자는 적으나 더 은밀하고 삼엄한 살기는 카크타니 모자를 향하고 있었다.

'삭초제근(削草除根)을 위한 팔 년의 추적이라…… 발로르라는 놈. 어지간히 질긴 놈이로군.'

서늘한 그의 시선이 전방의 허공 한 지점에서 멎었다.

그리고 그것을 기다렸다는 듯 그의 시선이 멎은 공간이 갈라지며 두 자루의 백검(白劒)이 섬뜩한 살기를 뿌리며 튀어나왔다.

검엽과 검의 거리는 아홉 자. 그러나 그 거리는 검이 나타나는 순간 사라졌다.

통나무집에 있을 때 습격했던 자들과 같은 순백의 검, 전신을 가린 백의복면인들이었다.

빙혼십팔검객이라는 검수들.

그들은 전력을 다하고 있었다.

이미 통나무집에 다녀온 그들은 그곳에서 동료와 스베타의 시신을 보았다.

동료를 죽인 자는 절세의 고수였다.

동료들과 스베타의 시신에 남은 흔적으로 보아 그들은 저항조차 제대로 하지 못하고 죽은 듯했으니까.

그들의 검이 검엽의 정수리와 목에서 두 자쯤 떨어졌을 때 검엽을 중심으로 일 장 거리의 지면 다섯 곳이 쩍 갈라졌다. 그리고 다섯 개의 백검이 번개처럼 검엽을 베어왔다.

은빛으로 산란하는 순백의 검광(劍光).

해일처럼 일어나는 검영(劍影).

충천하는 살기.

얼굴빛이 새파랗게 질린 카크타니는 오치르를 안은 팔에 힘을 주며 눈을 꼭 감았다.

그녀는 현음빙백신공을 수련했으나 그것은 건강을 위한 것이었지, 그녀가 무공을 좋아하거나 스스로를 무인이라 생각해서가 아니었다. 그녀는 무공에 전혀 관심이 없었다. 오죽하면 빙백신공 이외에는 정식으로 익힌 무공이 아무것도 없을까.

열세 살의 오치르가 현음빙백신공의 입문 공부 외에 배운 무공이 없는 것에는 그런 이유가 있었다.

오치르에 대한 사랑과 책임감, 그리고 비명에 죽어간 사랑하는 사람들의 희생을 헛되지 않게 하기 위해서 강해지긴 했지만 카크타니의 본래 심성은 온화하고 부드러웠다.

지금 코앞에서 번뜩이는 살기 어린 검을 보고 비명을 지르지 않은 것만으로도 그녀는 충분히 용감한 여인이라 할 수 있는 것이다.

검엽은 드러난 일곱 자루의 검을 보며 아직 드러나지 않은 여덟 자루의 검을 생각했다.

그의 흑백이 뚜렷한 두 눈이 침침해졌다.

일곱 자루의 검은 무섭게 빨랐다.

그가 심마지해에 들기 전이었다면 상당한 고전을 각오해야 했을 것이다.

하지만 지금은…….

그의 목숨을 노리는 검들은 낮잠을 자고 와도 되지 않을까 싶을 만큼 느렸다.

구환공상의 수유일관홍은 신화종의 비전과 만나 새로운 차원의 무공으로 진화했다.

그리고 이어진 심마지해에서의 생활 속에서 검엽은 구환공의 창시자, 만련자가 뜬구름 잡는 식으로 언급하며 지나갔던 절대쾌(絶對快)를 보았다.

검엽은 다가서는 검의 속도에 맞추어 천천히 주먹을 쥐었다.

그에게는 천천히였지만 그에게서 눈을 떼지 않고 있는 자들은 그가 주먹을 쥐었다는 것조차 알아차리지 못했다.

검엽과 그들은 몸을 움직이는 속도의 차원이 다른 것이다.

심마지해의 생활은 인간의 한계를 끊임없이 시험했다.

그 속에서 살아남기 위해 기울인 검엽의 노력은 초인적이라는 말로도 부족했다. 그런 노력을 기울이고서도 생존을 확신한 적이 한 번도 없던 것이 심마지해의 생활이었다.

하지만 그는 살아남았고, 그가 상상했던 것 이상의 힘을 얻었다.

그중의 하나가 이것이었다.

지존천강수(至尊天罡手)!

수법(手法)이며 권법(拳法)이고 또한 장법(掌法)이기도 한, 순수하게 몸만을 사용하는 모든 무공의 정화(精華).

후일 정사마를 막론하고 무림에 몸담은 사람이라면 누구나 마수현신(魔手現身), 만마앙복(萬魔仰伏), 천마지존수(天魔至尊手)라 부르며 두려워했던 절대의 무공(武功).

지존천강수는 구초(九招)로 이루어져 있고, 각 초(招)는 하나의 무리(武理)를 담고 있었으나 정해진 식(式)은 없었다.

초(招)의 무리에 담긴 오의에서 벗어나지 않는 움직이라면 유형과 무형을 가리지 않고 포괄하는 자유로움이 천강수의 진정한 묘용이라고 할 수 있었기 때문이다.

이는 천강수가 창안된 심마지해의 특성상 필연적인 귀결이었다. 정해진 형은 응변을 제약한다. 제약된 응변으로는 살아남을 수가 없는 곳이 심마지해였던 것이다.

그래서 지존천강수는 사실상 아홉 개의 각기 다른 무공이라고 해도 틀리지 않는 광대한 무공이었다.

지존천강수의 제일초가 담고 있는 무리(武理)는 절대쾌(絶對快). 그 명칭은 천강낙뢰수(天罡落雷手)였다.

검엽의 전면에서 검을 그어가던 백의검수 두 명의 안색이 갑자기 거무죽죽하게 질렸다.

그들의 손길을 따라 일어났던 수십 개의 검영이 가공스러운 속도와 힘이 담긴 두 가닥 시퍼런 뇌전(雷電) 앞에서 파도에 휩쓸린 모래성처럼 무너지고 있었기 때문이다.

그들은 검을 휘둘러 막아야 한다는 것도 잊고 넋을 잃었다.

설마 그것이 두 개의 맨주먹에 의해 만들어진 것이리라 누가 상상할 수 있으랴.

저항은 불가능했다.

퍼석!

돌이 으깨지는 듯한 기음과 함께 부서진 검편(劍片)과 피분수가 어지럽게 허공을 수놓았다.

그 뒤를 따르는 것은 일진광풍과 은은한 뇌성(雷聲).

우르르르—

뇌성이 장내를 뒤흔들 때,

지면에서 솟구친 다섯 명의 검수도 죽어간 자들과 비슷한 상황에 처하고 있었다.

그들은 거의 동시에 시퍼렇게 번뜩이는 뇌전을 보았고, 그것이 그들이 이승에서 본 마지막 장면이었다.

퍼퍼퍼퍼퍽!

우르르르—

오치르를 안고 몸을 잔뜩 웅크리고 주저앉아 있던 카크타니는 믿어지지 않는 광경에 눈이 풀렸다.

주변에 자욱한 피안개가 깔리고 있었다.

그리고 서서히 무너지는 일곱 개의 백영(白影).

무너지는 백의인들의 목 위는 모두 텅 비어 있었다.

그녀는 떨리는 눈으로 자신의 앞에 등을 보이고 선 검엽을 보았다.

허리춤을 넘는 칠흑처럼 길고 윤기나는 머리카락과 반대로 해질 대로 해진 흑의는 일 점의 흔들림도 없었다.

마치 전혀 움직이지 않기라도 한 사람처럼.

그녀의 눈에 초점이 돌아오기도 전에 검엽의 흑포 자락이 미미하게 흔들렸다. 그녀는 자신이 환상을 본 것이 아닌가 싶어 눈을 깜박였다. 그러나 환상이 아니었다.

검엽의 소맷자락이 흔들리는 것과 동시에 카크타니의 우측으로 삼 장 떨어진 허공이 미친 듯이 터져 나갔다.

쾅!

터져 나간 공간이 붉게 물든 다음에야 공간이 찢어지는 듯한 파공음과 뇌성이 뒤를 이었다.

쐐애액!

우르르르.

카크타니는 터져 나간 허공에서 머리를 잃은 백의인이 살맞은 기러기처럼 떨어지는 곳을 볼 수 있었다.

그녀는 자신도 모르게 오치르를 안았던 한 손을 들어 입을 막았다.

평원에 내려앉은 침묵.

간간이 터지는 뇌성.

소리없이 주검이 되어 쓰러지는 백의인들.

그리고,

코를 찌르는 혈향과 자욱한 피안개…….

눈앞에서 벌어지고 있는 일임에도 마치 한 폭의 지옥도처럼 현실감이 떨어졌다.

하지만 이것은 현실이었다.

그녀는 수백 년간 북해를 제패한 초거대 세력, 북해빙궁의 안주인이었던 여인.

절세의 고수를 본 적도 많았고, 그들이 펼치는 상승의 무공 또한 익숙했다.

그러나 그녀가 알던 그 누구도 검엽처럼 간결하고 처절할 정도로 단순하게 살육을 행하지는 못했다.

더구나 지금 죽어가는 자들은 빙궁의 정예 중 정예라는 말을 듣는 빙혼십팔검객에 속한 자들이 아닌가.

절로 신음이 입술 사이로 흘러나오고 있었다.

"으… 으… 으…….."

일곱 번의 뇌성이 더 울리고 난 후에야 검엽의 소맷자락은 움직임을 멈췄다.

뒤에서 들리는 억눌린 비명 소리를 듣는 검엽의 눈빛이 어둡고 침침하게 가라앉았다.

'십이 년…… 십이 년이었다…….'

카크타니와의 대화로 그는 심마지해에서 자신이 보낸 세월이 십이 년 정도임을 알게 된 후였다.

열아홉에 들어 십이 년이 흘렀으니 그의 나이는 서른하나였다. 겉으로는 이제 약관을 갓 지난 것으로 보이지만 그건 그의 공력이 절대지경에 도달한 때문일 뿐이었다.

인생에서 가장 빛나는 십이 년을 암흑 속에서 마물들과 사투(死鬪)를 벌이며 보낸 것이다.

그러나 후회는 없었다.

그는 원하던 것을 얻었다.

검엽은 천천히 걸음을 떼었다.

열다섯 명의 고수를 어린아이 손목 비틀 듯 가볍게 처리했지만 그의 얼굴은 아무런 변화가 없었다.

그가 상대해야 할 진정한 적은 지금 그의 손에 죽어간 자들과는 비교한다는 것 자체가 어불성설이라 할 만큼 강한 자들이었으니까.

第四章

천마
검섭
전

카크타니가 충격을 어느 정도 진정시키고 말문을 연 것은 두 시진이 지났을 즈음이었다.

깊이 이 장가량 되는 얕은 동굴 안.

그들은 모닥불을 피우고 그 주변에 둘러앉아 있었다.

카크타니는 맞은편의 검엽을 힐끗 보았다.

그는 어디선가 구해 온 나무를 삼매진화로 말려서 모닥불에 하나씩 집어넣으며 불을 키우고 있는 중이었다.

설원의 싸움이 있기 전에는 인중까지는 올라갔던 그녀의 시선은 이제 그의 턱 위로는 올라갈 생각도 하지 못하고 있었다.

"대협……."

검엽은 턱에 닿는 카크타니의 시선을 느끼며 그녀의 말을 받았다.

"나는 대협(大俠)이 아니오."

"......"

말문이 막힌 카크타니는 입술을 떼지 못했다.

검엽의 말은 맞았다.

냉혹무정하게 손을 쓰는 그의 모습 어디에서 대협의 풍모를 느낄 수 있겠는가.

천하의 대마두라 해도 그보다는 손속이 부드러울 것이다.

하지만 검엽을 그 외에 달리 무어라 불러야 할지 쉽게 생각나지 않는 카크타니에게 그 말은 곤혹스럽기 이를 데 없는 것이었다.

"그럼 공자님이라 부르겠습니다."

"좋도록 하시오."

협(俠)이란 글자만 들어가지 않으면 어떤 명칭이든 상관없었다.

검엽은 순순히 카크타니의 의견을 받아들였다.

"공자님께서 무엇을 하고자 하시는지 말씀해 주실 수 있는지요?"

반개한 눈으로 모닥불을 바라보던 검엽이 시선을 들었다.

심연처럼 깊은 눈동자였다.

무심코 기대에 찬 눈을 들었다가 검엽의 눈을 본 카크타니의 안색이 해쓱해졌다.

그녀는 다급히 시선을 내렸다.

"나는 확인을 위한 질문을 받는 걸 좋아하지 않소."

적막한 음성.

카크타니는 핏물이 내비칠 정도로 입술을 질끈 깨물었다.

단지 고개를 들어 검엽의 눈을 바라보는, 그 단순한 하나의 동작을 위해서.

"왜… 본 궁을 무너뜨리려 하시는… 지요?"

"그러는 당신은 왜 나를 순순히 빙궁으로 안내하는 거요? 내가 무엇을 하려 하는지 이미 짐작하고 있으면서."

"가능성과… 기회를 찾을 수 있으리라 믿기 때문이에요."

"내가 강호를 떠도는 한 불가능할 거요."

선문답 같은 대화.

그러나 두 사람은 이해에 전혀 어려움이 없는 듯 의문의 기색이 없었다.

검엽이 다시 입을 연 것은 반 각 정도의 시간이 흐른 후였다.

그는 낮고 조금 탁한 그 목소리로 천천히 말문을 열었다.

"그대가 결정하시오."

"무엇을 말씀입니까?"

"내가 강호에 발을 딛고 있는 동안 빙궁을 봉문케 할 것인지, 아니면 빙궁이라는 문파를 영원히 역사 속으로 사라지게 할 것인지를."

농담이라도 하는 듯 조용하기까지 한 음성.

하지만 이상하게 마음을 파고드는 목소리였다.

그녀는 속이 울렁거려 다급하게 입을 틀어막았다.

마치 핏구덩이에 빠졌다가 기어나온 것처럼 피비린내가 진동하고 있었다.

형용할 수 없는 압도적인 공포가 그녀의 마음을 단숨에 채웠다.

그녀는 부들부들 떨며 고개를 들어 검엽의 눈을 보았다.

무저갱처럼 깊고 유리처럼 투명하며 악마처럼 잔혹한 힘이 담긴 두 눈이 푸르스름한 귀기를 발하며 그녀의 눈을 마중하고 있었다.

그녀는 비명이 새어 나오려는 것을 간신히 참았다.

마침 속이 울렁거려 입을 틀어막고 있지 않았다면 비명을 참지 못했을 것이다.

그것은 사람의 눈이 아니었다.

"당신은… 당신은… 인간인가요……?"

그녀는 자신도 모르게 묻고 있었다.

생전 처음 본 끔찍한 광경에 카크타니의 손을 꼭 잡은 채 모닥불만 내려다보고 있던 오치르가 이해할 수 없는 카크타니의 질문에 고개를 들었다.

그리고 그도 보았다.

언젠가 한 번 보고 그 기억이 흐릿해질 때까지 밤마다 오줌을 지렸던 시백력의 백호보다 더 무섭고 공포스러운 눈을.

검엽은 눈을 감았다 떴다.

그의 눈에서 푸르스름한 빛이 사라졌다.

귀기는 사라졌다. 하지만 그의 눈은 여전히 강철처럼 차갑고 무심하기만 했다.

"사람이오."

대답이었다.

담담하게까지 느껴지는 그의 대답을 듣자 카크타니의 떨리던 몸이 조금씩 진정되었다.

오치르가 잡고 있지 않은 손으로 가슴을 꾹 누른 채로 카크타니가 말했다.

"설명을… 해주시겠어요? 소첩이 아둔하여 공자님의 말씀을 이해하기 어렵군요. 죄송해요."

그녀의 손을 꼭 잡은 오치르도 안간힘을 쓰며 고개를 똑바로 세우려 노력하고 있었다.

검엽은 흰 이를 드러내며 소리없이 웃었다.

파멸천강지기의 여파는 무공의 여하와 상관없이 사람의 마음에 충격을 준다.

그가 내보인 것이 극히 미미한 수준이라 하더라도 사람이라면 지대한 영향을 피할 수 없었고, 회복도 쉽지 않았다.

하지만 카크타니와 오치르는 짧은 시간 만에 평정을 되찾고 있었다. 그를 위해 두 사람이 기울이고 있는 노력은 전신에 진땀이 쉴 새 없이 흐를 만큼 막대한 것이긴 했지만.

담대한 모자였다.

그가 말했다.

"당신들 모자 덕분에 내 일이 한결 쉬워졌소. 그래서 선택의 권한을 그대에게 주는 것이오. 빙궁을 멸망시킬 것인지, 내가 강호에 머무는 동안 봉문하는 것에 그칠 것인지를."

카크타니와 오치르는 금방이라도 침이 흐를 것처럼 입을 벌리고 검엽을 보았다.

새외오마세의 하나인 변황의 초거대 세력 북해빙궁의 존망을 주머니 속의 물건을 꺼내듯 이리 쉽게 말하는 사람이 있을 수 있다니.

바로 앞에서 듣고 있는데도 마치 다른 세상의 얘기를 듣는 듯했다.

그가 스베타와 빙혼십팔검객을 죽이는 걸 보지 않았다면 미친 사람이라고 생각했으리라.

세차게 뛰는 가슴을 간신히 진정시킨 카크타니가 물었다.

"공자님께서 저를 그처럼 높이 평가해 주시니 뭐라 감사의 말씀을 드려야 할지 모르겠군요. 하지만 저는 빙궁의 운명을 결정할 수 있는 자리에 있지도 않을뿐더러 그러한 힘을 갖고 있지도 못하다는 걸 잊으신 듯해요."

"빙궁의 운명을 결정지을 수 있는 사람은 당신이오. 다른 자들에겐 그럴 권한이 없소."

카크타니는 한숨을 내쉬었다. 그녀는 검엽의 반응을 이해할 수 없었다.

"공자님은 마치 빙궁의 반역도들이 벌써 소탕된 듯이 말씀하시는군요. 빙궁의 무력은 공자님께서 생각하시는 것 이상이에요. 공자님의 무공은 제 평생 처음 보는 것임에 분명지만…

죽은 자들의 힘은 빙산의 일각에 불과해요. 공자께서 아무리 강하다 해도 단신으로 빙궁을 장악하고 있는 저들을 어찌하신 다는 건… 그건 불가능해요."

"가능과 불가능은 그대가 논할 필요가 없소. 그것은 내가 알아서 할 일이니까."

카크타니는 침을 삼켰다.

검엽의 말은 그가 말한 것들이 당연히 이루어질 것이라고 믿게 만드는 기묘한 힘이 있었다.

그녀가 물었다.

"제가 무어라 하든 공자님께서는 그 일을 하려 하실 테니 더 이상의 고언(苦言)은 삼갈게요. 하지만 공자님께서 강호상에 있는 동안 빙궁을 봉문케 하라는 말씀은 이해하기가 너무 어렵군요."

"그 말 그대로요. 내가 강호를 떠난 후라면 봉문을 해제할지 말지는 그대들의 마음이오. 하지만 내가 강호의 바람에 몸을 맡기고 있는 동안은 결코 봉문을 해제해서는 안 되오."

"왜지요?"

"내가 강호에 있는 동안 빙궁이 봉문을 해제한다면… 당신은 내 손에 빙궁이 멸문당하는 것을 보게 될 테니까."

지나가는 말이라도 하는 듯 담담한 어투. 하지만 그 내용을 이해한 사람에겐 결코 담담하게 받아들여질 수 없는 말.

카크타니는 잠시 할 말을 잃었다.

정신병자의 광언처럼 느껴지는 말이었다. 하지만 이상하게

도 그녀는 가슴이 거칠게 뛰었다.

그것은 오랫동안 잊고 살아왔던 감정, 기대감이었다. 반드시 그렇게 될 것이라 믿게 되는 불가항력의 힘이 실려 있는 음성이 가져다준 희망의 씨앗이었다.

그녀의 시선이 오치르를 향했다.

그녀의 눈 깊은 곳에 처연한 빛이 기색이 파도처럼 일렁였다.

일국의 왕자처럼 사는 게 당연했을 아들이다.

그것을 불가능하게 만든 자들의 얼굴이 떠오르자 그녀의 눈에 한과 독기가 어렸다.

멸문이 아니라 봉문에 그친다면, 그리고 그 과정에서 발로르가 이끄는 반역의 무리들이 제거된다면…….

그것이 현실이 될 수만 있다면 그녀는 악마에게 영혼이라도 팔 수 있었다.

흥분과 기대, 불안과 의혹이 어지럽게 뒤얽히던 그녀의 눈동자가 차갑고 강한 빛을 뿌렸다.

"해빙궁은 대를 이어 수백 년을 존재해 왔어요. 백 년의 침묵이라 해도 재기할 수 있다는 희망이 있다면 결코 길다 할 수 없지요."

결의에 찬 음성.

잠시 정적이 흘렀다.

누구도 먼저 입을 열지 않았다.

어느새 카크타니의 품속에서 잠이 든 오치르의 낮은 숨소리만이 동굴에 낮게 깔릴 뿐이었다.

오치르의 머리를 쓰다듬던 카크타니가 말문을 열었다.

"한 가지 청이 있어요."

모닥불을 뒤적이던 검엽이 고개를 들었다.

카크타니가 말을 이었다.

"팔 년 전, 반역의 시기에 목숨을 부지하며 탈출한 후 권토중래를 도모해 온 본 궁의 충신들이 있어요. 수는 많지 않지만 공자님께 도움이 될 수 있을 거예요. 그들을 부를 수 있도록 허락해 주시겠어요?"

검엽은 카크타니의 생기 가득한 얼굴을 보며 소리없이 웃었다.

빙궁에 반역이 일어났을 때 살아남은 또 다른 자들이 있다는 것은 흥미로운 일이었다. 그러나 검엽은 그들에 대해서는 아무런 관심이 없었다.

그의 관심을 끈 것은 카크타니였다.

그녀의 속을 읽는 건 어렵지 않았다. 심마지해를 거친 후 다른 사람의 마음을 읽는 검엽의 능력은 가히 독심술이라 불러도 어색하지 않은 수준으로 발전해 있었다.

카크타니는 검엽의 능력을 온전히 믿지 못하고 있었다. 그녀뿐만 아니라 누구라도 마찬가지였을 것이다. 검엽은 고수였지만 단신이었다. 그리고 적은 빙궁 전체인 것이다.

그녀는 아마도 미래의 오치르에게 주기 위해 키우고 있었던 힘을 투입하고 싶은 듯했다.

검엽의 뒤를 그녀의 충신들이 받쳐 준다면 빙궁의 반역도들을 제거할 수 있는 가능성을 조금이라도 높일 수 있을 테고, 성공했을 경우 좀 더 강한 발언권을 얻을 수도 있었다. 그것말고 다른 마음이 있을지도 몰랐고.

담대할 뿐만 아니라 모험도 할 줄 아는 여인이었다.

검엽이 실패하면 그녀도 모든 것을 잃을 터였다. 속마음이야 어찌 되었든 어지간히 강단있는 사내들도 쉽사리 결정할 수 있는 일이 아니었다.

검엽이 말했다.

"좋으실 대로."

'하지만 당신의 생각처럼 일이 쉽게 풀리지는 않을 거요.'

카크타니의 결연한 얼굴을 보며 검엽은 내심 쓴웃음을 지으며 중얼거렸다.

카크타니는 영민한 여자였다. 그러나 무공에는 그다지 해박하지 못했다. 그것이 문제를 야기할 가능성은 얼마든지 있었다.

빙궁은 본질적으로 무파(武派)다. 무파를 완벽하게 장악하기 위해서는 힘이 있어야 했다. 힘이 없는 주인은 수하들에게 전적인 신뢰를 주기 어렵다. 수하들의 충성심이 절대적이라 해도 충성심과 신뢰가 항상 함께하는 건 아니니까.

카크타니가 검엽을 안내한 곳은 의외로 멀지 않았다. 그녀는 직진하던 방향에서 비스듬히 오른쪽으로 꺾어 이틀을 갔다. 그리고 걸음을 멈춘 곳은 주변과 다를 바 없는 눈 덮인 설원이었다.

한 치 앞을 내다보기 힘들 정도로 눈보라가 심한 날이었다.

검엽은 오치르의 손을 잡은 카크타니가 숨을 고르는 소리를 들으며 전방을 훑었다.

눈에 들어오는 건 끝없는 설원뿐.

그러나 검엽의 강철처럼 차갑게 빛나는 눈에는 미묘한 기색이 떠오르고 있었다.

설원의 일정 지역은 거대한 기문진에 의해 방호되고 있었다.

그 기문진은 진에 들어선 자의 감각에 혼란을 일으켜 아무것도 느끼지 못하고 통과하도록 만드는 힘을 갖고 있었다. 그리고 진을 제어하는 자의 의지에 따라 진에 들어선 자의 생사를 결정할 수도 있었다.

검엽은 기문진의 근원이 되는 기운을 보고 있었다.

심안으로.

방원 십여 리를 휘감은 기문진은 거대한 아홉 개의 기둥을 중심으로 펼쳐진 것이었다.

하늘을 뚫을 듯 솟구친 아홉 개의 수정처럼 맑고 투명한 기둥은 음기(陰記)의 결정체였다.

'음한지기(陰寒之氣)가 구궁의 법칙에 따라 배설되면서 시야를 차단하고 있다. 외부의 한기를 차단하면서 지열을 끌어올리는 기능도 포함되어 있는 듯하군. 안쪽은 사람이 살 만하

겠는걸. 이것은 분명 십방무맥의 일원인 광한루(廣寒樓)에 비
전된다는 구궁현음대진(九宮玄陰大陣)의 변형이다. 손을 써서
비틀기는 했어도 본령은 그대로야. 비록 변형시켰다고는 하지
만 이런 걸 외부에 전했다면 면벽 십 년으로도 모자랄 희생을
각오해야 했을 것이다. 신화비전총람에 빙궁을 세운 빙백신군
의 자질을 아껴 가르침을 베풀었다는 신인이 광한루의 선대
분이었다는 기록은 사실이었군. 흠, 만일을 위해 대피를 할 수
있는 장소를 만들어둔 건가. 금약에 의해 각 무맥의 비전을 외
부인에게 유출시키는 것은 금지되어 있으니 빙궁에서 만든 것
일 리는 없고… 광한루의 선대 분이 직접 만든 것일 텐데, 이렇
게 안전한 곳이 있음에도 카크타니 모자가 밖으로 떠돈 건 조
금 이상하군. 왜? 이곳을 지키기 위해서… 였는가?

　십방무맥의 종사를 제약하는 금약은 상상 이상으로 엄중하
다. 광한루의 선대 루주가 빙궁을 개창한 빙백신군에게 전한
것은 무(武)의 이치(理致)였다.

　무공이나 무맥이 비전으로 보호하는 절학은 온전히 전하지
는 못한 것이다.

　만약 빙궁이 광한루의 비전을 이었다면 금약에 의해 세상에
나올 수도 없었겠지만 반역이 이루어지는 것도 가능하지 않았
으리라.

　어쨌든 광한루의 선대 루주가 무리를 전한 것만으로도 빙백
신군의 자질이 어떠했는지는 충분히 유추할 수 있었다. 십방
무맥의 종사들은 개개인이 절대지경에 도달한 초인들이다. 그

들의 눈에 띌 정도의 자질이 어찌 흔하랴.

천만 가지 감회가 소용돌이치는 눈으로 설원을 바라보던 카크타니가 물었다.

"보이시나요?"

"기문진이라면… 그렇소."

카크타니는 놀라지 않으리라 다짐했으면서도 놀람을 금치 못했다. 이곳은 진이 있다는 것을 알고 있는 사람이라도 신물(神物)을 소유하지 않고는 진을 찾기 어려운 곳이었다.

그녀는 놀람을 내색하지 않으려 애쓰며 말했다.

"이 진법은 본 궁의 조사님께 가르침을 전하셨던 신인께서 직접 만드신 것이라고 전해져요. 궁에 누란의 위기가 닥치지 않는 한 사용이 금지된 곳이지요. 궁에서 피신한 분들은 모두 이곳으로 왔어요. 저와 오치르는 이곳으로 향할지 모르는 반역도들의 시선을 돌리기 위해 밖을 떠돌았던 거지요."

검엽은 미미하게 고개를 끄덕였다.

예상했던 대로였다.

카크타니가 한기 어린 눈으로 말을 이었다.

"반도들의 수괴인 발로르도 기문진의 존재를 알아요. 그들 지파도 신인의 가르침 중 일부를 이었으니까요. 단지 정확한 위치가 어디인지 모를 뿐이지요. 해서 그가 기문진을 찾을 수 없도록 밖에서 끊임없이 그의 정신을 어지럽힐 사람이 필요했어요. 이곳은 궁과의 거리가 이백여 리밖에 되지 않아서 발로르가 전력을 다하면 끝까지 비밀을 지키기 어려웠어요. 언젠

가는 밝혀질 수밖에 없겠지만 최소한 충신들이 어느 정도의 힘을 갖출 때까지는 발견되어서는 안 되었지요."

검엽의 눈이 오치르를 향했다.

그의 시선을 의식한 카크타니가 입술을 깨물며 말을 이었다.

"저만으로는 발로르의 관심을 잡아둘 수가 없었어요. 빙궁의 적장자가 더 이상 존재하지 않는다는 걸 궁도들이 믿게 하기 위해서는 발로르는 제가 아니라 오치르가 필요했으니까요."

"선택의 여지가 없는 어린아이에겐 과한 운명의 짐이로군."

낮은 중얼거림.

그러나 카크타니의 표정은 흔들림이 없었다.

"이 정도 고난을 이겨내지 못한다면 반역도들을 징치할 만큼 강하게 성장할 수 없어요. 만약… 실패해서 발로르에게 죽임을 당하게 된다면 그것이 하늘의 뜻이겠죠."

더할 수 없이 냉정한 어조.

그러나 검엽은 말을 하는 카크타니의 기맥이 격렬하게 맥동하는 것을 느낄 수 있었다. 아무리 독하게 먹은 마음도 모성애보다는 약한 것이다.

천륜(天倫)이니까.

말을 하며 카크타니는 언제나 목에서 한시도 떼지 않던 연꽃 문양의 목걸이를 꺼내어 손에 쥐었다.

검엽은 앞장서서 걷는 카크타니의 손이 조금씩 황금의 서기에 휩싸이는 것을 볼 수 있었다.

카크타니의 손에서 일어난 서기는 점점 더 강렬해졌다. 그리고 어느 순간 서기의 크기가 사람만 해진다 싶더니 카크타니 앞의 설원이 도끼로 가른 듯 쩌억 갈라졌다.

갈라진 틈의 너비는 석 자가량.

거친 눈보라가 그 틈을 사이에 두고 양쪽에서 몰아치는 광경은 신비롭기 이를 데 없었다.

카크타니의 뒤를 따르는 오치르의 딱 벌어진 입에서 금방이라도 침이 떨어질 듯했다.

금광(金光)이 사그라진 것은 카크타니가 오십여 장을 걸은 후였다.

별천지.

불과 백여 장을 지나왔을 뿐이라는 게 믿어지지 않는 광경이 세 사람의 눈앞에 펼쳐져 있었다.

십여 리에 걸쳐 누워 있는 야트막한 산.

구궁의 방위를 점하며 하늘을 받치듯 끝없이 치솟은 아홉 개의 투명한 얼음 기둥.

그리고 수십 마리의 소와 양이 한가로이 풀을 뜯고 있는 푸른 초지.

그 뒤로 서 있는 십여 채의 크고 작은 목옥(木屋).

내부의 광경을 익히 짐작한 검엽은 무표정했다. 하지만 카크타니는 만감이 교차하는 듯 눈시울이 뜨겁게 변한 채 반쯤 얼이 빠진 오치르의 손을 꼭 잡고 있었다.

세 사람이 초지의 경계선에 섰을 때 카크타니의 앞에 육십여 명의 남녀가 바람처럼 모습을 드러냈다.

그들은 깨끗하지만 얼마나 낡았는지 본래의 색을 알아볼 수 없을 정도로 허름한 옷을 입고 있었다. 나이는 이십대에서 칠십대까지 다양했고 남녀가 뒤섞인 무리였다.

그들의 선두에 서 있는 사람은 두 명의 노인과 한 명의 노파로, 모두 육십을 넘은 나이에 무쇠라도 녹일 듯 강한 눈빛을 가지고 있었다.

진법의 입구가 열리는 것을 알고 놀라 뛰쳐나온 그들은 입구에 서 있는 카크타니를 보고 석상처럼 얼어붙었다. 얼마나 놀랐는지 입만 벙긋거릴 뿐, 아무도 입을 열지 못했다.

먼저 입을 연 사람은 카크타니였다.

"빙모모……."

빙모모라 불린 사람은 세 명의 노인 중 노파였다.

주름이 얼굴에 가득하고 눈이 가늘고 섬광이 번뜩여 매서운 인상의 노파는 생김새하고는 딴판으로 입술을 벌벌 떨다가 무릎을 털썩 꿇었다.

"주모님… 주모님……."

"빙모모……."

카크타니는 노파에게 다가가 그녀의 어깨를 부여잡았다.

노파는 눈물이 그렁거리는 눈으로 자신의 어깨를 잡은 카크타니의 손을 어루만지며 아이처럼 울먹였다.

"끄윽, 끄윽……. 그 곱던 손이……."

충격에 빠진 사람들 중 가장 먼저 정신을 차린 사람은 역시 앞에 나선 두 노인이었다.

우측의 노인은 봄바람처럼 온화한 인상이었고, 좌측의 노인은 찬바람이 도는 냉정한 인상이었는데, 빙모모의 어깨를 잡아 일으키며 말문을 연 사람은 좌측의 냉정한 인상을 가진 노인이었다.

"빙모모, 일어나시오. 일단 주모님과 소궁주님을 안으로 모셔야 하지 않겠소."

그제야 노파는 화들짝 놀라 일어났다.

"늙으면 죽어야 돼. 이렇게 정신을 놓고 있을 수 있다니……. 주모님, 안으로."

카크타니는 그런 노파의 손을 꼭 쥐고 놓지 않았다.

반역이 일어나기 전 빙궁의 십대봉공 가운데 한 명이었던 빙모모 소야르는 그녀에게 어머니나 다를 바 없는 여인이었다. 태어나자마자 모친을 여읜 그녀는 소야르의 품에서 컸던 것이다.

산은 낮았지만 숲은 우거졌다.

수백 년간 진법의 보호를 받으며 자란 나무들의 높이는 십여 장을 가볍게 넘었다.

야산의 중턱에는 백여 명이 들어서도 좁다는 느낌이 들지 않는 커다란 통나무집이 세워져 있었다.

좌우상하의 폭이 석 자가량 되는 창 십여 개가 사방에 나 있어서 안팎이 훤히 보이는 구조였다.

　중원과는 달리 통나무집 안에는 의자와 탁자가 없었다.

　바닥은 맨흙에 마른 나뭇잎과 나뭇가지들이 두텁게 덮여 있을 뿐이었다.

　안은 누추했지만 온기가 있었고 편안했다.

　검엽은 벽에 등을 기대고 앉아 카크타니 모자와 세 노인의 대화를 들으며 차를 마셨다.

　그가 마시는 차는 이곳에 자생한다는 빙설초의 잎으로 만들었다는 빙설차였다.

　입안에 싸한 맛을 남기지만 장복하면 머리를 맑게 해주고 노화를 막아주는 효험이 있다고 했다.

　세 노인은 빙궁의 반역이 있기 전 십대봉공에 속했던 사람들로, 노파의 이름은 소야르, 온화한 인상의 노인은 바야드였고, 냉막한 인상의 노인은 부누테이였다.

　세 사람의 얼굴은 무거웠고, 카크타니의 말이 이어지는 동안 간간이 검엽을 향하는 눈빛들은 쏘는 듯 날카로웠다.

　그들의 눈에 어린 기색은 불신과 회의.

　카크타니의 얘기가 스베타와 빙혼십팔검객이 모두 검엽의 일격을 감당하지 못하고 죽었다는 부분에 이르렀을 때 세 노인의 눈에 떠오른 불신의 빛은 극에 달했다.

　빙모모 소야르가 참지 못하고 카크타니의 말을 끊었다.

　"주모님, 저 공자가 단지 육장만으로 그들 열아홉을 죽였다는 말씀이시오니까?"

"그래요, 모모."

카크타니의 분명한 대답이 분위기를 묘하게 만들었다.

세 노인은 천천히 자리에서 일어나 벽에 기대앉은 검엽의 삼면을 포위하고 섰다.

바야드가 검엽에게 말했다.

"공자, 노부는 주모님의 말씀이 쉬이 믿어지지 않소이다."

검엽은 손에 든 찻잔을 천천히 바닥에 내려놓았다.

"내 기억에는 믿으라 한 적이 있는 것 같지 않구려, 노인장."

세 노인 중 가장 성정이 차가운 부누테이의 안색이 스산하게 변했다.

"말버릇이 고약하구나."

검엽은 카크타니를 돌아보았다.

그녀는 돌변한 상황을 이해하지 못하고 어쩔 줄 몰라 하는 표정으로 검엽과 노인들을 번갈아 보고 있었다.

부누테이가 말을 이었다.

"주모님은 눈이 흐려 속이기 쉬웠을 것이나 우리는 다르다. 발로르가 보낸 것이냐?"

그제야 상황을 이해한 카크타니의 안색이 하얘졌다.

그녀가 소리쳤다.

"부누테이 봉공님, 저는 잘못 본 것이 아니에요. 왜 제 말을 믿지 못하는 건가요!"

그녀의 말을 받은 사람은 바야드였다.

"주모님, 저희 세 사람 중 누구라도 스베타와 빙혼십팔검객의 합공을 파해하고 죽일 수 있습니다. 하지만 싸우지도 않고 일방적으로 그들을 학살하지는 못하지요. 빙궁 최고의 절학인 빙백수혼장(氷白搜魂掌)과 역적 발로르의 구유빙천수(九幽氷天手)라 해도 주모님께서 말씀하신 것처럼 눈에 보이지 않을 만큼 빠르게 그들을 격살하는 건 어렵습니다. 백번 양보해서 빙혼십팔검객은 그렇게 죽을 수 있다 쳐도 설백검 스베타는 아닙니다. 그는 남에게 저항도 못하고 죽을 만큼 약한 자가 아니라는 걸 주모님께서도 아시지 않습니까? 그는 저와 싸워도 능히 일백 초를 버틸 수 있는 절정의 고수이지요. 그런 자를 그처럼 간단히 격살시키다니요. 이는 눈속임이 아니라면 가능한 일이라 할 수 없습니다. 만약 스베타와 검객들의 죽음이 주모님의 눈을 속일 요량으로 행해진 일장의 연극이라면 이자는 발로르의 명령을 받고 있는 자일 가능성이 있습니다."

온화하던 그의 안색도 굳어 있었다.

카크타니의 얼굴빛도 딱딱해졌다.

스스슷!

사방에 옷자락 스치는 소리가 가득했다.

통나무집 주변은 순식간에 육십여 명의 사람으로 엄밀하게 포위되었다.

기문진 내에 살고 있는 사람 전부가 모인 것이다.

카크타니는 답답함에 가슴이라도 치고 싶은 심정이었다. 그러나 그보다 더 강렬한 감정은 두려움이었다.

그녀는 검엽을 보았다.

검엽은 자리에서 일어서고 있었다.

자신을 대상으로 벌어지고 있는 일임에도 그의 전신 어디에서도 긴장한 기색은 보이지 않았다.

길게 늘어진 머리카락 사이로 번뜩이는 무심한 눈빛은 여전히 깊고 어두울 뿐이었다.

완전히 몸을 세우고 카크타니를 일별한 검엽의 붉은 입술이 슬쩍 벌어졌다.

"그대의 뜻은 좋았지만 벌어진 상황은 그다지 바람직하지 못하군."

카크타니는 입술을 깨물며 파랗게 질린 얼굴로 고개를 숙였다.

"죄송해요, 공자님."

노인들의 얼굴이 와락 찌푸려졌다.

검엽의 반하대와 카크타니의 지나친 공대가 마음에 들지 않은 것이다.

세 사람은 거의 동시에 무어라 말하려 했지만 검엽이 틈을 주지 않았다.

"너희들의 오해를 굳이 풀어줄 필요를 느끼지는 못한다. 하지만 내가 남의 뜻에 따라 움직이고 있을 거라는 생각 자체는 꽤나 불쾌하군. 내가 이곳에 온 것은 카크타니의 바람 때문이었다. 팔 년 동안 그녀가 보내야 했던 인고의 세월이 어떠했는지를 조금이나마 엿볼 수 있었기에 너희들의 무례를 한 번은 용서해 주겠다."

부누테이의 냉막한 얼굴에 살얼음이 한 꺼풀 더해졌다.

그는 무서운 눈으로 검엽을 바라보며 맹수가 으르렁거리는 듯한 어조로 뱉듯이 말했다.

"용서? 천지분간 못하는 광오한 놈이로구나. 두 번째로 무례하면 네까짓 녀석이 어쩌겠다는 것이냐, 이 어린 놈!"

'놈' 자의 여운이 사라지기도 전이었다.

부누테이의 안색이 시퍼렇게 변했다.

"어… 어… 어!"

그는 말을 하지 못했고, 장내에 있는 사람들은 저도 모르게 입술 사이로 바람 빠지는 소리를 냈다.

부누테이는 허공에 두 자 정도 떠 있었다.

검엽의 오른손에 목을 잡힌 채로.

그는 버둥거리지도 못했다.

목이 잡히며 주변 요혈 네 개가 동시에 눌린 것이다. 검엽의 손아귀에 담긴 기운은 부누테이의 칠십 평생 동안 단 한 번도 경험해 보지 못했을 정도로 강력했다.

이 상태에서 버둥거리면 목이 부러진다.

그는 초절정고수, 그것을 모를 리 없는 사람인 터라 감히 손가락 하나 까닥하지도 못했다.

그러나 검엽의 손은 그것으로 멈추지 않았다.

검엽의 냉혹한 손속을 경험으로 알고 있는 카크타니의 찢어지는 듯한 비명 소리가 장내를 울렸다.

"공자님, 제발 부누테이 봉공님을 살려주세요!"

그녀의 말이 이어질 때 이미 부누테이의 몸은 무시무시한 기세로 허공을 날고 있었다.

쑤와아아아앙!

허공을 일직선으로 날아간 부누테이의 몸이 정면의 벽과 격렬하게 충돌했다.

쾅!

벽이 화탄에 맞은 것처럼 터져 나갔다. 그리고 벽을 뚫고 나간 부누테이의 몸이 앞마당의 풀밭 위를 제멋대로 나뒹굴었다.

이마가 깨지고 코뼈가 주저앉은 채 피를 철철 흘리는 그의 얼굴은 더 이상 냉막하지 않았다.

사위가 적막에 잠겼다.

장내에 흐르는 침묵의 정체는 두려움이었다.

사람들은 무언가에 짓눌린 표정으로 검엽을 바라볼 뿐, 할 말을 잃었다.

소야르와 바야드도 예외는 아니었다.

아니, 그들의 경악과 두려움은 밖에 있는 사람들보다도 더욱 클 수밖에 없었다.

검엽과 그들 세 사람의 거리는 이 장도 채 되지 않았다.

그 짧은 거리에서 그들은 검엽이 부누테이의 목을 움켜쥐는 장면을 놓쳤다.

두 사람은 그 의미를 너무도 잘 알고 있었다.

그들과 검엽 사이에는 어른과 어린아이 사이에 존재하는 것보다도 더 심한 실력의 격차가 존재하는 것이다.

믿을 수도 받아들이기도 어려운 일이었지만 그들은 받아들여야 했다.

그들의 눈앞에서 벌어진 일이다.

부인할 수 있는 방법이 없었다.

"쿨럭… 으으… 쿨럭… 쿨럭……."

미약한 기침 소리와 함께 부누테이가 비틀거리며 일어섰다.

그는 멍한 눈으로 통나무집 안을 들여다보았다.

검엽의 무심한 시선이 그를 향하고 있었다.

아무런 감정도 느껴지지 않는 오연한 눈빛.

그는 이를 악물었다.

그를 하늘처럼 존경하는 문도들이 지켜보는 앞이었다.

살아오며 이런 치욕을 당한 적이 있었던가.

그의 심장이 전장에서 울리는 북처럼 격렬하게 뛰었다.

하지만 시간이 흐르면서 피가 나도록 움켜쥐었던 그의 주먹이 조금씩 펴졌다.

그는 알고 있었다.

검엽이 손에 사정을 두었다는 것을.

죽이려고 했다면 목을 잡히는 순간 그는 시체가 되었을 것이다.

벽에 던져졌을 때도 그랬다.

검엽은 그의 혈도를 누르지 않았다. 만약 혈도가 눌려 있었다면 그는 벽과 충돌했을 때 호신진기로 몸을 보호하지 못했을 것이고, 머리가 두부처럼 으스러졌을 것이다.

진정한 무인은 패배를 받아들일 줄 안다. 그래야 미래를 기약할 수 있고, 자신의 부족한 부분을 볼 줄 알며, 노력을 통해 더 높은 곳을 향해 나아갈 수 있기 때문이다.

부누테이는 입술을 깨물며 말했다.

"무례를 사과하겠소, 공자."

第五章

천마
검섭
전

기문진의 입구.

소야르를 비롯한 세 명의 봉공은 멍한 눈으로 멀어지는 검
엽의 등을 바라보았다.

몰아치는 눈보라 속에 검엽의 모습은 한 점이 되어가고 있
었다.

그들로서는 예상치 못했던 전개였다.

소야르가 주름진 얼굴을 일그러뜨리며 카크타니에게 물었
다.

"주모님, 정말 공자님의 말씀대로 하실 건가요?"

카크타니는 쓴웃음을 지었다.

"별수없잖아요."

바야드가 혀를 찼다.

"헐… 광오해도 정도가 있어야지요. 아무리 자신의 무공에
자신을 가지고 있다 해도 단신 아닙니까? 혼자서 빙궁으로 가
겠다니. 게다가 우리가 무엇을 하든 하고 싶은 대로 하라
니……."

부누테이를 일수에 집어 던진 검엽은 다시 자리에 앉지 않
았다. 빙궁의 잔존 세력(?)에게 무언가를 요구하지도 않았다.

그는 카크타니에게 원하는 대로 하라는 말을 남기고 기문진
을 나섰다.

빙궁의 인물들은 혼란에 빠질 수밖에 없었다.

검엽의 행동은 그들로서는 예측이 가능하지 않았다.

그들은 카크타니에게 검엽이 빙궁을 봉문시키려 한다는 말
을 들었다. 듣는 순간은 대노할 수밖에 없는 일이었다. 그들은
빙궁의 충신들이었으니까.

하지만 현실적으로 그들의 힘만으로는 반역도들을 응징할
수 없었고, 검엽의 무공은 반역자들에 대한 반격의 실마리를
제공해 줄 만했다.

검엽은 초강자였다. 그가 봉문의 과정에서 반역도들의 수괴
를 정리해 준다면 빙궁의 잔존 세력은 빙궁을 되찾을 기회를
잡을 수 있었다. 그것만으로도 충분했다.

그런 기회가 올 때까지 적어도 이십 년은 더 절치부심해야
한다고 생각하던 그들이 아닌가.

검엽의 무공을 본 그들이다.

놓칠 수 없는 기회였다.

그들의 이성은 분노를 넘어섰다.

그들은 검엽을 도와야 한다는 카크타니의 의견을 받아들였다.

그들의 수는 육십여 명에 불과했지만 엄혹했던 반역의 시기에 살아남은 강자들이었다. 이류로 분류되는 사람은 하나도 없을 정도였으니 두말이 필요없었다.

그러나 문제는 그 뒤에 생겼다.

검엽이 그들과의 연수(?)를 거절한 것이다.

당연히 검엽이 자신들과의 연수를 받아들이리라 생각했던 사람들은 공황에 빠졌다.

대체 무엇을 하자는 것인가.

독불장군도 정도가 있는 법이다.

단신으로 빙궁을 봉문시키겠다니.

그들에게 검엽의 말은 그저 미친 사람의 헛소리로밖에 여겨지지 않았다.

예측할 수 없는 사람을 보는 건 고통스러운 일이다. 더구나 그 사람이 제어가 불가능하기까지 한 사람일 경우에는 고통과 혼란이 배가된다.

바야드가 말을 하는 동안에도 검엽은 계속해서 멀어져 갔다.

카크타니는 한숨을 내쉴 수밖에 없었다. 그들 중에서 그나마 검엽을 오래(?) 겪은 사람이 그녀였다.

그녀가 말했다.

"공자님은 우리가 가지고 있는 기준으로 판단할 수 있는 사람이 아니에요. 봉공님들, 그는 그의 일을 하고 우리는 우리의 일을 하면 될 거예요. 그와 우리의 목적은 다르지만 상대해야 할 적이 같으니 본격적인 싸움이 벌어지면 협력하게 되리라 생각해요. 다르게 생각하면 오히려 공자님이 홀로 움직이는 게 우리들에게는 더 도움이 되지 않을까요? 그의 능력을 생각할 때 발로르는 그 한 명을 상대하기 위해서 전력을 기울여야 할 테니까요. 아마도 발로르는 우리에게 관심을 기울일 여력이 없을 거예요. 우리에게는 복이라 할 수 있겠죠."

냉철한 판단이었다.

휘우우우—

돌개바람이 휘말아 올린 눈더미가 걸음을 옮기고 있던 검엽의 머리 위로 떨어졌다. 그의 온몸이 순간적으로 눈사람처럼 하얘졌다.

머리를 흔들어 눈을 털어 내린 검엽은 손가락을 넓게 벌려 돌개바람이 헝클어뜨린 머리를 쓸어 넘겼다.

그는 이제 시선조차 닿지 않을 정도로 멀어진 카크타니 일행을 떠올렸다.

'내게도 사람의 감정이 아직 남아 있다는 건가……'

그의 입가에 메마른 미소가 걸렸다.

카크타니를 안내자로 삼기로 한 그의 결정은 사실 충동에 가까웠다.

그는 그녀의 눈에서 뼛속 깊이 스며들어 있는 처절한 한(恨)과 슬픔, 그리고 두려움과 열망, 믿을 수 없을 정도로 강한 책임감을 보았다.

그것이 그의 마음을 움직였다.

카크타니에게 빙궁의 위치를 들은 것만으로도 그는 빙궁을 찾을 수 있었다. 그럼에도 그는 카크타니가 자신을 안내하는 것과 빙궁의 잔존 세력을 끌어들이는 것을 반대하지 않았다.

'업(業)의 사슬을 피하지 않는 사람은 그에 합당한 대접을 받을 자격이 있지⋯⋯.'

카크타니는 어떤 사내보다도 마음이 강하고 현명했다.

'하지만 여기까지다. 나는 그녀에게 기회를 주었다. 이후의 운명은 그녀 스스로 열어야 한다.'

흑백이 너무도 뚜렷해 투명해 보이기까지 하는 검엽의 두 눈이 무심해졌다.

그의 뇌리에서 카크타니를 비롯한 빙궁 사람들의 모습은 찰나지간 지워졌다.

심마지해에서 보낸 십이 년의 세월은 검엽을 그 이전과 완전히 다른 사람으로 바꾸어놓았다.

그러나 그 변화가 외부의 압박에 의해 진행된 것은 아니었다. 환경의 영향을 아주 받지 않았다고는 말할 수 없지만 변화는 온전히 검엽의 의지하에 이루어졌다.

검엽은 자신의 마음이 서서히 둘로 갈라지는 것을 느꼈다. 그의 의지에 따른 변화였다.

양의분심(兩儀分心).

도가현문의 공부들 가운데서도 초상승에 속한다는 공부 가운데 하나가 자연스럽게 펼쳐졌다.

양의분심공은 검엽이 심마지해 속에서 생존하기 위해 터득한 여러 가지 공부 중 하나였다.

심마지해의 십이 년 생활은 오직 사투로만 이루어졌다.

초기 시절, 검엽은 헤아릴 수 없이 많은 사선을 넘어야 했다. 능력이 너무나 부족했기 때문이다.

사지가 부러지고 오장육부가 으깨지는 건 가벼운 상처에 속했다. 그런 상처를 입고도 그는 싸워야만 했다.

만일 그가 천무신화전의 비전을 먼저 수습하지 않았거나 정신력이 극한의 상황을 인내할 수 있는 정도로 강해진 상태가 아니었다면 그는 미치거나 자살했을 것이다.

그 속에서 검엽은 자신의 능력이 얼마나 보잘것없는지 철저하게 깨달았다. 그리고 강해질 수 있는 방법을 찾았다. 그러나 심마지해의 환경은 검엽이 한가하게 방법을 찾기 위해 고민할 수 있는 시간적 여유를 주지 않았다.

필사적인 노력이 이어졌다.

그렇게 얻은 능력이 양의분심공이었다.

그는 싸우면서 다른 한편으로는 끊임없이 생각을 해야만

했다.

하나의 마음이 싸우고 있는 동안 다른 하나의 마음은 신화종의 비전을 연구하고 심마지해의 마물을 상대할 수 있는 무공을 찾아내거나 필요하면 새로운 무공을 창안해 냈다.

그런 세월이 십이 년 동안 이어졌다.

이제 그에게 양의분심은 호흡처럼 자연스러운 일 중의 하나가 되어 있었다.

지존천강력(至尊天罡力).

대천강전륜구환마벽강기(大天罡轉輪九環魔壁罡氣).

지존천강수(至尊天罡手).

천강쇄심인(天罡鎖心印).

천강뇌격검천하(天罡雷擊劍天下).

……

겁천벽뢰타.

영겁천뢰장.

암천부운행.

암천유성혼.

……

심마지해에 들기 전 그가 창안한 무공의 대부분은 천무신화전에서 얻은 무공들에 비해 조악했다. 검엽은 그중 뛰어나다 할 수 있는 장점 몇 가지는 취하고 나머지는 버렸다.

그리고 취한 장점들과 신화종 비전절기들의 장점을 종합하여 다른 무공을 창안해 냈다. 그 무공들 중에는 그가 산장에서 창안한 것 그대로의 명칭을 가져다 쓴 것들도 있었다.

물론 검엽이 산장에서 창안했던 것과는 이름만 같을 뿐, 동일한 것이라고는 상상도 되지 않을 만큼 변모하긴 했지만.

심마지해에서 그가 처한 상황은 그가 창안한 무공의 성격을 결정지었다.

그가 창안한 무공은 가장 빠르고 완벽하게 적을 파괴하고 소멸시키는 것에 초점을 맞추어 창안되었다.

그 무공들의 정확한 위력은 창안자인 검엽도 알지 못했다. 마물과 인간은 다르다. 마물에게 통했던 무공이 사람에게도 통하라는 법은 없었다.

그는 아직 자신이 창안한 무공을 사용해 싸울 만한 사람과 조우한 적이 없다. 하지만 머지않아 알게 될 터였다, 그 위력을.

검엽의 두 마음은 한시도 쉬지 않았다.

한쪽은 끊임없이 무공을 연구했고, 한쪽에서는 그들을 이용한 심상 비무가 벌어졌다.

검엽은 자신이 강해졌다고 생각했다.

빙궁의 수하들에 불과하지만 두 번의 실전과 부누테이를 통해서 그것은 어느 정도 증명이 되었다.

하지만 그는 만족하지 못했다.

그가 상대해야 할 적이 절강(絕强)한 것도 이유 중 하나이긴 했다. 하지만 그것이 전부는 아니었다.

그가 만족하지 못하는 진정한 이유는 그가 힘을 얻은 곳이 심마지해였기 때문이다.

심마지해…… 그곳은 검엽의 업(業)이며, 숙명(宿命)이었다.
심마지해가 있기에 지존신마기도 있는 것이니까.

검엽이 천무신화전에서 본 신화비전총람(神火秘典總攬) 제
일권(第一券) 창세편(創世編) 심마지해개괄(心魔之海槪括)에는
심마지해와 지존신마기에 대해 이렇게 적고 있다.

심마지해(心魔之海).

인세에서 지옥 혹은 마계라 부르기도 하는 곳.

언제부터 존재해 왔는지 실제로 존재한다는 사실조차 아는 이
가 없는 곳.

천지의 마음[心]과 함께해 왔으리라 추측할 뿐.

절대역천(絶對逆天)의 마기(魔氣)가 웅덩이처럼 고여 마물(魔
物)의 형상을 얻는 곳.

마기의 가장 주된 근원은 인간의 마음.

심마지해의 마물들은 인간의 마음속에 깃든 마의 기운이 강해
질수록 강해진다.

마물들의 궁극적인 염원은 천지를 심마지해로 만드는 것이다.

바로 천지를 마(魔)의 바다[海]로 바꾸는 것.

신화종의 종주 된 자는 심마지해로 향하는 마기의 흐름을 차단
하고, 천지간에 흐르는 신기(神氣)와 마기(魔氣)의 균형을 유지해
야 할 책무를 진다.

그를 위해 일어선 문파가 바로 창룡신화종이다.

심마지해는 혼돈으로부터 일어선 절대역천마기를 기반으로 태어난 세계이며, 신마기는 그 절대역천마기를 제어하기 위해 혼돈에서 일어난 또 다른 기운이다.

절대역천마기와 신마기는 본질적으로 상극이나 떼려야 뗄 수 없는 불가분의 관계이기도 하다.

신마기는 용을 먹는 금시조처럼 역천마기를 자양분으로 강해진다. 이것을 상극이라 할 수 있으리.

그러나 역천마기가 강해지면 신마기도 강해지고 역천마기가 약해지면 신마기도 약해진다. 이처럼 둘은 분리가 불가능하다.

절대역천의 마기를 심마지해에 가둔 힘.

그것이 신마다.

그래서 신마기를 달리 선천절대사마지력이라고도 부른다.

신마기는 신과 마로 분화되기 이전 혼돈의 기운이며 심마지해의 존재를 가능케 하는 근원적인 힘인 것이다.

때문에 천지간에 존재하는 마기는 그 힘이 어떠하든 신마기의 인력(引力)에 저항하지 못한다.

'마기(魔氣)……'

검엽의 눈이 가늘어졌다.

창룡신화종의 비전들이 언급하는 마기(魔氣)는 강호상의 인물들이 말하는 마기(魔氣)와는 본질적으로 다른 것이었다.

강호인들이 언급하는 마기는, 마공 수련의 결과로 얻어지는 기

112

운을 의미했다.

마공은 순천을 따르는 정파의 무공과는 달리 역천의 원리에 따라 혈류의 흐름을 거꾸로 돌리고 욕망을 강하게 자극하여 힘을 얻는다. 그리고 그 힘을 얻는 과정에서 인성이 비틀리고 파괴욕과 살기가 강해진다. 마공을 수련한 자들 중에는 인육을 먹고 피를 식수 대용으로 하는 괴물이 되는 경우도 그리 드물지 않았다.

역리를 따르는 모든 것들이 필연적으로 마주치는 부작용이다.

이것이 강호인들이 말하는 마공이고, 마기였다.

그러나 신화종에서 언급하는 마기는 강호인들이 말하는 마기와는 개념의 차원이 아예 달랐다.

그것은 그 자체로 마(魔)인 기운이었다.

마기는 무언가를 통해 얻어지는 결과물이 아니라 신기(神氣)와 대립하는 기운이며 태초부터 존재해 온 기운이었고, 감정을 가진 모든 존재의 욕망을 먹으며 스스로 존재하는(自存) 무엇이었다.

그것은 비인간적인 것, 역천을 따르는 것의 총화라고 단순히 정의할 수 없었다. 가장 인간적이며 순리에 따르는 것들조차 마(魔)일 수 있었다.

마(魔)란 욕망이기 때문이다.

그것이 연민과 동정, 사랑과 같은 선한 욕망일지라도 욕망하는 것 자체가 마(魔)였다.

이 마기의 정수, 스스로 자존하며 모든 마기의 어머니이자 자식이기도 한 기운이 절대역천마기였다.

검엽의 입가에 메마른 미소가 떠올랐다.

'절대역천마기…… 천지간에 존재하는 욕망의 뿌리이자 줄기이며 가지인 무엇…… 그리고 욕망이라는 무형의 마(魔)가 마물(魔物)이라는 형상을 얻게 하는 힘…… 그러나…….'

그의 숨이 길고 깊어졌다.

그는 심마지해를 벗어나기 얼마 전 벌어졌던 일이 떠오르려 하는 것을 의지로 막고 있었다.

그 일은 아직 일어나서는 안 되는 일이었기 때문이다.

'탈각(脫殼)…….'

검엽의 눈은 아득한 심연처럼 고요하게 가라앉아 있었다.

그것은 그의 깨달음이 분별을 넘고 허무를 넘어 혼돈(混沌)에 이르렀을 즈음 벼락처럼 그를 찾아들었다.

무공의 극(極)에 이르러 그조차 초월(超越)하게 된 자들이 선(仙)의 지경에 발을 내딛기 위해 육신의 허물을 벗는다는 단계.

검엽은 그 입구에서 초인적인 인내심으로 문을 열고 안으로 들어가는 것을 멈췄다.

그렇게 그 순간은 지나갔다.

거대한 깨달음의 순간은 의도적으로 만들어낼 수 없다. 어쩌면 남은 그의 생애 동안 다시 찾아들지 않을지도 몰랐다.

그러나 그는 후회하지 않았고, 깨달음의 끝자락을 붙들려 하기보다 오히려 그것을 멀리하려 했다.

세상에 남아 있는 그의 인과는 아직 끝나지 않았기 때문이다.

'신(神)과 마(魔), 선(善)과 악(惡)은 인간의 것일 뿐이다. 천지자연으로 분화되기 이전의 혼돈, 그 어디에 신마… 선악이 있겠는가……. 그러나 신화종은 자연의 일부인 인간세상의 문파…… 인간의 마기와 절대역천마기가 천지간의 균형을 무너뜨리는 것을 막기 위해 만들어진 문파다, 이마제마(以魔制魔)의 방법으로. 그를 위해 찾아낸 것이 지존신마기이고, 그것을 이용한 무공이 지존천강력이다…….'

검엽은 신화비전총람의 다른 부분을 생각했다.

절대역천의 마기를 먹이로 성장하는 신마기는 본래 인간이 받아들일 수 없는 것이다. 절대역천마기조차 사람의 몸에 담을 수 없거늘, 어찌 신마기를 몸에 담을 수 있으랴.

그러한 신마기가 어떻게 인간의 혼에 담길 수 있었는지 또 혼에서 혼으로 이어졌는지는 아무도 알지 못한다.

그러나 신마기는 본종의 시조의 혼에 담겼고, 후대로 이어져 왔다.

사람의 몸에 담긴 신마기는 너무나 강대한 그 힘으로 인해 언제나 폭주와 자멸의 가능성을 갖고 있다.

그것은 신마기가 태어난 본래의 역할, 천지간에 떠도는 마기(魔氣)를 흡수하는 것을 한시도 그치지 않기 때문이다. 심마지해 외부에서조차도 그 역할은 변하지 않는다.

그리고 신마기를 이은 사람의 자질이 뛰어날수록 폭주와 자멸의 가능성은 커진다.

받아들이는 마기의 절대량이 그만큼 더 크기 때문이다.

마기를 흡입하는 신마기 본래의 공능에 신체 내부로 유입된 마기를 정화하여 소멸시키고, 그 과정에서 파괴적인 힘을 얻는 무공이 바로 본종의 지존천강력이다.

지존천강력은 절대의 무공.

그러나 만약…….

신마기의 인력에 의해 유입된 마기가 지존천강력으로도 제어되지 않을 정도로 클 경우엔 파국밖에 남지 않는다.

그래서 지존천강력은 한계가 없는 무공이다.

이론상 지존천강력은 유입된 마기를 정화시키는 것을 무한으로 반복할 수 있다. 그리고 반복이 거듭될수록 폭발적으로, 그리고 무한히 강해진다.

지존천강력을 파멸천강지기라 부르는 이유가 그 때문이다.

하지만 이것에는 두 가지 전제가 필요하다.

신체가 폭발적으로 강해지는 천강력을 수용할 수 있어야 하며, 유입되는 마기를 신마기가 제어할 수 있어야 한다는 것이다.

이 두 가지 전제는 항상 충족되어야 한다.

이들 가운데 하나라도 어긋나는 경우에는…….

의식할 사이도 없이 참혹하게 죽어갈 것이다.

과거, 검엽의 성격이 허무와 광기 사이를 헤맸던 것은 신마기의 영향과 구환공의 영향이 복합되어 있었기 때문이다.

신마기는 강호상에 유전되는 체질이나 절맥이 아니었다. 그것은 마중마(魔中魔), 절대초마(絶對超魔)의 기운이었다. 그것을 타고난 사람들은 반드시 그것을 제어하는 수법을 배워야만 했다. 그렇지 않으면 죽으니까.

그러나 검엽은 신화종 사상 신마기를 타고 태어난 사람 중 그것을 제어하는 방법을 배우지 못한 유일한 사람이었다.

그럼에도 그가 죽지 않았던 것은 혼돈귀원대법으로 인해 그의 체질 자체가 신마기가 끌어들이는 광대한 마기를 포용할 수 있도록 바뀌었기 때문이다.

그러나 그 체질도 그가 성장하며 한계에 부딪쳤다. 그래서 일어난 현상이 정남과 순양에서의 폭주(?)였다.

지금 검엽의 몸에는 단 한순간도 쉬지 않고 지존천강력이 운행되고 있었다.

그것은 그가 신마기의 진정한 공능을 깨달은 뒤로 선택의 여지가 없는 일이 되었다.

멈추면 죽는 것이다.

'내가 정남과 순양에서 죽을 뻔한 것도… 아버님이 펼쳤던 혼돈귀원대법이 폭주한 이유도 그 때문이었지…….'

검엽의 뇌리에 폐허가 된 신화곡이 떠올랐다.

혼돈귀원대법이 폭주한 이유는 간단했다.

대법을 주재한 고천강이 감당할 수 없는 양의 마기가 대법의 인력에 끌려왔기 때문이다.

대법의 폭주는 실패로 귀결되었어야 했다.

그러나 대법은 성공했다.

그것도 고천강의 예상을 넘어서는 성공을.

검엽은 세찬 바람에 의해 수평이 되어 내리고 있는 눈발을 보았다. 그러나 그의 시선은 초점이 흐려져 있었다. 그가 보는 것은 눈보라 너머였다.

'아버님은… 알고 계셨다, 대법이 성공하리라는 것을……. 몰랐던 사람들은 아마도 아버님을 제외한 전부였을 것이고. 그들은 아직도 대법이 실패했다고 믿고 있겠지. 그러나 대법의 폭주에 외부인의 손길이 닿았다는 것은 분명한 사실. 아버님은 일이 그리될 것이라는 것도 알고 계셨다. 그러면서도 그것을 용인했다. 대법의 성공을 위해서는 어쩔 수 없는 선택이었다. 내가 밝혀내야 하는 것은 그 외부인이 누구냐 하는 것이다.'

검엽의 눈빛이 복잡해졌다.

그는 여은향과 함께 신화곡에서 혼돈귀원대법을 보았다. 그리고 여은향이 보지 못했던 것들을 보았다.

대법의 시행과 폭주.

실패로 보일 수밖에 없었던 대법의 성공.

가문의 멸문과 고천강의 죽음…….

그 모든 것에는 그조차 쉽게 이해할 수 없는 비밀이 숨어 있었다.

'대략적인 얼개는 맞추었다. 하지만 아직 명확하지 않은 조각들이 몇 개 있다. 이들 조각의 형태가 분명해지면 알 수 있겠지……. 아버님이 대법의 시행을 결심한 것이 '그'를 넘어서려는 열망에서 비롯된 것이었는지, 그분이 과연 무엇을 원하셨던 것인지……. 그리고 본종을 멸망으로 이끈 자가 진정 누구인지를.'

검엽의 눈빛이 침침해졌다.

불명확한 조각들을 선명하게 보기 위해서 그가 해야 할 일은 초인에 가까운 능력을 얻은 그조차 목숨을 걸어야 할 정도로 위험했다. 그러나 위험하다고 포기할 수는 없었다. 포기하면 그는 살아야 할 의미를 잃게 될 테니까.

'이미 선택의 여지는 없다. 앞으로 나가는 길만이 있을 뿐. 약해지면 죽는다.'

그의 침침하던 눈빛이 강철처럼 단단해졌다.

상황은 그의 생각처럼 단순했다.

그는 창룡신화종의 종주라는 신분을 받아들였음에도 금약에 위배되는 행동을 했고 또 하려 하고 있었다.

그는 빙궁의 수하들을 이십여 명이나 죽였고, 빙궁을 봉문시키려 하는 것이다.

빙궁이 봉문된다면 크든 작든 그 영향이 천하에 미치게 된다. 이는 금약, 봉황금약(鳳凰禁約)에서도 가장 중하게 금지하는 행위 중 하나였다.

왕조와 무림을 막론하고 천하의 정세에 개입하지 말 것.

이는 일천이백 년 전 봉황천 십방무맥의 종사들이 맺은 맹약, 봉황금약의 서문에 명시될 정도로 엄한 약속이 아니던가.
파약의 대가는 가혹했다.
죽음.
죽음을 피할 수 있는 유일한 방법은 죽이러 올 상대를 이기는 것뿐이었다.
그러나 봉황금약의 역사상 금약을 깨뜨리고 살아남은 사람은 단 한 명도 없었다.
봉황금약을 수호하는 자, 십방무맥 최강의 무맥, 혼천무극문의 주인은 언제나 반선지경에 든 초인이었다.
'연휘람…….'
검엽은 십이 년 전 항주의 객잔에서 만났던 도골선풍의 백의노인을 방금 전 헤어진 사람처럼 또렷하게 기억해 냈다.
천지를 잇는 거대한 기운이 전신을 두르고 있던, 이미 사람이라 할 수 없는 기도를 지니고 있던 자.
그가 창궁고학 연휘람이었다.
봉황천 십방무맥이라는 천외천의 문파들 중에서도 홀로 우뚝 선 혼천무극문의 제사십삼대 문주이며, 다른 아홉 무맥의 종사와 후계자들을 끊임없는 패배감 속에서 살게 만든 이 시대의 절대초강자.

그리고 고천강으로 하여금 혼돈귀원대법을 시행할 결심을 하게 만들었던 자.

'그의 이목 역할을 하는 운중천부의 능력이라면 반년이 지나지 않아 연휘람을 볼 수 있을 것이다.'

뽀드득. 뽀드득.

경신법을 운용하지 않은 채 걷고 있는 그의 발밑에서 눈이 온몸을 비틀며 부서졌다.

'너희들은 숨어 있고자 해도 숨어 있을 수 없게 되리라. 쏟아져 나와야 한다. 뒤에 숨어 천하를 손바닥 위에 올려놓고 굴리려는 자들이 더 이상 그런 여유를 부릴 수 없게 만드리라. 진정한 적이는 그때서야 분별할 수 있을 것이다.'

설원에 두 개의 푸르스름한 귀화(鬼火)가 떴다.

검엽의 눈빛이었다.

'하지만 가장 먼저 할 일은 연휘람을 쓰러뜨리는 일이다. 그를 넘어서야만 앞으로 나갈 수 있다.'

빙궁까지는 이백여 리.

경공을 펼치면 이각으로 충분한 거리였다. 하지만 검엽은 경신법도 운용하지 않은 채 천천히 걸었다.

지금은 빨리 움직일 이유가 없는 시기였다.

그가 생각한 모든 것은 연휘람을 넘어선 이후에야 시작할 수 있는 일들이었으니까.

빙궁의 봉문도 그가 하고자 한 일 가운데 하나이긴 했다. 그러나 순위에서 가장 우선하기 때문에 빙궁이 선택된 것은 아니었다.

그의 발걸음이 빙궁을 향한 이유는 복잡하지 않았다.

심마지해로부터 남하하며 만날 수 있는 가장 가까운 강세(强勢)가 빙궁이었던 것이다.

*　　　　*　　　　*

아이태란산(阿爾泰卵山).

시백력의 하늘 아래 이천오백 리에 걸쳐 장대한 몸을 뉘이고 있는 거산.

최고봉인 고울란봉의 높이는 오천칠백이십삼 척이며, 그중 심부는 일 년 중 십 개월 동안 눈이 내린다.

억겁의 세월 동안 쌓여 얼어붙은 빙하와 절곡들이 사람의 발길을 완강히 거부하는 곳.

북해 오천 리의 패자 빙궁은 이곳에 있었다.

빙궁은 개파할 때의 성격상 무림 문파로 분류되어 왔다. 하지만 북해에서 그들은 문파를 넘어 사실상의 왕국이나 다름없는 역할과 권력을 누려왔다.

시백력의 혹한을 뚫고 이곳에 지배력을 적극적으로 행사하고 싶어한 나라가 존재한 적이 없었기 때문이다.

얻을 수 있는 것이 있다면 또 모르지만 시백력은 그런 것도 없었다.

식량, 광물……. 어느 것이나 손에 넣기 위해서는 따뜻한 지역보다 몇십 배의 노력과 희생이 필요했다. 하지만 그 성과는 투입된 것에 비해 너무 적었다.

누가 이런 곳을 다스리고 싶어하겠는가. 살고 싶어하는 사람조차 없었다.

하지만 빙궁이 개파하며 사정이 달라졌다.

빙궁이 개파하기 전 인근 오천 리는 최대 수천 명에 불과한 부족 십여 개가 수렵을 하며 살고 있었을 뿐이다.

빙궁의 개파조사인 빙백신군은 한기(寒氣)를 이겨내는 음한 기공을 창안했고, 그중 익히기 쉬운 것들을 여러 부족에 아낌없이 전했다.

그의 무공을 배운 사람들은 시백력의 혹한을 따뜻한 남쪽의 봄날씨처럼 여기게 되었다.

활동 범위는 당연히 넓어졌다.

생산량이 많아지고 부족 간의 교역도 활발해졌다. 그 결과, 인구도 늘어났다.

그렇게 흐른 세월이 사백오십 년.

현재 빙궁의 힘이 미치는 영역 내에 거주하는 인원은 대략 십오만. 그들 중 무공을 익힌 사람의 수는 십만 명 정도다. 그러나 그들이 모두 무인은 아니었다.

대부분은 한기에 저항력이 강한 기공류만을 익힌 사람들이고, 무인으로 분류할 수 있는 사람은 대략 사천 명가량이며 빙궁 내에 거주할 만큼 강한 고수는 일천 명 정도다.

빙궁이 자리잡은 곳은 고울란봉의 후면 계곡, 후일 빙하곡이라는 이름을 얻은 곳이었다.

빙하곡은 아이태란산의 음기(陰氣)가 강물처럼 고이는 장소로 이곳에서 음한기공을 수련하면 다른 곳에서 수련하는 것보다 두세 배의 성취를 볼 수 있다.

그래서 빙백신군은 이곳에 빙궁을 지었다.

그러나 장점이 있으면 단점도 있는 법.

음한기공의 수련에 최적지인 이곳은 건물을 짓기에는 최악의 장소였다.

일 년 중 십 개월 동안 눈이 내리고, 내린 눈은 하루가 지나기 전에 얼어붙으면서 지표면의 형태를 바꾸어 버리기 때문이었다.

장고를 거친 빙백신군의 선택은 동굴이었다.

빙하곡의 지하도 지상과 다름없는 만년빙이다.

다른 점이 있다면 허허벌판인 지상과 달리, 지하는 중앙의 광장을 중심으로 방사형으로 뻗어나간 길들과 길의 양편에 보이는 다양한 형태의 문이 달린 크고 작은 동굴들이 거대한 미궁을 이루고 있다는 점이었다.

지하미궁의 심처.

궁주전.

금은과 보석으로 치장되어 화려함의 극치를 이루고 있는 태사의.

좌측에 시립해 있는 갈데반을 일별한 발로르는 등을 태사의에 기댔다. 그의 긴 은빛 눈썹이 미미하게 일그러졌다.

은의, 은피화, 은발과 은염, 색목인 특유의 하얀 피부를 가져 온통 은빛 일색인 그의 가늘게 찢어진 눈에 번뜩이는 빛은 얼음처럼 차가웠다. 늘 비웃듯 입꼬리가 비틀려 있는 가느다란 입술이 그의 눈빛과 더해 잔혹한 그의 성정을 그대로 드러냈다.

그의 눈은 자신의 앞에 서서 미소 짓고 있는 담황색 장포를 걸친 인물의 얼굴에 고정되어 있었다.

담황색 장포를 입은 사람은 육 척의 장신에 호방한 기품이 느껴지는 칠순가량의 노인이었다.

옥비녀로 고정시켜 잘 정돈된 머리와 신광이 흐르는 검은 눈, 발로르와 다르게 갈색에 가까운 피부는 그가 빙궁의 한축을 이루는 유목민 지파의 인물이라는 느낌을 갖게 했다. 하지만 그는 이곳 사람이 아니라 중원인이었다.

"그대가 어인 일인가?"

발로르의 음성은 기이한 한기가 내포되어 있어 듣는 이에게 절로 오한을 느끼게 만들었다.

중원인, 백웅천이 담담한 미소와 함께 말했다.

"스베타와 빙혼검객들이 시신으로 발견되었다는 말을 듣고 궁금해서 찾아뵈었소이다."

발로르의 눈에서 흘러나오는 백광의 빛이 강해졌다. 궁주전 전체가 무서운 한기에 휩싸였다.

가공할 살기.

발로르는 두 명의 아들을 두었다. 그리고 스베타는 둘째 아들이었다.

백웅천은 그 아들의 죽음을 상기시킨 것이다.

그러나 백웅천의 태도는 당당했다. 주눅 든 기색이 보이지 않는 것이다.

이는 그가 범상한 고수가 아니라는 것을 의미했다.

발로르가 도달한 경지는 기세만으로 타인의 심령에 충격을 줄 정도였으니 그 영향을 차단하기 위해서는 발로르에 근접한 능력을 갖고 있어야 하는 것이다.

어느 순간 궁주전을 가득 채웠던 살기가 씻은 듯 사라졌다.

평정을 되찾은 발로르가 말했다.

"소식이 빠르군."

궁에서 이백오십 리 떨어진 야산 지역에서 스베타를 비롯한 열아홉 구의 시신이 발견되었다는 소식이 도착한 지 아직 반나절도 지나지 않았다.

백웅천은 멋쩍은 미소를 지었다.

"십여 년 동안 할 일 없이 빈둥거렸더니 귀만 예민해져서 그렇소이다, 하하하."

"손이 근질거리나?"

"사실은… 그렇소이다."

백웅천은 싱긋 웃으며 순순히 시인했다.

"중원에는 와신상담(臥薪嘗膽)이라는 고사가 있다면서?"

"……?"

질문의 의미를 파악하지 못한 백웅천이 잠시 대답을 망설이는 사이 발로르가 말을 이었다.

"스베타와 빙혼검수들을 죽인 놈들은 팔 년 동안 와신상담한 자들이야. 아마도 팔 년 전 시신이 발견되지 않았던 바야드를 비롯한 세 명의 봉공을 중심으로 움직이고 있을 것이고. 카크타니와 오치르가 함께 있을지도 모르지……. 승산도 없는데 왜 기어나왔는지 솔직히 이해하기는 어렵지만, 아무튼 무언가 믿는 게 있으니 기어나왔을 거야. 그래도 나서보고 싶나?"

"강할수록 손맛이 짜릿하지 않겠소이까?"

발로르의 피처럼 붉은 입술 끝에 미소가 걸렸다.

"원한다면 그리하도록. 자네도 갈 건가?"

백웅천은 아쉬운 듯 입맛을 다셨다.

"저야 궁을 비울 수 없는 입장이라는 걸 궁주께서 더 잘 아시지 않소. 저와 부단주만 남고 다른 사람들은 모두 나갈 것이외다. 십여 년 만의 사건인지라 모두 어린아이처럼 들떠 있소. 말렸다가는 하극상이 벌어질 분위기외다."

백웅천의 과장스러운 말에 발로르는 고개를 젖히고 웃었다.

"으하하하하하!"

웃음의 여운이 미처 사라지기도 전, 표정이 사라진 얼굴로 발로르가 입술을 뗐다.

"갈데반."

짙은 녹색의 눈을 가늘게 뜬 채 백웅천을 바라보며 석상처럼 서 있던 갈데반이 반보 앞으로 나서며 허리를 숙였다.

"예, 궁주님."

"북해 지단의 인물 중 원하는 자들이 밖에 나가 있는 칼라즈와 합류할 수 있도록 조치하게."

"존명."

이때만 해도 궁주전에 있던 세 사람은 불과 수일 뒤에 어떤 일이 벌어질지 상상도 하지 못하고 있었다.

第六章

천마
검섭
전

검엽은 자신을 중심으로 넓게 퍼지며 산자락 곳곳에 자리를 잡아가는 기(氣)를 느꼈다.

그는 걸음을 멈췄다.

푸른 하늘을 이고 서 있는 순백의 봉우리들이 손에 잡힐 듯 가까웠다.

이틀 만에 아이태란산의 경내에 들어온 것이다.

"너는… 반도가 아니로구나. 누구냐?"

거친 일갈.

검엽은 고울란봉에서 눈을 떼고 정면을 보았다.

십여 장 앞에서 스산한 빛을 발하는 초록색 눈동자가 그를 보며 살기를 뿜어내고 있었다.

눈을 제외한 전신을 흰빛 일색의 가죽으로 두르고 있어 나이와 용모를 알 수 없는 자.

익숙한 옷차림이었다.

먼저 검엽의 손에 죽어간 자들과 다른 점이라면 수중에 무기를 들고 있지 않다는 정도일 뿐.

하지만 검엽의 시선은 녹안의 백의인에 머무르지 않았다.

그의 시선이 멈춘 것은 백의인 옆에 서 있는 청의중년인에 이르렀을 때였다.

녹안의 백의인과 달리 사십대 중후반쯤인 듯한 청의인은 한눈에 중원인이라는 것을 알아볼 수 있을 만큼 이목구비가 한족 특유의 것이었다.

검엽이 천천히 말문을 열었다.

"네가 팔 년 전 발로르의 반역을 도왔다는 중원인인가 보구만."

질문을 가볍게 무시당한 백의인과 십수 년이나 연하로 보이는 청년에게 하대를 당한 청의인의 전신에서 무서운 살기가 흘러나왔다.

그들의 신분으로 언제 이런 대접을 받아보았을까.

청의인은 살기를 흘리면서도 어처구니가 없어 웃고 말았다.

"허어… 하늘 높은 줄 모르는 천둥벌거숭이로구나. 그런 허름한 차림에 구애받지 않은 것을 보아 어느 정도 솜씨가 있는 줄은 알겠다만, 지나치다. 계속 그처럼 오만방자할 수 있는지 한번 보겠다."

검엽의 입술 사이로 흰 선이 나타났다.

소리없이 웃고 있는 것이다.

대로한 청의인의 눈썹이 역팔자로 곤두섰다.

그러나 그는 앞으로 나서지 않았다.

이 자리의 주재자는 그가 아니었기 때문이다.

"석 대협, 잠시 기다리시오. 저자에게 알아볼 것이 있소."

백의인이었다.

청의인, 군한은 가볍게 고개를 끄덕이며 입을 꾹 다물었다.

백의인은 매서운 눈으로 검엽을 보며 말했다.

"네가 단신으로 이곳에 온 목적이 무엇이든 행적이 발각된 이상 너 혼자서는 아무것도 할 수 없다. 순순히 무릎을 꿇어라. 그럼 목숨만은 부지하게 해주마."

검엽은 생각에 잠기기라도 하는 것처럼 슬쩍 머리를 모로 꼬았다.

그리고 말했다.

"너에게 내 목숨을 어찌할 만한 능력이 있을까?"

백의인, 죽은 스베타와 함께 빙혼검대의 부대주였던 칼라즈의 복면 속 얼굴이 노기로 붉게 상기되었다.

빙궁의 무인들은 익히는 무공의 특성상 쉽게 분노를 느끼지 않는다. 성취가 높아질수록 감정의 변화도 적어진다.

그런데 칼라즈는 이상할 정도로 빠르게 평정이 흐트러지고 있었다. 검엽이 은연중에 흘린 파멸천강지기의 여파에 휩쓸린 것이었지만 검엽 외에 그것을 알 수 있는 사람은 아무도 없었다.

칼라즈의 악문 입술 사이로 말이 흘러나왔다.

"혀가 짧은 놈이로구나. 마지막으로 묻겠다. 이 질문에 대답하지 않으면 더 이상 네게 기회는 없다. 바야드 일당은 어디에 있느냐?"

검엽이 빙궁의 잔존 세력에 속한 자라고 확신하는 말투였다.

검엽은 백의인을 바라볼 뿐, 말이 없었다.

빙궁의 운명에 대해서는 카크타니와 이미 결론을 냈다. 그에게 눈앞에 있는 자들은 정통성이 없는 반역도들에 불과했다. 하여 그가 대답을 할 이유가 없는 것이다.

그의 침묵을 면전에서 대해야 하는 사람들의 기분은 점점 악화일로를 걸을 수밖에 없었다.

칼라즈는 마음속에서 인내라는 이름의 끈이 툭 끊어지는 것을 느꼈다.

"일단 네놈의 사지를 부러뜨리고 두 눈을 뽑은 연후에 대화를 해야겠다. 그래야 말귀를 알아들을 놈 같으니."

검엽의 입술 끝이 비틀렸다.

웃음을 머금은 그가 뱉듯이 말했다.

"해봐."

그 말을 끝으로 소름 끼치는 살기가 산자락을 뒤덮었다.

검엽의 주변에 백영이 어른거리며 하나둘 숫자를 늘려가기 시작했다.

찰나간에 백영의 수가 이십을 넘겼다.

석군한의 주변에도 청영이 어른거리며 아홉의 인영이 늘어났다.

그리고 눈이 내렸다.

마치 하늘에서 흰 융단이 펼쳐지기라도 하는 듯 눈송이들은 크고 굵었다.

칼라즈의 입가에 비웃음이 떠올랐다.

눈과 얼음은 그들의 삶이다.

그 속에서 그들, 빙혼검대의 검수들은 무적인 것이다.

그도 스베타와 빙혼십팔검객이 죽었다는 것을 알고 있었다. 그러나 그들을 죽음으로 인도한 사자가 눈앞에 있는 자라고는 꿈에도 생각지 않았다.

그는 스베타 일행이 바야드를 비롯한 잔존 세력의 합격에 의해 죽어갔다고 믿었던 것이다.

만약 그들이 검엽, 단 일인에 의해 죽어갔다는 것을 알았다면 그는 좀 더 신중했으리라.

그러나 삶에는 만약이 없다.

백의인들의 신형이 흐릿해졌다.

점점 거세지는 눈보라가 백의인들의 운신을 더 은밀하게 만들어준 것이다.

더구나 그들이 펼치는 것은 중원무림의 살수 문파들도 배우기를 갈망한다는 절세의 은신술인 빙궁 비전의 설영잠은류(雪影潛隱流).

사람들은 검엽이 단숨에 피를 뿌리며 시신으로 화하리라 확신했다.

그들의 확신처럼 장내가 단숨에 피에 젖은 건 맞았다.

그러나 그 피의 주인은 검엽이 아니었다.

우르르르—

눈보라 속에 쉬지 않고 낙뢰성이 울려 퍼졌다.

동시에 무언가 부서져 나가는 소리가 쉴 새 없이 그 뒤를 따랐고, 피에 젖은 눈발이 내려앉은 순백의 대지는 붉게 물들었다.

숨 몇 번 들이쉴 시간이 지났을 뿐이다.

장내는 깊은 침묵에 잠겼다.

칼라즈와 석군한은 안색이 허옇게 질린 채로 정면을 보았다.

서 있는 사람의 수는 불과 십여 명뿐이었다.

칼라즈와 석군한, 그리고 청의인 아홉과 검엽.

검엽은 처음부터 움직이지 않은 것처럼 원래 그 자리에 여전히 석상처럼 서 있었다.

변한 것은 있었다.

그의 주변.

스물이 넘는, 머리를 잃은 백의인들의 시신이 아무렇게나 누운 채 목에서 붉은 피를 울컥울컥 토해내고 있었다.

살아 있는 사람들은 절반쯤 넋이 나간 표정이었다.

상상조차 하지 못한 결과였다.

북해를 석권한 빙혼검대의 고수 이십여 명이 촌각도 지나기 전 시신이 된 것이다.

더 큰 문제는 검엽이 어떻게 손을 써서 백의인들을 죽였는지 아무도 보지 못했다는 데 있었다.

칼라즈와 석군한조차 검엽의 움직임을 보지 못했으니 다른 사람은 말할 필요도 없는 것이다.

칼라즈는 돌처럼 굳은 얼굴로 말문을 열었다.

"광오할 만한 실력임을 인정해야겠군. 하지만 결과는 변하지 않는다. 너는 이곳에서 죽는다."

검엽은 무표정한 얼굴로 고개를 슬쩍 끄덕였다.

"말이 많군. 해보라니까."

긴장감이 느껴지지 않는 무심한 어조.

입술을 깨문 칼라즈는 석군한에게 눈짓을 했다.

조금 창백한 안색의 석군한이 보일 듯 말 듯 턱을 주억거렸다.

칼라즈가 앞에, 석군한이 일 장 뒤를 따르며 앞으로 나섰다. 그와 함께 청의인들이 석군한의 뒤를 따랐고, 사방에서 솟아나듯 모습을 드러낸 백의인들의 움직임이 바빠졌다.

두 사람의 몸짓을 보며 검엽은 팔짱을 낀 채 소리없이 웃었다.

저들은 모른다.

그가 십이 년이라는 세월을 어떻게 보냈는지를.

마물의 살로 허기를 채우고 그 피로 목을 채우며 단 한순간도 쉬지 못한 채 생사를 넘나들어야 했던 그의 청춘을.

심마지해의 날들에 비하면 이런 싸움은 그에게 장난이나 다름없었다.

수를 헤아릴 수도 없는 마물들과의 영원처럼 이어진 싸움 속에서, 뼈가 부서지고 살이 찢어지고 오장육부가 으스러지고 단전이 계속해서 부서지는 상태에서도 살아남았던 그가 아닌가.

눈앞에 있는 자들 정도로 이루어진 인해전술(人海戰術) 따위는, 그 수가 얼마가 되었든 그에게 전술이라 할 수도 없는 것이다.

칼라즈의 두 손이 허공에서 어지럽게 수인(手印)을 맺었다.

앞서 죽어간 백의인들과 달리 새로이 나타난 백의검수들의 운신은 더욱 은밀하고 신중해져 있었다.

칠성에서 나아가 팔괘와 구궁을 밟아나가는 그들의 운신은 일정한 법칙을 따랐다.

백의인의 수는 사십구.

그들이 방위를 점하는 데 걸린 시간은 찰나에 불과했다.

그들의 손에 들린 백검에서 가공할 경기가 서서히, 그러나 해일처럼 강력하게 기지개를 켜며 일어났다.

칼라즈의 눈빛이 칼날처럼 빛났다.

'빙하진(氷河陣)이라는 것은 몰라도 진법이 펼쳐지고 있음을 모를 리 없을 텐데도 이처럼 태연하다니. 그 광오함이 너를 죽음으로 인도하게 되리라.'

빙하진은 빙궁의 인물들이 소림사의 나한진에 뒤지지 않는다고 자부하는 절세의 진법이었다.

세 명만 넘으면 언제나 펼칠 수 있는 묘용이 있는 빙하진은 구성인원의 수가 많아질수록 그 위력이 증가된다.

위력은 두 가지 방향으로 나타난다.

하나는 진 자체에 구성 인원의 내력을 밧줄처럼 하나의 흐름으로 꼬아서 배로 증폭시켜 주는 공능이 있어 개개인의 능력이 강해진다는 것이고, 또 하나는 그렇게 증폭된 구성원의 내력이 진에 들어선 자의 운신을 제약하는 압력으로 작용한다는 것이었다.

거대한 압력에 노출된 적이 당황할 때 검수들은 적을 벨 수 있는 것이다.

검엽은 칼라즈의 독기와 득의에 가득 찬 눈을 볼 수 있었다. 포진한 백의인들의 신형이 진세 속에 사라져 가는 것과 자신을 중심으로 무섭게 증가되어 가는 강력한 압력도.

진세의 영향하에 들어간 공간이 일그러졌다.

눈보라는 진세 밖으로 튕겨 나갔고, 한순간 텅 빈 그 안은 거대한 빙기(氷氣)를 품은 백색의 기둥들이 불쑥 나타나 검엽을 향해 조수처럼 밀려갔다.

쩌저저저적—

공간을 찢으며 나타난 빙하 기둥들은 치달려가는 동안에도 그 크기를 무서운 속도로 키워 나갔다.

하지만 검엽의 무표정한 얼굴은 변하지 않았다.

그가 심마지해를 나선 후 펼친 무공은 천강낙뢰수뿐이었다.

지금도 그는 그 이상의 무공을 펼칠 필요를 느끼지 못했다.

빙하진은 분명 대단한 진법이었지만 오늘 상대를 잘못 만났다.

칼라즈는 방금 전 들었던 낙뢰성이 다시 울리는 것을 들었다.

우르르르—

그의 안색이 흙빛으로 변했다.

콰쾅!

날벼락 치는 소리와 함께 빙하진을 구성한 백의검수들의 내공에 의해 형상화된 백색의 기둥, 빙하정(氷河晶)이 허공에서 산산이 터져 나가고 있었다.

빙하정을 강타하고 있는 것은 시퍼런 뇌전.

그러나 그 속도가 너무나 빨라 눈에 들어왔다 싶은 다음 순간 깨져 나간 빙하정 옆의 것이 터져 나갔다.

눈 두어 번 깜박거릴 시간이 지나기도 전, 사십구 개의 빙하정은 고운 얼음 가루로 부서져 허공에 흩날렸다.

그리고 하나의 것으로 들릴 만큼 빠르게 한 줄로 이어지는 처절한 비명.

"으아아아아아악!"

사십구 개의 빙하정이 난무하던 장내에 마흔아홉 개의 핏빛 기둥이 다시 생겼다.

그리고 정적.

칼라즈는 넋을 잃었다.

빙하정은 분명 강기는 아니다. 하지만 빙혼검수들이 평생을 고련한 음한(陰寒) 공력이 응집된 기(氣)의 결정체였다.

그것이 저처럼 허무하게 부서지다니.

직접 보지 않았다면 그도 믿지 못했을 광경이다.

사십구 명의 빙혼검대 검수가 선 채로 목 없는 시신이 되어 있었다.

물러났던 눈보라가 다시 장내를 덮었다.

칼라즈는 눈보라 속에서 푸르스름하게 빛나는 두 개의 귀화를 보았다.

검엽의 눈이었다.

어느새 팔짱을 낀 모습으로 돌아가 있는 검엽을 보며 칼라즈는 입술을 떼지 못했다.

무언가 말을 해야겠다는 생각은 있었지만 입술이 떨어지지 않았다. 그는 평생 눈앞에 있는 자와 같은 사람을 볼 수 있으리라고는 꿈에서조차 상상해 본 적이 없었다.

사백오십 년 동안 한 번도 깨진 적이 없는 빙하진을 일거수에 깨뜨리고 그것을 구성하는 빙혼검대 사십구 명의 검수를 일수유지간에 죽이는 자가 있을 수 있다니.

어찌 믿을 수 있으랴.

마침내 그의 입술이 떨어졌다.

"악… 마……."

검엽은 난데없는 칼라즈의 말에 눈을 깜박였다.

칼라즈의 동공은 절반쯤 풀려 있었다.

저항할 의지 따위는 찾을 수 없음이 당연했고.

그렇다 해도 악마라니.

검엽은 절로 쓴웃음을 지었다.

정말 악마가 어떤지를 보기나 하고 말하던가.

석군한의 안색은 더 이상 무거울 수 없을 만큼 무거웠다.

그는 그렇게 가라앉은 눈으로 검엽을 보았다.

그가 이곳에 온 것은 십 년 전.

십 년 동안 그는 빙궁의 인물들과 무공을 경험했다.

빙궁은 새외오마세의 하나로 꼽히기에 충분한 힘을 가진 곳이었다. 그가 판단한 빙궁은, 단일한 힘이라면 빙궁과 자웅을 결할 만한 문파는 중원에도 흔치 않았다.

구주삼패세 중 군림성과 철기문, 소림과 무당, 백가장 정도.

그런 문파의 제자들이기에 빙혼검대 고수들은 개개인이 일류를 넘어 절정을 바라보는 고수들이었다.

그도 강자였지만 빙혼검대 고수 열 명이 펼치는 빙하진을 상대할 수 있다고 자신하기 어려웠다.

그런 검수 사십구 명을 단숨에 죽이고 빙하진을 깨뜨리는 자라면 그의 상대는 분명 아니었다.

석군한은 숨을 길게 내쉬었다.

굳어 있던 어깨와 목이 조금 풀렸다.

궁에 있는 두 명의 장로가 이 자리에 있었다면 이렇게까지 긴장되지는 않았을 것이다. 그들은 절세라는 말이 부끄럽지 않은 고수들이었으니까.

그래도 다행한 것은 그가 혼자가 아니라는 것이었다.

그의 동료 아홉 명이 그와 함께 있었다.

그들이라면 한번 해볼 만했다.

눈앞에 있는 자를 상대로 필승을 자신할 수는 없었다. 그러나 싸우기도 전에 필패할 것이라고 좌절하지는 않아도 되었다.

'이런 오지에서 회(會)의 제자 열 명이 함께 있으면서도 승패를 점칠 수 없는 자를 만날 거라고는 생각지도 못했다. 대체 저자는 어디에서 온 자일까? 빙궁의 인물이 아님은 분명한데…… 저런 자가 그들과 함께 있었다면 반역은 그날 실패로 끝났을 테니까. 잔존 세력이 초빙한 자일까……?'

석군한의 눈빛이 시시각각 변했다.

검엽은 그것을 보며 묵묵히 기다렸다.

그는 급할 것이 없는 것이다.

신중하게 검엽의 주변의 삼 장 이내로 접근한 석군한과 아홉 명의 청의인은 자리를 잡았다.

장내가 용광로처럼 달아오르며 그들 주변의 십여 장 이내가 단숨에 질퍽한 늪처럼 변해갔다.

그리고 그들을 잇는 뜨거운 용권풍이 일어나며 서서히 검엽을 향해 밀려들어 갔다.

한 점을 향해 밀려드는 열 명의 내공.

만류일원(萬流一圓)이라 이름 붙여진 이 진법은 석군한이 속한 회(會)의 가장 기본적인 합벽진이었다.

내공을 증폭시키고 내부의 압력을 증가시키는 점은 빙하진과도 일맥상통하는 면이 있었다.

빙하진과의 다른 점이라면 빙하진이 그것을 펼친 개개인의 자율성을 극도로 제약한다면 만류일원진은 개개인의 자연스러운 임기응변의 폭이 대단히 넓다는 데 있었다.

본래 만류일원진은 한두 명의 절대초강고수를 상대하기 위해 창안되었다.

이 진법의 창안자는 그런 초강자들을 정해진 법칙에 따른 움직임으로 묶어두는 것이 얼마나 지난한가를 잘 알고 있었던 것이다.

두 개의 푸른 귀화등(鬼火燈)처럼 빛나는 눈으로 십 인의 청의인을 바라보던 검엽의 눈에 미묘한 이채가 스쳐 지나갔다.

사십대 초반에서 오십대 중반쯤의 나이가 뒤섞인 청의인들은 개개인이 절정에 이른 고수들이었다.

그들만으로도 어지간한 중소 문파 하나쯤은 반나절 안에 멸문시킬 전력이다.

'이천룡 노야에 버금가는 고수가 열이라… 점점 더 어디서 온 자들인지 궁금해지는군. 구주삼패세에서 보낸 자들이 아님은 분명하고……. 어딜까……? 내 생각처럼 천하라는 판을 제 뜻대로 움직이는 자들이 정말 실재하는 것일까…….'

의심이 확신으로 변해갔다. 그러나 그의 상념은 길게 이어지지 않았다. 한가롭게 상념에 잠겨 있을 때가 아니기도 했고,

군이 머리를 굴릴 필요를 느끼고 있지 않기 때문이기도 했다.

가고 가고 가다 보면 알게 될 일이었다.

검엽은 천천히 팔짱을 풀었다.

저들 열 명이 펼치는 진법은 그가 무너뜨린 사십구 인의 진법보다 상대하기 좀 더 까다로워 보였기 때문이다.

우르르르.

날벼락이 치는 소리가 다시 울려 퍼졌다.

석군한의 안색이 시체처럼 하얗게 변했다.

그는 보았다.

검엽이 서 있던 자리에서 뻗어 나오는 한가닥 시퍼런 뇌전을.

그것은 멀리서 지켜볼 때 보았던 것과는 완전히 다른 느낌으로 다가왔다.

절대적인 압박.

그는 입술을 절로 깨물며 평생 고련해 온 홍염일기공(紅焰一氣功)을 십이성 끌어올렸다.

다른 청의인들도 비슷한 반응이었다.

쇠라도 녹일 듯한 가공할 열기가 만류일원진 내를 가득 채웠다.

열 명의 홍염일기공이 모인 열염기가 검엽의 천강낙뢰수와 거세게 충돌했다.

쾅!

벼락치는 소리와 함께 사방 삼십여 장이 지진이라도 난 듯 뒤흔들렸고 땅에 쓰러져 있던 시신들이 낙엽처럼 날아올랐다.

만류일원진 전체가 일 장 뒤로 밀려나 있었다.

천강낙뢰수의 위세를 받아내기는 했으나 그 충격을 온전히 해소하지는 못한 것이다.

석군한은 전신을 채운 탁기를 뱉어내며 사력을 다해 다시 한 번 홍염일기공을 일으켰다.

마치 절구에 전신을 넣고 찧은 듯 온몸이 저리고 고통스러웠다. 그리고 오장육부와 십이경락은 전부 뒤집혀져 금방이라도 핏덩이가 목구멍을 넘어 튀어나올 듯했다.

하지만 고통보다 더한 어떤 것이 그의 뇌리를 계속해서 자극했다.

그는 검엽의 귀화등처럼 빛을 발하는 두 눈이 서늘해졌다는 느낌을 받고 있었다.

왜인지는 알 수 없었다.

전율과 공포가 척추를 타고 미친 듯이 내달렸다.

검엽은 한 번의 충돌 후 전열이 흐트러진 청의인들을 그대로 두었다. 한 번 더 손을 썼다면 석군한 등은 탁기로 인해 흐트러진 진기를 순환시키기도 전에 무너졌을 것이다.

검엽은 천천히 입술을 뗐다.

"이 열기는… 익숙하군."

나직한 중얼거림.

그러나 장내에 있는 사람들은 석군한처럼 전신에 돋는 소름으로 인해 자신도 모르는 사이 전신을 떨어야 했다.

무어라 설명할 수 없는 처절한 기세가 검엽의 전신에서 조금씩 흘러나오고 있었다.

그것은 그들의 심령을 강타하며 경락의 흐름을 뒤틀었다.

칼라즈와 석군한의 입술이 벌어지며 핏물이 흘러나왔다.

마음속에 욕망이라는 이름의 찌꺼기가 남아 있는 자들이라면 무공의 종류와 고하와 상관없이 그 영향을 피할 수 없는 기세, 지존신마기에 직격당한 것이다.

칼라즈와 석군한 등이 익힌 무공은 마공이 아니었음에도 그 영향을 피하지 못했다.

지존신마기는 마중마(魔中魔) 절대초마(絶對超魔)의 기운.

그것은 마공에 영향을 미치는 것이 아니라 마(魔), 그 자체로 인간의 욕망에 영향을 미치는 것이기 때문이다.

'이 열기는 그때 그자가 펼쳤던 장법의 기반이 되었던 공력과 흡사하다. 수준이 떨어지기는 하지만 같은 뿌리에서 갈라져 나온 가지다.'

검엽은 가슴 깊은 곳에서 기지개를 켜는 살기를 느꼈다.

'려아……'

오산…….

그날…….

운려의 벗은 상반신이 뇌리에 선명하게 떠올랐다.

그녀를 바라보며 하의에 손을 대던 장년인의 모습도.

자신의 뺨을 쓰다듬으며 흔적도 남기지 못한 채 사라져 간 그녀의 모습이 망막을 가득 채우는 순간,

검엽은 숨을 멈췄다.

신마기의 인력에 이끌려 그의 전신을 가득 채웠던 절대역천마기가 무서운 기세로 응축되며 그의 단전에서 연쇄적으로 폭발하기 시작했다.

그의 전신경락을 타고 흐르던 힘이 거대한 해일로 변하며 검푸른 기의 소용돌이를 만들어냈다.

지존천강력.

파멸의 천강이라는 그 힘이 그의 내부에서 절대역천마기를 신의 불[神火]로 태우며 창룡의 기세로 용틀임을 하는 것이다.

지존신마기가 순수하게 혼에 영향을 미치는 기운이라면 지존천강력은 신마기가 포용한 역천마기를 기(氣)로 형상화시키는 실체적인 힘이다.

검엽은 심마지해를 나온 후 지존천강력을 무공에 담은 적은 아직 없었다.

그럴 만한 상대를 만나지 못한 탓이다.

눈앞에 있는 자들도 지존천강력을 사용할 만한 상대는 아니었다. 그러나 그의 마음속에서 들끓는 분노와 살기는 지존천강수만으로는 풀 수 없는 것이었다.

칼라즈는 장내를 노을처럼 물들이는 홍염기를 보며 흥분했다. 단 열 명이었지만 그들이 펼치는 무공은 사십구 인이 펼친 빙하진보다 배는 강했다.

비록 한 번의 충돌에서 뒤로 밀리긴 했지만 지금의 홍염기라면 저 악마 같은 자를 불태워 버릴 수도 있었다.

그는 침을 삼키며 장내에 시선을 고정시켰다.

그리고…….

그는 보았다.

만류일원진의 중앙에서 솟구치는 검푸른 빛의 폭풍을.

거대한 힘이 나래를 펴며 일어나고 있었다.

천지가 공포로 숨을 죽였다.

묵청색의 광풍 아래 홍염의 열기는 미풍처럼 스러졌다.

콰우우우우.

암울한 강기의 폭풍이 천지를 갈기갈기 찢으며 광포하게 대지를 질주했다.

눈보라가 몰아치던 순백의 하늘이 검게 변했다.

천강번천수(天罡翻天手).

지존천강수의 제이초가 초현된 것이다.

비명도 없었고, 앞서 빙혼검대의 고수들이 죽은 후 보였던 혈우도 없었다.

칼라즈는 온몸을 떨며 무릎을 꿇었다.

도저히 서 있을 수가 없었다. 무릎 꿇은 그의 사타구니 사이가 누렇게 젖어들었다.

사방 십오 장 이내는 아무것도 존재하지 않는 무(無)의 공간으로 변해 있었다.

보이는 것은 일 장이 넘게 파인 지면뿐.

청의인들은 물론, 빙혼검대 검수들의 시신도 남아 있지 않았다.

검엽은 그 무(無)의 공간 정중앙의 허공을 밟고 서 있었다.

전설에나 나올 법한 능공허도(凌空虛渡).

칼라즈는 허공에 뜬 채 자신을 바라보고 있는 푸르스름하게 빛나는 눈을 피하지 못했다.

그의 전신이 사시나무처럼 떨었다. 괴성 같은 단말마의 비명이 터져 나왔다.

"와아아악!"

동공이 풀린 눈에 광기를 담고 신형을 날리는 그의 손에는 협봉검처럼 끝이 날카로운 넉 자 길이의 연검이 들려 있었다. 연검에서 솟구친 날카로운 검기가 사방을 베었다.

그의 손이 비어 있던 것은 그의 무기가 늘 허리춤에 요대처럼 하고 다니는 연검이기 때문이었다.

하수든 고수든 적을 상대할 때 평정을 유지하는 것은 기본 중의 기본이다. 그러나 칼라즈는 그런 기본을 지키고 있지 못했다.

가능할 거라 생각한 적이 단 한 번도 없는 살육을 보면서 그의 정신은 흐트러질 대로 흐트러진 것이다.

당연히 그가 펼친 빙하회류검세도 제대로 된 기세가 실려 있지 않았다.

칼라즈는 허공에 떠 있는 검엽이 천천히 오른손을 들어 올리는 것을 보았다.

느리고 단순한 동작.

나비도 잡지 못할 것만 같은 부드러운 손짓이다. 그러나 그

손길에 담긴 힘은 끔찍한 것이었다.

공간을 건너뛰어 밀어닥친 미증유의 힘은 칼라즈의 애검을 간단하게 산산이 부수고 그의 가슴을 강타했다.

쿠우우우웅!

십여 장 뒤로 날려가며 칼라즈는 만년빙벽이 무너질 때난 날법한 소리가 뇌리를 울리는 것을 들었다.

피를 울컥울컥 토해내던 칼라즈는 자신이 살아 있다는 것에 어리벙벙해졌다.

가슴이 무너지고 오장육부가 자리를 이탈했다. 경락이 찢어지고 뒤틀렸다.

살아 있는 게 의아할 깊은 중상이었다.

그때 텅 빈 그의 뇌리에 절대적인 기세가 담긴, 하지만 감정은 한 올도 느껴지지 않는 음성이 흘러들어 왔다.

"발로르와 백웅천에게 전해라, 목을 씻고 기다리라고."

피에 물든 칼라즈의 입에서 허연 거품이 흘러나왔다.

그가 받은 정신적인 충격은 육체가 받은 충격을 능가했다.

칼라즈가 어느 정도 정신을 차렸을 즈음 검엽은 벌써 그에게 등을 보인 모습으로 멀어져 가고 있었다.

저벅저벅.

이곳까지 온 것과 달라진 것이 없는 느리고 일정한 걸음.

방향은 고울란봉.

칼라즈는 혀를 짓깨물었다.

그제야 정신이 조금 돌아왔다.

그는 핏물이 말라붙어 얼음이 된 턱을 닦을 생각도 하지 못한 채 비틀거리며 일어섰다. 그리고 혼신의 힘을 다해 신형을 날렸다.

검엽과는 달리 그는 우회해서 달렸다.

지름길이었다.

뒤집힌 오장육부와 흔들린 경락에서 전해져 오는 고통으로 쓰러질 듯했지만 그는 멈추지 않고 달렸다.

빙궁 비전의 빙하수류행(氷河水流行).

속도는 빙궁의 경공들 가운데 세 손가락 안에 들 만큼 빠르지만 내공 소모 또한 극심한 경공.

상처를 무시하고 이런 속도로 달린다면 빙궁에 도착했을 때 그는 죽거나 폐인이 될 수도 있었다.

하지만 그는 죽어도 전해야 했다.

악마가 빙궁으로 가고 있다는 사실을.

검엽과 칼라즈가 떠난 장내에 수십 명의 인영이 나타난 것은 한 시진가량 지난 후였다.

바야드를 비롯한 세 명의 봉공은 지면의 흰색보다도 더 창백한 얼굴로 말없이 장내를 돌아보았다.

그들과 어깨를 나란히 하고 있는 카크타니와 서너 걸음 뒤에 서 있는 빙궁도들은 의혹 어린 눈으로 넓게 파인 지면을 바라보며 고개를 갸웃거렸다.

봉공들과 다른 사람들이 보는 장면은 같았지만 받아들이는 강도는 완전히 달랐다.

바야드가 침중한 어조로 말했다.

"석군한과 아홉 중원인의 무력은 막강하기 이를 데 없는 것이라는 것에 대해 이의가 없으리라 생각하오. 객관적으로 우리 모두가 힘을 합쳐도 승부를 자신할 수 없는 자들이 그들이었는데… 비록 백웅천과 공야승이 빠졌다고는 하지만 그들 십인을 단 이 초 만에 이렇게 만들 수 있다니……. 직접 보았음에도 헛것을 본 것마냥 믿어지지가 않는구려."

소야르와 부누테이는 입을 열지 못했다.

대진으로 보호받는 지역을 떠난 후 바야드는 빙궁도들과 헤어져 은밀히 검엽의 뒤를 따랐다. 검엽의 진의(眞意)가 무엇인지, 그리고 지닌 능력이 과연 어떠한지 의심스러웠던 때문이었다.

그리고 본 광경이 칼라즈와 석군한이 이끄는 무리와 검엽의 싸움이었다.

그는 그 싸움을 본 후 검엽을 미행하는 걸 포기했다.

부누테이를 일수로 제압할 때 긴가민가했던 마음에 심연과도 같은 깊은 공포가 자리를 잡은 것이다.

검엽은 그가 잴 수 없는 잠능을 가진 인물이었다.

빙혼검대와 중원인들을 처리하는 가공할 무공을 본 그는 검엽이 미행을 눈치채지 못했을 거라 자신할 수도 없게 된데다 미행으로 인해 검엽의 심기를 거스를 가능성도 생각해야 했다.

능력의 끝을 짐작조차 할 수 없는 절대초강고수의 심기를 거스를 가능성이 있는 미행.

그것은 위험부담이 너무 컸다.

그는 결정을 하자마자 반 시진의 거리를 두고 뒤따르고 있는 카크타니 일행에게 돌아갔다. 그리고 자신이 본 것을 얘기해 준 후 일행을 데리고 현장에 온 것이다.

부누테이가 입술을 지그시 물며 말문을 열었다.

"홀로 궁을 봉문시키겠다는 말이 농담이 아니었던 모양이외다."

아무도 그의 말을 받지 않았다.

세 명의 봉공은 무겁게 가라앉은 눈으로 고울란봉을 올려다보았다.

억겁의 세월 동안 그 자리를 지키며 천지와 변화를 함께해 온 성스러운 봉우리.

생각에 잠겼던 바야드가 카크타니를 돌아보았다. 무엇을 생각하는지 그의 눈동자가 잠시 흔들렸다.

카크타니에게서 시선을 뗀 그가 소야르와 부누테이를 번갈아 보며 입술을 뗐다. 하지만 음성은 밖으로 흘러나오지 않았다.

전음이다.

그의 전음을 받은 소야르와 부누테이의 두 눈이 두 배는 커지며 안색이 급변했다.

얼마나 놀랐는지 소야르는 전음이 아니라 맨 음성으로 말했다.

"바야드 봉공, 그건……."

바야드가 손을 들어 소야르의 말을 막았다.

[그럼, 소야르 봉공은 이보다 나은 의견이 있소이까?]

소야르는 말을 하지 못한 채 한숨만 거푸 내쉬었다.

소야르와 달리 부누테이는 이를 악물며 고개를 끄덕였다. 그가 바야드에게 전음을 날렸다.

[나는 봉공의 의견에 찬성이오.]

바야드와 부누테이 사이에 굳은 눈빛이 오갔다.

한숨만 내쉬고 있던 소야르도 마지못한 듯 바야드에게 고개를 끄덕였다.

[두 분이 그리 마음을 정하셨다면 저 또한 따르지요. 그것이 진정 주모님과 소궁주님, 그리고 본 궁을 위한 일이기를 바랄 뿐…….]

바야드는 귀전을 파고드는 어두운 소야르의 말에 결의에 찬 눈빛으로 화답했다.

카크타니는 세 봉공이 전음으로 무언가를 상의하고 있다는 것을 알았지만 끼어들지 않았다. 그녀가 알아야 할 내용이라면 세 명의 봉공은 굳이 전음을 사용하지 않았을 것이었기 때문이다.

第七章

천마
검섭
전

"내가 잘못 들은 것이냐?"

발로르의 음성은 낮았다. 하지만 음성에 실린 살기는 엄혹하기 이를 데 없어서 궁주전에 있던 사람들은 일제히 진저리를 쳐야 했다.

시체처럼 창백한 얼굴로 부복해 있던 칼라즈의 이마가 바닥을 찍었다.

쿵!

찢어진 이마에서 핏물이 튀었다.

칼라즈는 만신창이가 된 몸으로 하루를 달려 이곳까지 왔다. 하지만 아무도 그의 상처에 관심을 두지 않았다. 칼라즈가 가져온 소식은 그만큼 놀라운 것이었다.

대전에는 빙궁의 요인들 대부분이 모여 있었다.

궁주인 발로르와 그의 심복인 갈데반, 그리고 반역의 날에 새로이 임명되어 오늘까지 그 자리를 유지하고 있는 신(新)십대봉공까지.

그들은 흰 피부와 여러 색의 눈동자를 가진 색목인이었다. 하지만 모두가 색목인인 것은 아니었다. 그들의 한편엔 두 명의 중원인도 있었다.

빙궁에 파견된 중원인들의 수좌격인 백웅천과 공야숭이었다.

호남형의 백웅천과 달리 공야숭은 문사풍의 육십대 노인이었다. 두 사람의 안색도 빙궁의 요인들만큼이나 심각했다.

"궁주님, 하좌가 어찌 거짓을 말씀드리겠습니까!"

칼라즈의 음성은 금방이라도 피를 토할 듯 격정적이었다.

울분이다. 하지만 사람들은 칼라즈의 음성에 깃든 또 다른 감정, 공포를 읽을 수 있었다. 너무나 확연해서 외면하려야 할 수가 없는 것이다.

장내에 있는 사람들 중 가장 놀란 사람은 발로르였다.

발로르를 따르는 색목인지파의 주요 인물들이 익히는 내가심공은 빙하월영공(氷河月泳功)이다. 이것은 수련이 깊어질수록 감정의 변화가 적어진다.

현음빙백신공과 더불어 빙궁 양대신공을 이루는 이 신공은 개파조사 빙백신군이 창안한 것으로, 현묘함에 있어서는 현음빙백신공에 미치지 못하나 강맹함에 있어서는 빙백신공보다 나은 점이 있었다.

칼라즈의 성취는 현재 구성.

그의 성취라면 칠정(七情)이 얼어붙어 공포를 느끼지 않아야 정상이었다.

비록 깊은 내상으로 인해 그의 빙하월영공이 약해졌다 하더라도 칼라즈의 상태는 정상이라고 볼 수 없었다.

격정에 찬 말을 한 후 엎드린 자세 그대로 정신을 잃은 칼라즈를 내려다보는 발로르의 눈빛이 스산하게 가라앉았다.

"갈데반."

"예, 궁주님."

"그자를 잡기 위해 투입한 빙혼검대의 현재 위치와 배치 상태에 대해 말하라."

이미 보고한 사항이다. 그러나 발로르가 재차 묻는 데는 이유가 있을 터, 갈데반은 지체없이 대답했다.

"칠백 빙혼검대는 각 일백 명씩 칠 개 조로 나뉘어 궁으로 올 수 있는 세 개의 길을 중심으로 그자를 기다리고 있습니다. 그자가 행적을 숨기지 않고 있어 경로 예상은 어렵지 않지만 갑작스럽게 진로를 변경할 가능성 또한 배제할 수 없기 때문입니다. 하나의 길을 두 개 조가 담당하고 있으며 검대주 코타로님이 이끄는 정예 일백 명은 빙하곡의 입구에서 대기 중입니다."

빙혼검대주 코타로 마탄은 발로르의 큰아들이고 죽은 스베타의 친형이다.

보고를 받은 발로르는 천천히 눈을 한 번 감았다 뜨고는 말했다.

"그자는?"

"한 시진에 십 리 정도의 느린 속도로 움직이고 있으며, 행적은 감시망에 들어와 있는 상태입니다. 이대로 진행한다면 이변이 없는 한 그자는 이틀 이내에 영겁(永劫)의 빙원(氷原)에서 본 궁의 제자들과 조우하게 될 것입니다."

발로르가 허리를 세웠다.

그의 두 눈이 횃불처럼 강렬한 신광을 발했다.

"갈데반."

"예, 궁주님."

"만약을 위한 최소한의 인원을 남기고 검대의 모든 제자들을 영겁의 빙원으로 보내라."

갈데반의 눈썹이 꿈틀거렸다.

적의 갑작스런 진로 변경에 대한 대비로 남길 수 있는 최소 인원이라면 삼십 명 안팎이다. 그들과 코타로가 이끄는 일백을 제외한 제자들을 전부 보내면 영겁의 빙원에 모일 인원은 오백 명이 넘었다.

그들 개개인은 모두 일류고수이고 그중 오십여 명은 절정고수다. 조금 과장하면 가히 중원무림을 석권하고 있는 구주삼패세 중 하나와도 싸울 만한 거력이 한 명의 적을 상대하기 위해 모이는 것이다.

빙궁 역사상 유래가 없는 상황이었다.

놀람은 짧았다.

갈데반의 역할은 사자. 그는 머리를 써서 발로르를 보좌하는 사람이 아니었다.

"알겠습니다, 궁주님."

갈데반이 궁주전을 벗어나기도 전 발로르의 지시는 계속해서 이어졌다.

"테루야."

"예, 궁주님."

서리가 내린 듯 하얀 머리와 눈썹, 수염이 아이처럼 밝은 홍안과 잘 어우러진 장대한 체구의 노인이 한 걸음 앞으로 나서며 허리를 숙였다.

신십대봉공의 수장이자 수석 봉공인 테루야였다.

"아홉 봉공과 함께 영접의 빙원으로 가라. 갈 때 천뢰를 가져가라. 그곳에서 놈을 죽여라."

자르듯 단호한 명령.

천뢰라는 말에 놀란 듯 눈을 크게 떴던 테루야의 허리가 직각으로 꺾였다.

"존명."

열 명의 봉공이 궁주전을 떠나는 데는 촌각도 걸리지 않았다.

하지만 발로르의 지시는 아직 다 끝난 것이 아니었다.

"백 단주, 공야 부단주."

백웅천과 공야승이 굳은 안색으로 발로르를 보았다. 그들은 빙궁 내에 중원의 조직이 마련한 북해 지단의 단주와 부단주를 맡고 있었다.

"예, 궁주님."

예의를 갖추기는 하였으나 그들은 테루야처럼 허리를 숙이거나 하지 않았다.

발로르도 그런 두 사람의 태도에 기분이 상하지 않았다. 하루 이틀 된 관계가 아닌 것이다.

"두 사람은 코타로와 합류해서 빙하곡 입구에 대기하라."

백응천과 공야승의 얼굴빛이 눈에 띨 정도로 변했다.

빙하곡은 영겁의 빙원을 지나 오십여 리를 더 와야 한다.

그런데 방금 발로르는 영겁의 빙원에 십대봉공을 보냈다. 그들과 더불어 절정고수 오십이 포함된 오백여 명의 빙혼검대 고수도 보냈다. 거기에 천뢰까지.

발로르는 그런 막강한 전력으로도 다가오고 있는 적을 잡지 못할 수도 있다는 판단을 한 것이다. 그렇지 않다면 그들을 보낼 까닭이 없었다.

동의하기 어려운 판단이었다.

그 전력으로 한 명을 잡지 못한다는 생각에 누가 동의할 수 있겠는가.

석군한 등의 죽음에 노한 상태여서 발로르가 말을 하지 않아도 나섰을 두 사람이다. 그러나 자발적으로 나서는 것과 영문도 모르는 채 내몰리듯 나서는 것은 모양새는 같아도 내포된 의미는 완전히 다르다.

속을 내비치지 않는 공야승과 달리 백웅천은 의문을 가슴에 담아두는 성격이 아니었다.

"궁주님, 불감청이언정 고소원올시다. 하지만 이렇게까지 전력을 집중할 필요가 있겠습니까?"

말을 잇는 백웅천의 시선이 아직 바닥에 이마를 대고 있는 칼라즈를 스쳐 지나갔다.

"칼라즈의 보고를 액면 그대로 믿는다 해도 과한 조치인 듯합니다만."

발로르는 스산하게 웃으며 고개를 끄덕였다.

"맞다. 과한 조치지. 그자를 상대하는 동안 그날 살아남은 잔존 세력들이 다른 곳을 칠 수도 있다. 중원의 병법에 나오는 성동격서를 그자들이 쓰지 말라는 법은 없으니까."

백웅천은 순간적으로 말문이 막혔다. 이렇게 나오면 응대할 말이 궁해질 수밖에 없는 것이다.

그가 말꼬리를 흐리며 물었다.

"아시면서 왜……?"

"내가 십대봉공에 이어 그대들까지 보내는 것은 십대봉공이 그자를 처리할 수 없으리라 생각하기 때문이 아니다. 쓸데없는 희생을 줄이기 위해서일 뿐. 제자들을 찔끔찔끔 보내 놈을 탐색하다 보면 놈의 정확한 무공 수위를 알 수 있을 것이고, 그에 대한 적절한 대응책도 찾아내겠지만 그동안 불필요한 희생이 생겨날 수밖에 없다. 이곳은 빙궁, 북해의 패자가 지배하는 대지. 외인에게 희생당하는 제자의 수는 칼라즈가 잃은 제자들과 그대의 수하들로 족하다. 잔존 세력의 최고 고수인 바야드와 부누테이, 그리고 소야르, 셋이 힘을 합쳐도 칼라즈가 말한 것과 같은 위세를 보일 수 있을지 의심스럽다는 건 그대들도 아는 사실이 아닌가. 칼라즈의 눈이 삐어서 과장이 많이 섞였다손 치더라도 그자는 분명 바야드 등의 세 명보다 더한 고수임에 틀림없다. 그런 자는 압도적인 힘으로 초기에 제거해야 해. 잔존 세력들이 그자의 무공을 믿고 성동격서를 쓸 수도 있으니까. 하지만 그자를 제거하면 다른 잔존 세력의 처리는 어렵지 않다. 나는 오히려 그자들이 이참에 성동격서를 쓰기를 바란다. 이 기회에 일망타진할 수 있을 테니. 그리고 그대들을 코타로에게 보내는 건 그자를 상대하라는 뜻이 아니라 그자를 제거한 후 반응을 보일 잔존 세력을 척결하기 위함이다."

백웅천과 공야승은 절로 숨을 들이마셔야 했다.

발로르의 전신에서 흘러나오는 막강한 패기와 과단성이 그들을 숨죽이게 한 것이다.

공야승의 눈빛이 기이하게 빛났다.

'팔 년 전 그날도 느낀 것이지만 실로 범상한 자가 아니다. 놀라운 과단성과 집중력, 그리고 스스로에 대한 믿음과 그 믿음에 부응하는 무공… 팔 년 전 천하 정세에 영향을 미치기에는 너무 멀리 떨어져 있어 불필요한 힘의 낭비가 될 것이라는 내부의 강력한 반발에도 불구하고 빙궁의 움직임을 제어해야 하며, 그것을 위해 발로르의 반역을 도와야 한다고 주장하시

고 결국 뜻을 관철하셨던 '그분' 의 판단은 현명한 것이었다.'

                    *   *   *

　빙하곡에서 오십 리 떨어진 곳.
　깎아지른 듯한 만년빙벽이 병풍처럼 사방을 둘러싸 만들어진 거대한 분지 지형의 한복판.
　이십여 리에 걸쳐 펼쳐진 얼음 벌판이 있었다.
　이곳이 영겁의 빙원이라 불리는 곳이었다.
　해질녘 노을빛에 물든 빙원은 피에 젖은 듯 붉게 변한다. 그 광경이 실로 장관이라 빙궁 사람들은 이곳을 홍하(紅霞)의 빙원이라고 부르기도 했다.

　끝이 보이지 않는 장대한 빙벽과 반투명한 만년빙으로 뒤덮인 순백의 벌판이 투명한 붉은빛으로 활활 타오르고 있었다.
　빙원의 입구에서 걸음을 멈춘 검엽은 눈을 가늘게 떴다.
　검붉은 노을과 핏빛으로 물든 빙원.
　대자연이 만든 장쾌한 절경이었다.
　하지만 불행하게도 검엽은 경치를 감상하고 싶은 마음이 조금도 없었고, 눈에 들어오지도 않았다.
　그의 감각을 파고드는 수백여 개에 달하는 은밀한 살기들은 독아처럼 바짝 날이 서 있었다.
　검엽은 살기를 무시하고 빙원 안으로 들어섰다.

그리고 오 리 정도 나아갔을 즈음.

그의 사방에서 무수한 인영들이 나타났다. 언뜻 보아도 오백은 가뿐하게 넘는 수의 그들은 눈만 드러난 백의를 입고 있었고, 검신이 흰 검을 들고 있었다.

특이한 것은 그들 중 이백여 명이 등에 석 자쯤 되는 강궁(强弓)과 전통(箭筒:화살통)을 메고 있다는 점이었다.

검엽이 이제까지 만난 자들 중 궁을 든 자는 없었다.

검엽과 그들의 거리는 삼십여 장.

빙혼검대의 검수들은 바로 검엽을 공격하려 하지 않았다. 그들은 약간의 비웃음과 약간의 경탄, 그리고 약간의 이해할 수 없다는 기색이 복합된 눈으로 검엽을 쳐다보았다.

근방 십여 리 이내에 적은 눈앞에 서 있는 반걸인 행색의 흑의인뿐이었다.

오백여 명의 무사는 각 조를 책임지고 있는 자의 지휘에 따라 인근을 수색하며 빙원에 모인 터라 그 사실을 잘 알고 있었다.

그들이 볼 때 흑의인은 자살을 하기 위해 온 자였다.

칼라즈와 석군한이 이끌던 동료들이 흑의인에게 몰살당했다는 소식을 듣지 못한 건 아니었다.

그러나 그들은 살아 돌아온 칼라즈가 과장을 했거나 흑의인이 사술을 썼다고 믿었다.

상식적으로 그들이 일인에게 궤멸당하는 일은 있을 수 없는 것이었기 때문이다.

설령 그들의 궤멸이 과장이나 사술이 아니라 해도 상관없었다.

지금 그들의 전력이라면 흑의인이 삼두육비의 괴물, 아니, 지옥에서 올라온 염왕이라도 죽일 수 있었다.

그들은 그렇게 믿었다.

안 믿는 게 더 이상한 일이다.

검엽을 중심으로 앞뒤에 각 일백오십 명, 좌우에 각 일백십 명, 도합 오백이십 명의 무사가 한 명을 포위하고 있었으니까.

'한 명은 초평익에게 백초지적이 가능한 절세고수, 아홉 명은 오마군에 필적하는 초절정고수들이고, 오십 명 정도는 이천룡 노야에게 약간 못 미치는 절정고수들이다. 나머지도 모두 일류… 이만한 전력을 며칠 사이에 모으다니, 빙궁이 새외오마세라 불리는 이유를 알 만하군.'

검엽은 말없이 주먹을 움켜쥐었다.

무슨 말이 필요하겠는가.

막으면 쓰러뜨리고 전진할 뿐이다.

저벅저벅.

검엽의 걸음 소리가 고요한 빙원에 울려 퍼졌다.

그를 포위하고 있던 자들의 얼굴이 조금씩 일그러졌다.

검엽이 발을 내디딜 때 나는 소리는 자로 잰 것처럼 일정했다. 그 소리는 기이하게도 평원 전체로 퍼져 나가며 듣는 모든 사람의 가슴을 무겁게 짓눌렀다.

평범한 걸음이라면 이런 현상이 벌어질 수가 없다.

그것을 가장 먼저 느낀 사람은 이곳에 투입된 빙궁도들의 수뇌, 수석 봉공 테루야였다.

그는 검엽이 전진하는 전면의 가장 후미에서 전체를 조망하고 있었다.

'음공의 일종인가? 느낌이 좋지 않구나······.'

안색이 딱딱하게 굳은 그가 소리쳤다.

"빙하전(氷河箭)을 쏴라!"

등에 강궁을 메고 있던 검수들이 검을 거두고 궁을 꺼내 들었다. 거의 동시에 화살이 새카맣게 하늘을 뒤덮고 시위를 튕기는 소리와 화살이 허공을 가르는 파공음이 빙원을 가득 메웠다.

투투투투퉁—

쐐애애액—

검수임에도 빙혼검대 무사들의 활 다루는 솜씨는 놀라웠다. 물이 흐르듯 막힘이 없었고, 화살은 시위를 떠나자마자 삼십 장의 거리를 가로질러 검엽에게 도달하고 있었다.

쏜살같은 속도라는 표현이 왜 생겨났는지 단적으로 알게 해주는 속도였다.

치렁치렁하다는 느낌을 주는 검엽의 긴 머리카락 사이로 흑백이 뚜렷한, 하지만 감정이 담기지 않은 두 눈이 푸르스름한 귀광을 발하며 나타났다.

그의 눈에 두려움의 빛은 없었다.

감정이라 부를 수 있는 것들은 심마지해를 떠나던 그날 그곳에 묻어두고 나온 그였다.

이 전장에 두려움이라는 것이 있다면 그것은 적의 몫이었지 그의 몫은 아닌 것이다.

우뚝 걸음을 멈춘 검엽의 뇌리에 이제는 친구가 되어버린 존재의 이름이 물고기처럼 튀어 올라왔다.

'귀조(鬼鳥)!'

그의 뇌리에서 두 글자가 형체를 갖추는 것과 동시에 빙궁도들의 얼굴에 황당해하는 기색이 떠올랐다.

검엽이 서 있던 자리에 그의 모습은 홀연히 사라지고 전설에나 나오는 거대한 묵붕(墨鵬)의 날개로 온몸을 덮은 듯한 기괴한 형체가 나타났기 때문이다.

고치처럼 검엽의 몸을 휘감은 그것은 분명 날개였다.

하나하나가 반 자는 됨직하게 크긴 했지만 그 형체의 전체를 구성하고 있는 것은 새의 깃털이었기 때문이다. 칠흑처럼 검은 기류를 안개처럼 흘리는 것이 이해가 안 가긴 했어도.

투투투투투투투투툭—

검은 날개와 부딪친 빙하전이 기세를 잃고 빙판에 떨어지는 소리가 어지럽게 났다.

강궁을 든 궁수들은 다시 화살을 쏠 생각을 하지 못했다. 단한 대의 화살도 날개 형상을 한 저 기괴한 '무엇'을 뚫을 수 없다는 것을 직감할 수 있었던 것이다.

멍한 얼굴은 테루야도 마찬가지였다.

"저게 대체 뭐냐?"

그는 어안이 벙벙한 표정으로 중얼거리듯 물었다. 그러나 대답할 수 있는 사람이 있을 턱이 없었다.

정적이 흘렀다.

그리고 빙궁의 무사들이 보는 가운데 검은 기류를 흘리는 '그것'이 서서히 움직였다.

사람들은 자신들이 날개라고 생각했던 '그것'의 정체가 정말 날개라는 것을 알 수 있었다.

끝에 칠흑처럼 검은 기류를 흘리는, 한쪽의 길이가 일 장에 달하는 두 장의 날개가 나래를 펴고 있었다.

펼쳐지는 날개의 안쪽에서 푸르스름한 귀광 두 개가 번갯불처럼 빛을 발했다.

순백의 벌판.

안개 같은 기류를 흘리는 두 장의 검은 날개.

귀화처럼 허공에 뜬 채로 타오르고 있는 두 개의 푸른 섬광.

테루야를 비롯한 빙궁도들의 마음이 빙판처럼 서늘하게 얼어붙었다.

그것은 비현실적인 상황에 직면한 인간이 어쩔 수 없이 느끼게 되는 본능, 공포였다.

심마지해 속에서 역천의 물리력을 얻은 후 귀웅 대신 귀조라는 이름을 얻은 귀기(鬼氣)의 정화, 귀조의 날개가 서서히 흐려지며 사라졌다.

그리고 다시 검엽의 발걸음 소리가 영겁의 빙원에 울려 퍼지기 시작했다.

저벅저벅.

적이 다가오고 있음에도 공포에 젖은 빙궁도들의 시선은 저절로 테루야를 향했다.

테루야는 이를 악물었다.

말도 안 되는 상황이 벌어지고 있었다.

오백이 넘는 고수들이 단 한 명의 기세에 침묵당하고 있는 이 상황을 어떻게 무덤덤하게 받아들일 수 있을 것인가.

"빙폭천뢰(氷爆天雷)… 를 사용하라."

지시를 내리는 테루야의 목소리는 잠겨 있었다.

억지로 뱉어낸다는 느낌.

그는 다른 빙궁의 제자들이 받는 압력과는 차원이 다른 압력을 받고 있었다.

그가 수뇌라는 것을 직감한 검엽의 두 눈이 그에게 고정된 채 움직이지 않고 있었기 때문이다.

기세가 집중된 것이 아님에도 테루야는 검엽의 푸르스름한 눈빛을 이겨내기 위해 혼신의 공력을 끌어올려야만 했다.

'칼라즈의 보고는 과장된 것이 아니라 축소된 것이었다. 무인 중에 이런 자가 있을 수 있다니… 궁주님에게서도 이런 기세를 느낀 적은 없었거늘…….'

테루야의 눈빛이 어둡게 변했다. 그러나 그의 기색 여하에 상관없이 그의 지시는 이행되고 있었다.

강궁을 들고 있던 자들이 빠르게 뒤로 물러나며 그 자리를 뒤에 있던 자들이 차지했다.

그들을 제외한 다른 자들과 물러나는 자들은 앞으로 나선 자들이 있던 자리보다 이십여 장을 더 뒤로 갔다.

새롭게 앞으로 나선 백의인들의 수는 검엽의 앞뒤에서 세 명씩, 그리고 좌우에서 두 명씩, 총 열 명이었다.

그들은 품에서 한기가 흐르는 어린아이 주먹만 한 둥근 공을 꺼내 들었다.

조심스러운 손길이다.

그들 중 누군가의 음성이 빙원을 떨어 울렸다.

"투척!"

물건을 던지는 자들은 하나같이 일류고수들이다.

빙폭천뢰라는 이름이 붙은 둥근 공의 속도는 화살의 속도에 근접할 정도로 빨랐다.

빙폭천뢰를 던짐과 동시에 빙궁도들은 바람 같은 속도로 뒤로 물러났다.

빙폭천뢰가 검엽에게 도달했을 때 빙궁도들과 검엽의 거리는 오십여 장에 달했다.

거리가 배 가까이 늘어난 것이다.

물러난 빙궁도들 틈에서 테루야는 입술을 깨물어야 했다. 그는 볼 수 있었다.

빙궁이 중원의 진천뢰나 벽력탄에 버금가는 위력이라 자부하는 빙폭천뢰탄 열 개가 날아오는 것을 보면서도 이를 드러내며 소리없이 웃고 있는 흑의인의 얼굴을.

검엽의 주변에 시퍼런 빛의 방패가 나타났다.

174

그 수는 찰나지간 수를 더하며 철벽처럼 검엽의 전신을 방호했다.

하나하나의 크기가 검엽의 키만 한 육각형의 투명한 푸른빛 방패.

수는 아홉.

검엽이 전륜구환공의 심득과 천무신화전에서 얻은 가문의 비전 무공 중 호신강기류 무공의 정수들을 모아 창안한 대천강전륜구환마벽강기의 초현이었다.

구환마벽을 본 테루야는 눈살을 찌푸렸다.

무형의 기가 유형의 강기로 화한 것은 그리 놀랍지 않았다. 그 정도 수준에 도달한 자가 아니었다면 칼라즈와 석군한 등이 전멸할 리가 없는 것이다.

그러나 푸른빛의 방패를 절대초강고수들의 전유물이라 할 수 있는 호신강기라고 보기에는 이상한 점이 너무 많았다.

그가 살아오며 본 호신강기라 불리는 것들 거의 전부는 사람의 몸을 빈틈없이 둘러싸며 펼쳐졌었다. 형태는 원(圓)이든 인체를 부풀린 것과 같은 모습이든 상관없이.

그는 저렇게 따로 떨어져 움직이는 호신강기가 있다는 얘기는 들은 적이 없었다.

절정을 넘어선 고수들이 모두 의혹에 젖은 눈으로 푸른 방패의 정체를 궁리하고 있을 때,

마침내 열 개의 빙폭천뢰탄이 검엽이 구환마벽이라 부르는 아홉 개의 방패와 충돌했다.

콰콰콰콰쾅!

영겁의 빙원에 하늘이 무너지는 듯한 뇌성벽력이 쳤다.

방원 삼십 장 이내의 만년빙이 폭발하며 터져 나갔다. 화탄이 터질 때 당연히 보여야 할 불꽃은 눈에 띄지 않았다.

보이는 것은 은가루처럼 곱게 부서진 얼음 조각이 눈처럼 내리는 모습뿐이었다.

무섭다기보다 오히려 아름답다고 하는 게 더 옳을 듯한 광경. 그러나 빙궁도들은 빙폭천뢰탄의 위력을 몸서리처질 정도로 잘 안다.

그들은 빙하전을 막은 흑의인이라 할지라도 열 개의 빙폭천뢰탄이 한꺼번에 터지는 폭발 속에서 온전할 것이라고는 믿지 않았다. 피와 살로 이루어진 사람이라면 전설에나 나오는 금강불괴를 이루었다 할지라도 불가능한 일이었으니까.

"꿀꺽."

누군가 침을 삼키는 소리가 침묵을 깼다.

마치 그것이 신호라도 된 것처럼 백색 복면 사이로 드러난 빙궁도들의 두 눈이 극심한 공포로 흐려졌다.

저벅저벅.

그쳤던 발걸음 소리가 다시 들려오기 시작했던 것이다.

어느새 눈처럼 내리던 얼음 가루들은 대부분 사라져 있었다.

드러난 빙원의 모습은 처참했다.

방원 삼십 장 이내는 화산의 분화구처럼 깊이 일장 반이 넘는 거대한 구덩이로 변해 있었다.

그리고 그 공동의 허공에 흑의인이 오연한 모습으로 서(?) 있었다.

가뜩이나 해질 대로 해진 흑의는 이제 간신히 상체의 일부와 무릎 위를 가릴 정도밖에 남지 않아 그의 조각처럼 아름답게 다듬어진 몸이 그대로 드러났다.

만약 빙궁의 제자들이 주의 깊게 검엽을 보았다면 바람에 머리카락을 휘말아 올릴 때마다 나타나는 그의 얼굴빛이 창백하게 변한 것을 볼 수 있었을지도 몰랐다.

오랫동안 햇빛을 보지 못한 하얀 피부라 웬만한 눈썰미로는 어차피 구분하기 어려웠겠지만.

검엽의 내부는 충격을 받은 상태였다. 진천뢰의 위력에 뒤지지 않는다는 화탄 열 개를 호신강기로 받아내긴 했어도 그 파괴력을 온전히 무(無)로 돌리지는 못한 것이다.

인간이라 부르기 어려운 경지에 도달한 검엽도 사람의 육체가 가진 한계를 완전히 벗어나지는 못했다는 방증이다.

하지만 지금 빙궁의 제자들 중 그의 안색에 관심을 가질 만큼 마음의 여유가 있는 사람은 아무도 없었다.

그럴 수밖에 없었다.

검엽은 허공을 걷고 있었던 것이다, 마치 평지를 걷고 있는 것처럼 너무도 자연스럽게.

그 걸음의 뒤를 발자국 소리가 따랐다.

저벅저벅.

테루야는 더 이상 속으로만 중얼거릴 수 없었다.

그의 수양이 낮아서는 아니었다. 눈앞에서 벌어지고 있는 광경을 보고 충격을 속으로 삭일 만한 사람이라면 능히 천하 제일담력가 소리를 들을 수 있을 것이다.

"부신수영(浮身隨影)…… 능공허도(凌空虛渡)…… 회성탈백마음(回聲奪魄魔音)……."

그의 입술 사이에서 흘러나오는 무공의 명칭들은 무인들조차 실재를 믿지 않는 사람이 부지기수일 정도로 전설적인 무공들이었다.

그의 중얼거림이 끝났을 때 검엽의 발은 공동의 끝자락을 밟았다. 테루야와 눈이 마주친 그가 무표정한 얼굴로 말했다.

"재미있는 것을 사용하는구만. 더 해봐."

속삭이듯 낮은 중저음.

그러나 그 빙원에 있는 자들은 모두 그의 말을 들었다.

테루야의 시선이 미끄러지듯 아래로 내려갔다.

기세에서 눌린 것이다.

자신의 행동을 자각한 테루야의 얼굴이 참혹하게 일그러졌다. 그는 피가 나도록 입술을 깨물며 다시 고개를 들었다. 그리고 빠르게 주변을 돌아보고 좌절했다.

오백이십의 수적 우위는 아무런 의미가 없었다.

검엽의 정면에 있는 일백오십 명의 빙혼검수는 검엽이 한 걸음을 내딛을 때마다 같은 거리를 물러나고 있었다.

다른 방향에 있는 검수들의 상황도 비슷했다.

단지 물러나는 모습을 보이지 않을 뿐, 접근할 생각조차 하지 못하는 기색들이었다.

이래서는 싸움이 되지 않는다.

테루야는 이 믿기지 않는 현실 앞에서 어떤 지시를 내려야 할지 혼란에 빠졌다.

그러나 그는 빙궁의 권력 구도를 일거에 뒤집는 반역에 서슴없이 일조할 정도로 담대하고 독한 사람이었다.

게다가 고래로 전장에서의 압도적인 수의 우세는 승리의 결정적 요인이었다.

오백이십 대 일이 아닌가.

이런 수적 우세를 사용해 보지도 못하고 꼬리를 만다는 건 있을 수 없는 일이었다. 일단, 그의 자존심이 허락지 않았다. 차라리 싸우다 죽는 것이 나았다.

그는 검엽의 푸르스름하게 빛나는 눈을 혼신의 힘을 다해 마주하며 소리쳤다.

"저자는 혼자다. 죽여라!"

힐끔거리며 주변의 동료들을 돌아본 빙혼검수들의 기세가 변했다. 그들은 유구한 역사를 가진 빙궁의 정예들이었고, 수는 적보다 오백이십 배였다.

게다가 십대봉공 전부가 그들과 함께하고 있지 않은가.

직접 본 적의 능력을 생각할 때 많은 수의 동료들이 죽을 것이다. 하지만 결국 승리는 그들의 것일 수밖에 없었다.

테루야를 비롯한 십대봉공을 중심으로 소(小)빙하진 열 개를 구성한 오백이십 명의 고수가 검엽을 향해 기러기 떼처럼 날아올랐다.

열 개의 소빙하진이 모여 하나의 대(大)빙하진이 만들어졌다.

경기의 폭풍이 가라앉았던 눈가루를 하늘로 휘감아 올렸다. 서릿발 같은 살기와 살을 에는 검광이 피워 올린 거대한 빙하정이 종횡으로 난무하기 시작했다.

무표정하던 검엽의 입가에 다시 흰 선이 그어졌다.

수뇌로 보이는 노인이 혼자서 덤벼들었다면 그는 실망했을 것이다. 불과 수개월 전까지 다수와의 싸움은 그에게 공기를 마시는 것보다 더 일상적인 것이지 않았던가.

한순간도 쉬지 않고 그를 공격했던 마물들은 무공을 사용하지 않았다. 그러나 그들의 광포함과 파괴력은 무공을 익힌 일류고수에 뒤지지 않았다. 개중에는 절세의 고수에 못지않은 기괴한 능력을 가진 마물들도 발길에 채일 만큼 흔했다.

그는 그런 마물들과 싸우며 십이 년을 살았고, 끝까지 살아남았다.

천하의 어딘가에는 봉황천 십방무맥의 종사들, 특히 환우제일 천하독보라 칭해지는 혼천무극문주 창궁고학 연휘람이 건재하다. 그리고 연휘람 말고도 드넓은 천하에 그가 알지 못하는 절대초강고수가 없으란 법도 없다.

그래서 초인적인 능력을 얻은 그도 자신의 무공이 천하제일이라고는 아직 자신하지 못했다.

그러나 무공이 아닌 싸움에 관한 한 그는 자신이 천하제일이라고 믿었다.

무공이 강하다는 것과 싸움을 잘한다는 건 비슷하긴 하지만 완전히 같은 말은 아니다.

그런 믿음이 있었기에 그는 심마지해를 나설 수 있었던 것이다.

"좋군."

그는 나직하게 중얼거렸다.

최초의 상대로 빙궁을 지목한 것은 특별한 이유가 없었다.

상대가 빙궁이 아니라 어디였더라도 그의 행동은 마찬가지였을 것이다. 하지만 그가 선택한 곳은 빙궁이었다.

그는 이곳에서 해야 할 일 한 가지와 확인해야 할 것 두 가지가 있었다.

그가 해야 할 한 가지 일은 빙궁을 봉문시키거나 멸문시키는 것이었다.

이는 운려의 넋 앞에서 했던 약속.

변할 수 없는 절대의 맹약이었다.

확인해야 할 두 가지 중 하나는 확인이 되었다.

그는 빙궁과 중원이 과연 연관이 있는가를 확인하고자 했다. 그리고 확인했다.

운려의 죽음과 관련이 있는 것으로 추정되는 신비스러운 중원의 조직이 빙궁에 어떤 식으로든 영향력을 행사하고 있는 것이다.

그 조직의 규모와 영향력, 목적은 현재로서는 추정조차 하기 힘들었다. 하지만 어쨌든 단서는 잡았다. 그로 족했다. 그는 강호에 발을 딛었고, 새털처럼 많은 날들이 남아 있었다.

그리고 지금 그는 나머지 하나를 확인하려 하고 있었다.

자신이 실제로 얼마나 강해졌는지를.

이는 반드시 확인해야만 하는 일이었다.

어쩌면 천하무림 전체를 적으로 상대해야 할지도 모르는 그였기에.

第八章

천마
검
섭
전

놀란 기러기 떼처럼 날아오르는 빙혼검수들을 보며 검엽의
의식은 하단전에 집중되었다.

그의 전신세맥까지 가득 채우며 면면부절하게 흐르고 있는
지존천강력은 신마기의 인력에 끌려온 절대역천마기를 천강
의 힘으로 태워 신화(神化)시킨 결과로 힘을 얻는 절대의 신공.

그 말은 평소에도 검엽의 전신으로 절대역천마기가 끊임없
이 유입되고 있고, 지금 검엽의 단전에 모이고 있는 기운도 절
대역천마기라는 말과 같은 뜻이다.

세상에 떠도는 절대역천마기는 심마지해만큼 정순하지 않
다. 잡스럽고 탁하다고 하는 게 옳을 것이다. 그러나 그것은
심마지해와 비교해서일 뿐, 절대역천마기는 여전히 마기의 정

화라 불릴 힘을 갖고 있었다.

천지간에 생성되는 절대역천마기를 자석처럼 끌어당기는 지존신마기는 무형(無形)이며 형상이 없는 혼에 영향을 미친다. 그러나 절대역천마기를 태워 얻은 지존천강력의 정화인 파멸천강지기는 유형(有形)이며 형상을 가진 모든 것에 파멸적인 위세를 발한다.

그리고 그 과정이 이어지며 나타나는 기운은 신(神)과 마(魔)가 복합된 것이면서 또한 그 둘을 초월한 것, 바로 대혼돈(大混沌)이다. 그러나 대부분은 사람은 혼돈지력(混沌之力)을 볼 수도 느낄 수도 이해할 수도 없다.

그들이 검엽을 볼 때 느끼는 것은 혼돈의 외피(外皮), 마중마(魔中魔) 절대마(絶對魔)의 기운일 뿐이다.

검엽과 보통의 사람은 같은 시간 같은 공간 속에서 살고 있지만 보고 듣고 깨닫는 영역은 전혀 다른 세계라 할 정도로 차이가 극심한 것이다.

검엽에게서 시선을 떼지 않고 있던 테루야의 안색은 찰나지간 검게 죽어가고 있었다.

그는 초절정의 경지에 오른 자.

눈에 보이지는 않지만 그는 자신의 심령을 파고드는 무시무시한 기세를 눈으로 보는 것처럼 느꼈다, 검엽의 전신에서 피어오르는 상상을 초월한 마(魔)의 기운을.

그것은 마공을 익힌 자가 뿜어내는 마기와는 차원이 다른 '어떤 것', 공포를 넘어선 공포였다.

저벅저벅.

충천하는 검광과 빙하진에 의해 형성된 수십 개의 빙하정이 파도처럼 그를 향해 밀려들고 있었음에도 검엽의 걸음은 멈추지 않았다.

그는 마치 아무것도 보이지 않는 맹인처럼 무표정한 얼굴로 한 걸음 한 걸음 묵묵히 걸음을 내딛고 있었다.

날선 검과 빙하정이 그의 사방 다섯 자 부근까지 접근했을 때 변화가 시작되었다.

시퍼런 빛을 띤 육각의 방패, 구환의 마벽이 환상처럼 명멸했다. 조금 전 빙폭천뢰를 막았던 것과는 달리 하나하나의 크기가 두 자를 넘지 않는 크지 않은 모습이었다.

차차차차차창!

쿠쿠쿵!

마벽과 부딪친 검이 중동까지 힘없이 으스러지고, 빙하정이 속절없이 부서졌다.

그리고,

그 파괴의 틈새로 검엽의 손이 믿어지지 않는 속도로 파고들었다.

쐐애애액!

귀를 찢는 파공음.

철벽처럼 앞을 가로막았던 푸른빛의 방패가 갑자기 사라지자 어리둥절해하던 빙혼검수들의 얼굴빛이 사색이 되었다.

마벽이 꺼지듯 사라진 공간에 한가닥 뇌전 같은 주먹이 불쑥 튀어나왔던 것이다.

그들이 본 것은 주먹이되 주먹이 아니었다.

나타나자마자 사방 오 장 방원을 묵청색 강기로 벼락처럼
쓸어버리는 그것을 어찌 사람의 주먹이라 하랴.

천강낙뢰.

검엽의 정면을 공격하다가 강기의 벼락에 휩쓸린 빙혼검수
아홉 명의 입에서 합창하듯 처참한 비명이 흘러나왔다.

"으아아아아—"

그러나 그들은 비명을 끝까지 지르지 못했다.

퍼석.

화아악!

허리 위 상반신이 폭발하듯 터져 나간 아홉 구의 시신이 그
자리에 무너지며 피와 육편이 한여름 장대비처럼 쏟아졌다.

그 혈우(血雨)의 한복판을 검엽은 여전한 걸음으로 통과했다.

저벅저벅.

피의 비는 마치 그가 두렵기라도 한 것처럼 그의 머리 한 자
위에서 도끼에 잘린 것처럼 갈라진 채 그의 옆으로 미끄러져
내렸고, 바닥에 흐른 핏물도 그의 발이 닿는 곳은 사방으로 밀
려나며 깨끗한 얼음으로 그를 맞이했다.

뇌전처럼 작렬하는 권강(拳罡).

심혼을 전율시키는 비명.

난무하는 피와 육편.

검엽의 전면을 막고 있던 일백오십의 빙혼검수 중 육십여

명의 육신이 부서진 파편처럼 벌판에 흩뿌려지는 데 걸린 시각은 불과 반 각이었다.

그사이에도 마벽은 검엽을 향해 빙혼검수들의 검을 으스러뜨리고 빙하정을 부쉈다.

절로 듣는 이를 악물게 만드는 기음과 굉음이 쉴 새 없이 빙원을 울렸다.

전장(戰場)이었다.

그러나 사람들은 기묘한 적막을 느꼈다.

검엽의 걸음 소리 때문이었다.

어떤 소음도 검엽이 발을 옮길 때 나는 소리보다 크지 못했고, 그 소리가 사방으로 퍼져 나가는 것을 막지 못했다.

저벅저벅.

심장을 울리고 영혼을 떨게 만드는 소리.

분분히 날리는 쇳조각과 얼음의 가루 사이로 푸르스름한 귀광을 발하는 두 눈에서 느껴지는 무심함.

조각처럼 아름답지만 아무것도 읽어낼 수 없는 무표정한 얼굴.

때로는 유성처럼 때로는 유령처럼 부유(浮游)와 명멸(明滅)을 반복하며 그를 철벽처럼 방호하는 아홉 개의 푸른 강기(罡氣)로 만들어진 방패.

보이지 않는 속도로 움직이며 전방을 처절하게 유린하는 묵청빛 강기의 폭풍.

검을 쥔 사람들의 손이 미미하게 떨렸다.

예외는 없었다.

그들의 수장인 테루야조차 떨리는 손끝을 주체할 수 없을 정도였으니.

그러나 싸워야 했다.

검엽은 전진하고 있었다.

막지 못하면 그들은 죽는 것이다.

"우와아아아악!'

누군가의 입에서 비명과도 같은 괴성이 터졌다. 빙혼검수들의 눈이 변했다.

진득한 살기가 얼어붙은 벌판 위로 강물처럼 흘렀다. 그리고 빙혼검수들은 불을 찾아 날아드는 불나방처럼 한 치의 주저도 없이 검엽을 향해 신형을 던졌다.

공포가 일정한 한계를 넘어서자 광기가 찾아든 것이다.

미친 사람은 정상적인 사람이 상상도 못할 힘을 낸다.

빙궁의 제자들을 지배하기 시작한 광기는 그들에게 분명 힘과 만용에 가까운 용기, 그리고 무서운 살기를 주었다. 그것들은 혹독한 수련 속에서 단련된 빙혼검수들의 무공과 결합해 기경할 위세를 담고 검엽을 덮쳤다.

그러나 그들은 모르고 있었다.

그러한 광기가 검엽에게 어떤 의미가 있는지를.

어떤 감정이든 극을 넘어 광기를 띠기 시작하면 이는 심마에 사로잡힌 것.

심마(心魔)는 바로 검엽이 지닌 힘의 근원이 아닌가.

검엽의 단전으로 밀려드는 마기의 기운이 강해졌다. 그와
함께 마기를 태워 힘을 얻는 기운도 강해졌다.

천강지기에 의해 파괴되어 정화된 마기는 파멸천강지기로
화하며 검엽의 전신경락을 타고 흘렀다.

테루야의 심령은 검엽의 뒤로 일어서는 흑암의 거인을 보았
다.

천지를 어둡게 물들이는 가공할 마기를 피풍처럼 두르고 흑
암의 거인은 귀기 어린 눈으로 빙혼검수들을 내려다보고 있었
다.

실재가 아닌 그의 심령을 강타한 기세로 인한 환상이었다.
하지만 그 느낌은 너무나 생생했다.

테루야는 심장이 터질 듯한 공포로 주춤주춤 뒤로 물러났
다. 그 자신은 의식하지도 못한 채.

신화비전총람(神火秘典總攬) 제일권(第一券) 창세편(創世編)
신마기개괄(神魔氣槪括)에 이런 기록이 있다.

주검과 피, 그리고 살기가 강물처럼 흐르는 전장에서 신마
기는 점차 본연의 힘을 되찾게 된다. 신마기의 주인이 전장을
거칠 때마다 그의 마기와 마성은 점점 더 강해진다. 종국에는
마기와 마성이 신마기의 주인마저 집어삼킨다. 그리고 그 자
체로 마(魔)가 된다…….

라는.

빙혼검수들이 펼치는 검과 빙하정의 공세가 빨라지며 구환마벽의 이동 속도 또한 빨라졌다. 푸른 유성이 쉴 새 없이 명멸하는 듯하던 구환마벽은 이윽고 검엽을 둘러싼 하나의 푸른 구(球)처럼 보일 정도로 빨라졌다.

그 위로 우박처럼 빙혼검수들의 검이 떨어졌다.

따다다다다다당!

충돌은 격렬했다. 그러나 결과는 전과 마찬가지였다. 오히려 검의 기세가 맹렬했던 만큼 부서진 파편은 더 잘아졌다.

은빛 쇳가루가 부서진 빙하정과 뒤엉키며 안개처럼 자욱하게 사방으로 흩어졌다.

검이 부서진 검수들은 반검을 검엽에게 집어 던진 후 적수공권으로 구환마벽을 향해 달려들었다.

충돌로 인한 결과는 참혹했다.

속절없이 부서진 검과 빙하정처럼 빙혼검수들은 전신이 으스러진 채 쓰러져 갔다.

순백의 빙원은 이미 사라졌다.

보이는 것이라고는 형체를 제대로 남기지도 못한 백수십여 구의 시신과 여기저기 웅덩이처럼 고인 피의 연못, 그리고 무릎까지 차오른 피안개뿐이었다.

부하들의 처절한 사투를 보며 테루야는 정신을 차렸다.

그는 피가 나도록 입술을 깨물며 곳곳에서 빙혼검수들을 지휘하고 있는 아홉 명과 눈을 맞췄다.

나이는 사십대에서 칠십대까지 제각각이었지만 하나같이

군계일학의 기도를 가진 오남사녀. 테루야와 함께 십대봉공에 속하는 사람들이었다.

그들도 테루야와 비슷한 생각이었던 듯 굳이 말을 할 필요가 없었다. 그들은 테루야의 눈과 마주칠 때마다 빠르게 고개를 끄덕였다.

빙혼검스들과는 기세와 속도가 확연하게 다른 열 개의 신형이 검엽을 향해 움직였다.

천강낙뢰수로 우측방에서 덤벼드는 빙혼검수 다섯을 으스러뜨리던 검엽은 자신을 향해 다가오는 막강한 기세를 감지했다. 누군지는 확인하지 않아도 되었다.

처음 빙원에 들어섰을 때부터 그의 신경을 건드리던 열 명의 고수일 터였다.

그의 푸르스름한 귀기가 떠돌던 눈에서 무시무시한 빛이 섬광처럼 번뜩였다.

쓰러뜨린 자들이 몇인지 알 수 없었다.

백이 넘은 건 확실했다. 그러나 몇을 죽였는지 셀 이유도 없었고, 그럴 상황도 아니었다.

그는 조금씩 지쳐 가는 것을 느꼈다.

그의 무공이 얼마나 강한지를 떠나 그도 사람의 한계를 가진 사람이었다.

싸움의 초반에 막아낸 빙폭천뢰로 인해 흔들린 내상을 다스리지 못한 상태에서 막대한 내력의 소모를 감수해야 하는 강기를 쉴 새 없이 펼치자 몸이 힘들어진 것이다.

무엇보다도 이곳은 그의 힘의 원천이라 할 수 있는 절대역천마기가 강물처럼 고여 있는 심마지해와 달리 마기가 잡스럽고 흐트러진 세상이었다.

하지만 그의 무표정한 얼굴은 전혀 변화가 없었다.

근육이 찢어지고 뼈가 부러진 몸과 살인적인 피로 속에서도 끝없이 싸워야 했던 세월을 보낸 그였다.

잠을 잘 시간은 당연히 없었고, 갈증과 허기를 해결할 찰나의 시간도 모자랐다. 긴장이 풀리는 순간이 바로 죽는 순간인 그런 나날들이었다.

목숨을 노리는 적을 앞에 두고 지쳤다고 손을 놓는다는 건, 이제 그에게 해당사항이 없는 이야기인 것이다.

양의분심공에 의해 나뉘어진 그의 마음 한쪽이 무(武)에 대한 탐구를 잠시 중단했다. 그리고 검엽의 단전 깊은 곳에 숨어 있던 기운을 끌어냈다.

폭발하는 지존천강력의 힘과 성질이 완전히 다른 힘이 단전에서 일어나 천강력이 쏟아져 나와 비어 있던 경락을 채워갔다.

꼬리를 물고 일어나는 아홉 마리의 용과 같은 그 힘은 지친 그의 근육을 보듬으며 새로운 힘을 부여했다. 나아가 흔들렸던 장부를 제자리로 돌리며 내상을 치료해 나갔다.

그가 심마지해에서 살아남기 위해 완성한 무공.

구환공의 마지막 경지, 전륜구환경(轉輪九環境)이었다.

성질이 완전히 다른 두 가지 신공을 동시에 운용하는 건, 통상의 무임인에겐 자살행위다.

중원의 무당파에는 양의분심공과 원리가 같은 양심신공이 전해진다. 그것을 익힌 사람들은 왼손과 오른손으로 각기 다른 초식을 사용할 수 있다.

그러나 성질이 다른 신공을 동시에 운용하지는 못한다. 그것이 가능하려면 각기 다른 신공이 운공될 때 버틸 수 있는 초절한 자질의 육체가 필요했다.

검엽만이 가능한 이유였다.

창백했던 그의 안색이 빠르게 원상태로 돌아왔다.

그러나 싸움은 빨리 끝나야 했다.

앞을 막는 자들이라면 얼마든지 상대할 수 있었고, 손에 사정을 둘 생각도 없었다. 그러나 그들 모두를 죽이는 건 그가 원하는 바가 아니었다.

그는 빙궁의 궁주에게 볼일이 있지, 그 휘하에 있는 자들에게는 볼일이 없었기 때문이다. 물론 상대가 누가 되었든 돌아갈 생각 따위는 애당초부터 없긴 했지만.

궁주를 빨리 만나기 위해 선택할 수 있는 방법은 하나였다.

눈앞에 있는 자들을 빨리 치우는 것이다.

죽이든 도주하게 만들든.

연의에 나오는 촉의 명장 조자룡이 유비의 아들을 품에 안고 백만을 상대할 수 있었던 것은 그가 백만대군을 합친 것보다 더 강했기 때문이 아니라 백만대군이 그를 두려워했기 때문에 가능할 수 있던 일이었다.

신화종의 선대들이 남긴 가르침들 가운데 하나가 검엽의 뇌리에 떠올랐다.

"전장을 지배하는 것은 공포다. 이기고자 하는 자는 적을 공포
에 질리게 하여 마침내 전의를 상실케 해야 한다."

빙궁의 제자들은 공포가 불러일으킨 광기에 젖어 있었다.
신마기와 파멸천강지기의 영향, 그리고 검엽의 잔혹하고 처절
하며 압도적인 무위가 불러온 결과였다.
그러나 그들의 공포는 아직 모자란 부분이 있었다. 광기가
파고들 여지가 남아 있었던 것이다.
진정한 공포는 광기를 넘어섰을 때 온다.
검엽이 마음을 정한 순간,
지면이 그를 밀어 올리기라도 한 것처럼 그의 신형이 둥실
허공으로 떠올랐다.
느린 듯하지만 잔영조차 남기지 않을 정도로 빠른 상승.
그의 자리를 공격하던 검과 육장, 빙하정이 어지럽게 뒤엉
켰다. 검엽이 자리를 비운 속도가 너무 빨라 그들은 미처 공세
를 거두지 못했던 것이다.
동료의 검이 적수공권인 검수들의 몸을 파고들고, 피를 게
워내며 움직임을 멈춘 그들의 몸에 빙하정이 쇄도했다.
퍼퍼펑!
"으아악!"
"크윽!"

비명과 혈육이 난무하고 살아남은 빙혼검수들이 넋을 잃을 때 검엽의 신형은 지면에서 삼 장이나 떠올라 있었다.

아홉 개의 푸른 방패에 둘러싸인 그의 몸이 계단을 밟고 있기라도 한 것처럼 허공에 정지했다.

그리고 세 자루의 검과 두 자루의 도, 한 자루의 채찍과 다섯 쌍의 육장이 가공할 기세를 담고 허공에 뜬 그의 전신을 강타했다.

빙혼검수들은 꿈에서 깨어나기라도 한 듯 눈을 부릅떴다. 그들의 눈에 환희의 기색이 어렸다.

동료 이백여 명을 죽인 악마와도 같은 흑의인이 어육으로 변하는 게 눈에 보이는 듯했다.

십대봉공의 연합이라면 궁주조차 감당할 수 없다고 공인된 것이 아니던가.

흑의인은 끔찍하게 강했다. 하지만 십대봉공의 연수합격이라면 그는 한 줌 혈수로 녹아내릴 것이 자명했다.

그들은 그렇게 믿었다. 아니, 그렇게 믿고 싶어했다, 마지막 희망이었으니까.

테루야의 손에 들린 검이 나아가는 길은 회부연 빛의 길로 변하고 있었다. 빙하폭멸검에 담긴 빙하월영공이 공간을 얼리고 있는 것이다.

다른 방향에서도 비슷한 현상이 일어났다.

빙하월영공은 육단계로 나뉘어져 있고, 수백 년 동안 색목인 지파의 봉공들은 오단계 구결까지 전수받아 왔다. 최후의 육단공은 오직 궁주만이 익힐 수 있다.

비록 오단공까지 이긴 하나 완성하는 자는 누구나 초절정의 경지에 오른다. 그만큼 심오하며 강력한 위력을 가진 절학이 빙하월영공이다.

십대봉공은 빙하월영공을 오단공까지 연성한 자들. 그들의 연수합격으로 인해 빙원의 공기는 얼어 터지며 가공할 한기에 몸서리 쳐야 했다.

'일격에 승부를 낸다.'

푸르스름한 귀광을 뿌리던 검엽의 눈이 가늘어졌다.

테루야의 숨이 자신도 모르는 사이 멈췄다.

그는 눈을 찢어질 듯 부릅뜨고 있었다.

검엽은 사라지고 그 자리에 하나의 거대한 묵빛 손[手]이 형상을 드러내고 있었던 것이다.

손목까지 완벽한 형상을 갖춘 검은 손[黑手].

그리고 불규칙한 경로를 따라 유유히 부유하며 손의 아홉 방향을 철벽처럼 방호하는 푸른 방패.

그것이 테루야를 비롯한 열 명의 봉공이 이승에서 본 마지막 장면이었다.

"……."

아래쪽에서 목이 부러져라 뒤로 젖히고 허공을 바라보던 빙혼검수들의 귀에서 핏물이 터져 나왔다.

그들의 동공이 확 풀렸다.

혹독한 수련과 강한 내공으로 단련된 그들의 육체로는 막을 수 없는, 너무나 커서 오히려 들리지 않는 굉음이 그들의 고막을 파열시킨 것이다.

그들은 볼 수 있었다.

흑수로 화했던 검엽의 주변 공간이 무시무시한 기세로 일그러지는 것을.

동심원을 만들며 퍼져 나가는 그 기세는 팔방으로 뻗어나가며 유형의 것과 무형의 것을 모조리 파괴했다.

쩌저저저저적—

빙원이 지진이라도 난 것처럼 갈라지며 무너져 내리고, 푸른 하늘이 검게 물들며 우그러지고 뒤틀렸다.

검엽을 공격했던 십대봉공의 무기와 육신도 그 동심원의 영역에 휩쓸렸다. 그들의 육체가 고운 모래처럼 천천히 바스러졌다. 내뻗은 무기와 그것을 잡고 있던 손이 먼저 부서지고 팔과 어깨 머리와 상체, 그리고 하체가 부서졌다.

삼십 장 이내에 존재하던 모든 것이 부서졌다.

빙원도, 죽은 시신들도, 살아 있는 빙혼검수들도…….

살아남은 빙혼검수들의 눈동자는 죽은 생선의 것과 같이 변해 있었다.

보면서도 믿어지지 않는 광경이었다.

숨을 쉬는 검수의 수는 고작 일백여.

광기에 휩싸여 무모할 정도로 용감하게 검엽을 공격하러 접근했던 검수들 중 살아남은 자는 아무도 없었다. 그들은 모여 있었기에 피해가 더 컸다.

지존천강수의 제삼초 천강붕천수(天罡崩天手)의 위력은 펼친 검엽조차 순간적으로 안색이 변하지 않을 수 없을 만큼 가공스러웠다.

광기와 공포가 해일처럼 쓸고 지나간 자리를 절망이 채웠다.

무엇을 해도 통하지 않는 상대.

살아남은 빙혼검수들은 막막함에 전신을 떨었고, 두려움에 절망했다.

누가 먼저였는지 알 수 없었다.

"으아아아아악!"

비명과 함께 검을 팽개친 검수 한 명이 미친 듯이 등을 돌리고 도주하기 시작했다.

백여 개의 흰 선이 사방으로 그어진 것은 그와 거의 동시에 일어난 일이었다.

검엽은 조금 더 창백해진 얼굴로 도주하는 빙혼검수들의 모습을 조용히 지켜보았다.

막는 자는 상대가 누구라도 쓰러뜨릴 그였다. 그러나 도주하는 자까지 쫓아가 죽일 생각은 없었다.

반드시 죽여야 하는 자라면 물론 얘기는 달라지겠지만 지금 도주하는 자들은 그럴 이유가 없는 자들이었다.

검엽의 신형이 미끄러지듯 이십여 장을 움직였다. 그의 두 발이 빙원을 디뎠다.

그가 펼친 것은 테루야가 생각했던 것처럼 전설적인 명성을 가진 절세의 경공들이 아니었다. 그의 육신은 그저 그의 마음이 움직이는 대로 움직였을 뿐이다.

저벅저벅.

멈췄던, 왠지 적막하게 느껴지는 걸음 소리가 다시 울려 퍼졌다.

이제야 타는 듯한 노을을 밀어내며 어둠이 서서히 다가오고 있었다.

싸움은 그 처절함에 비해 승부가 날 때까지 걸린 시간은 얼마 되지 않았던 것이다.

바야드와 부누테이는 할 말을 잃었다. 그리고 할 말을 잃은 것은 다른 사람들도 마찬가지였다.

깊게 파인 삼십여 장 너비의 구덩이 두 개. 그리고 좀 더 앞에 난 구덩이를 중심으로 방사형으로 퍼져 나가며 지진이 난 것처럼 갈라지고 무너진 수백여 장의 빙원.

빙원은 폐허라는 말이 무색할 정도로 처참하게 부서져 있었다. 그나마 싸움이 끝난 후 몰아친 눈보라와 어둠에 가려진 것이 이 정도였다. 밝은 대낮에 보았다면 형용하기도 어려울 만큼 참혹한 모습이었으리라.

영겁의 빙원을 모르는 빙궁 제자는 없다.

그 아름답던 빙원의 모습이 이처럼 변했으리라 누가 생각이나 했겠는가.

그들이 느끼는 충격과 경악은 엄청났다.

반 각이 넘도록 입을 떼지 못하던 바야드가 들릴 듯 말 듯한 작은 음성으로 중얼거렸다.

"대체 어떤 무공이기에 시신의 일부나 무기의 파편조차 남기지 못할 수가 있을까……."

신음과도 같은 경악과 두려움이 깃든 음성이었다.

칼라즈가 이끄는 자들과 검엽의 싸움 이후 미행을 포기한 바야드도 이번 싸움을 직접 보지는 못했다. 그러나 그는 이곳으로 오는 동안 반쯤 미친 빙혼검수 십여 명을 보았다.

그리고 이곳에 도착했을 때 그가 볼 수 있던 것은 아득히 멀리 사라지고 있는 검엽의 등뿐이었다. 하지만 그것으로 충분했다.

빙원의 정경을 보는 것만으로도 이곳에서 어떤 일이 벌어졌는지를 아는 건 어렵지 않은 일이었다.

부누테이도 같은 심정인지 그의 두 눈 깊은 곳에 두려움의 그늘이 짙게 드리워졌다.

그는 다른 사람과 느끼는 것이 달랐다. 영겁의 빙원을 이렇게 만든 자의 단 일수에 죽음 직전까지 몰렸던 그가 아닌가.

어두운 눈빛으로 빙원을 둘러보며 카크타니의 옆에 서 있던 소야르가 바야드에게 전음을 했다.

[그 마음, 변하지 않았는가요?]

바야드의 안색이 딱딱해졌다.

[내 마음은 오히려 더 굳어졌소. 소야르 봉공께서도 보고 있지 않소?]

소야르는 잠시 말을 하지 못했다.

바야드를 알아온 세월이 갑자가 넘는 그녀였다. 바야드의 마음을 모르려야 모를 수가 없는 것이다.

그녀는 탄식했다.

[후우… 성공할 수 있을까요?]

[반신반의는 필요치 않소이다. 성공해야만 하는 일이오.]

바야드는 입을 꾹 다물고 신형을 날렸다.

다른 사람들도 일제히 바야드의 뒤를 따라 경공을 전개했다. 경공을 쓰고 있었지만 그들의 속도는 그리 빠르지 않았다. 검엽을 앞지르면 안 되는 것이다.

그들의 목적지는 빙하곡이었다.

부친인 발로르보다 뛰어난 자질을 타고났다고 알려진 코타로는 현재 빙궁의 전 무인을 통틀어 발로르의 오백 초를 받아낼 수 있는 유일한 사람이라고 알려진 초강고수였다.

그는 부친을 닮은 매부리코와 길게 찢어진 눈, 그리고 가느다란 입술이 냉혹해 보이는 사십 초반의 중년인이었다.

폭 백여 장의 거대한 빙하곡의 입구에 서서 팔짱을 끼고 있는 그는 칠 척이 넘는 장대한 체구였는데, 마치 하늘을 떠받치기라도 할 듯 위압적인 기세가 전신에서 흘러나왔다.

그의 후면에는 잘 벼른 칼날 같은 기세의 백의인 일백여 명이, 그리고 전면에는 후면에 있는 자들과 정반대의 빙혼검수 오십여 명이 부복하고 있었다.

신발 하나를 잃어버린 자, 복면이 벗겨진 자, 상의가 절반쯤 풀어헤쳐진 자……. 그들 중 절반은 검이 들어 있지 않은 검집을 허리춤에 달고 있었다. 게다가 초점이 맞지 않는 눈동자까지.

황망하기 이를 데 없는 모습들이었다.

그들을 바라보는 코타로의 눈에서는 쉴 새 없이 살인적인 한광(寒光)이 번뜩였다.

그와 어깨를 나란히 하고 있는 두 사람은 백웅천과 공야승이었는데, 표정이 야릇했다. 믿을 수 없다는 표정인 듯도 하고 어이없어하는 듯도 한 얼굴이었다.

코타로가 얼음장처럼 차가운 어조로 입술을 뗐다.

"한 명에게 십대봉공과 사백여 빙혼검수가 패사했다고? 시신조차 남기지 못하고?"

부복한 빙혼검수들의 맨 앞자리에 있는 자가 이마를 빙판에 찍었다.

쿵!

"사실… 입니다, 소궁주님."

코타로는 침묵했다.

한기 어린 눈빛은 시간이 갈수록 강해졌다.

빙혼검수들이 그에게 거짓 보고를 할 이유가 없었다. 믿을 수밖에 없는 보고였다. 십대봉공도, 오백이 넘는 검수들의 대부분도 보이지 않는 것이다.

하지만 믿을 수 없는 보고이기도 했다.

어떻게 믿을 수 있단 말인가.

그가 재차 물었다.

"조력자가 정말 없었단 말이냐?"

"그렇습니다, 소궁주님. 그자는… 그 악마 같은 자는… 분명 혼자였습니다……."

사내의 음성은 공포에 짓눌릴 대로 짓눌린 자의 그것이었다. 부복한 다른 빙혼검수들의 분위기도 마찬가지였다.

백웅천과 공야승의 안색이 심각해졌다.

궁주전에서 본 칼라즈와 눈앞에 있는 빙혼검수들의 반응이 동일하다는 것을 깨달은 것이다.

칼라즈 또한 막대한 공포로 인해 심신이 무참할 정도로 흐트러져 있지 않았던가.

빙혼검수에게서 눈을 뗀 코타로는 짙은 어둠이 내린 정면을 바라보았다.

천(天)은 검고 지(地)는 하얗다.

하늘 아래 홀로 고고한 고울란봉과 그를 옹립하듯 늘어선 봉우리들 사이로 보이는 비탈진 빙판길.

하늘과 땅이 만나는 지점이 환성처럼 흰 선으로 떠 있는 듯 보였다. 그림처럼 아름다운 광경.

그러나 그 길을 바라보는 코타로의 눈에 떠오른 긴장은 점점 더 진해져 가고 있었다.

영겁의 빙원과 빙하곡은 오십 리밖에 떨어져 있지 않다. 경공을 전개하지 않고 쉬엄쉬엄 걸어도 반나절이면 충분하다. 경공을 전개한다면 몇 각 걸리지 않을 터였다.

빙원에서 싸움이 있었다는 시각은 유시 초(오후 5시 경). 지금은 유시 중반, 반 시진이 지났다.

코타로의 침묵은 길었다.

합류한 빙혼검수 오십을 더해 그가 거느린 수하들은 일백오십 명. 그들 중 삼십 명은 절정고수이고, 백웅천과 공야승은 초절정의 경지를 넘어선 것으로 추정되는 절세의 고수들이었다.

막강한 전력이다.

그러나 십대봉공이 영겁의 빙원에서 거느렸던 전력에 비하면 반 정도에 불과한 전력이다. 그들이 소지했던 빙폭천뢰탄을 포함하면 삼분지 일에도 미치지 못하는 전력이고.

빙혼검수의 보고처럼 빙폭천뢰탄을 호신강기로 막고, 사백의 빙혼검수와 연수합격하는 십대봉공을 몰살시킨 자를 상대로 싸우기에는 터무니없이 약한 전력이었다.

코타로는 초강자의 반열에 오른 고수다. 그리고 그에 걸맞은 자부심을 가진 사내였다. 하지만 자부심으로 일을 그르칠 정도로 어리석은 사람은 아니었다.

그는 결론을 내렸다.

"곡 내로 후퇴하고, 입구는 십이연환금쇄진(十二連環禁鎖陣)으로 봉쇄하라."

백웅천과 공야승은 거의 동시에 고개를 끄덕였다.

현명한 판단이었다. 그들이 지휘를 맡았더라도 같은 결정을 내렸을 것이다.

第九章

천마
검섭
전

검엽은 빙하곡 입구에서 걸음을 멈췄다.

한 시진 전 구름에 가려졌던 달이 둥근 얼굴을 내밀며 천지가 찬연한 은색으로 화했지만 빙하곡은 어둡기만 했다. 아득하게 높은 고울란봉의 그늘이 곡 전체를 도롱이처럼 덮고 있는 것이다.

한쪽은 고울란봉이, 다른 한쪽은 이백 장이 넘는 빙벽이 버티고 있는 빙하곡의 입구는 섬뜩한 한기를 품고 있는 순백의 짙은 안개가 구렁이처럼 꿈틀거리며 흐르고 있었다.

'진법이로군.'

흑백이 지나칠 정도로 선명하고 뚜렷해서 오히려 사람의 것 같지 않은 검엽의 눈이 운무를 응시했다.

검엽의 미간에 자리잡고 있는 심안이 한순간 빙하곡 전체를 감지 영역 내에 둘 만큼 넓게 확장되었다.

진의 명칭이 무엇인지 알 수는 없었다. 그러나 검엽은 진이 어떻게 구성되었고, 어떤 묘용을 갖고 있는지는 어렵지 않게 파악할 수 있었다.

심안의 여러 공능 가운데, 지난날 척천산장 최고의 진법대가였던 남일공이 관천신안이라 오해할 정도로 탁월했던 그의 진 내부를 감지하는 능력은 현재에 이르러서는 본인도 한계를 가늠하기 어려운 수준으로 발전해 있었다.

이는 당연한 일이었다.

진법이란 역(易)과 수리(數理)를 이용해 자연의 기운을 뒤틀거나 재배치해서 능력을 발휘하게 하는 것. 진법의 본질은 기(氣)의 재단과 변형이다.

천지간에 존재하는 신기와 마기를 운용하고 제어하는 능력이 불가사의한 경지에 이른 그가 아닌가.

기를 이용하는 것이라면 그것이 무엇이든 검엽의 심안을 벗어난다는 것이 불가능했다.

'진을 기반으로 매복과 기관장치가 중첩되어 있다. 열두 개인가… 천무신화전에서 본 동종의 것들에 비해서도 많이 떨어지는 편은 아닌 듯하군. 남 노야가 가르쳐 준 것들보다는 분명한 수 위고. 개량되긴 했지만 최초 설치된 시기는 수백 년 이상 된 것으로 보이는데… 빙백신군이란 자가 만든 것인가?'

짧은 상념과 함께 검엽은 발을 내딛었다.

그의 심안은 빙하곡의 지하에서 느껴지는 강대한 기세 몇 개를 잡아냈다.

그중의 하나는 음한지기의 정화라 해도 과언이 아닐 만큼 기세가 막강했다. 그 기세의 주인이 누구인지는 깊이 생각할 필요도 없는 일이었다.

검엽의 오른발이 천천히 지면에서 떨어졌다.

산장에 있을 때의 그는 심안을 이용해 남일공이 펼친 진의 생문을 찾아 진을 벗어났다.

그러나 세월이 흘렀다. 지금의 그는 진법의 생문을 찾을 이유가 없는 사람이 되어 있었다.

그 힘을 얻기 위해 그는 청춘을 어둠 속에 묻었다.

지면에서 떨어졌던 검엽의 발이 두자 앞의 지면을 밟았다.

저벅… 저벅.

죽은 테루야가 회성탈백마음이라 오해했던, 파멸천강지기가 실린 검엽의 발걸음 소리가 고요한 빙하곡의 정적을 깨뜨렸다.

항거할 수 없는 대지진이 운무를 향해 다가가고 있는 듯했다.

십이연환금쇄진이라는 천고의 절진이 생성한 운무가 고통스럽게 온몸을 뒤틀며 몸부림쳤다. 하지만 저항은 무력하기만 했다.

검엽이 걸어가는 방향에 있던 안개는 도끼로 가른 듯 넉 자 폭으로 찢어지며 힘없이 길을 내주었다.

후일 천하무림인들이 천마군림보(天魔君臨步)라 부르며 공포스러워했던 그 일보가 북해 오천 리의 패자, 빙궁의 내밀한 영역으로 접어들고 있었다.

　그를 마중한 것은, 암기였다.

　스스슷.

　뱀이 풀숲을 기어가는 기괴한 파공성이 들림과 함께 어둠을 가르며 수백 개의 은빛이 가공할 속도로 검엽에게 날아왔다.

　정체를 파악하기 어려울 정도로 빠르고 강한 은빛의 무리는 밤하늘에 떠 있는 은하수를 연상시킬 만큼 아름다웠지만 그 기세는 무시무시했다.

　이것은 빙궁 비전의 기관장치에 의해 발사되는 암기로, 빙령침(氷靈針)이라는 이름을 갖고 있었다. 기관에 의해 발사되는 장치인 만큼 금석을 두부처럼 꿰뚫는 파괴력이 담겨 있어 호신강기라도 성취가 낮으면 막지 못한다.

　그러나 검엽의 구환마벽은 강호상에 유전되는 호신강기와는 아예 차원을 달리하는 초절기.

　최초에는 하나가 하지만 단숨에 폭발적으로 수를 늘린 아홉 개의 푸른빛 방패가 찬연한 빛을 뿌리며 검엽의 몸을 중심으로 유성처럼 명멸했다.

　따다다다다당.

　암기들은 검엽의 몸에서 한 자 떨어진 곳을 부유하며 그를 방호하는 구환마벽을 뚫지 못했다.

　허공에서 은가루가 되어 부서져 나가는 빙령침은 세 치 길이의 머리카락처럼 가느다란 모습이었다.

공세는 빙령침이 마벽을 두드리는 것으로 그치지 않았다. 빙령침이 마벽과 충돌하고 있을 때 검엽의 전면을 제외한 좌우, 후면의 안개 속에서 순백의 검이 불쑥 튀어나오며 검엽을 베어갔다.

쑤와아악!

검엽의 목과 허리, 다리를 노리는 검의 수는 모두 다섯.

그러나 검엽의 걸음은 멈춰지지 않았다.

저벅.

일보.

심령을 울리는 걸음 소리가 안개를 뒤흔들었다.

그리고 검엽의 육신이 아닌 구환마벽과 부딪친 다섯 자루의 검이 손잡이만 남긴 채 터져 나갔다.

파파파파곽!

복면으로 가려진 검수들의 얼굴이 흙빛이 되었다.

백련정강으로 만든 검이 부서진 것이다, 그것도 부러지는 것이 아니라 화탄에 맞은 것처럼 폭발하며.

경악이 파도처럼 검수들을 휩쓸었지만 그 여운은 길지 않다. 여운이 길지 않은 이유는 검엽이 그들에게 그럴 시간을 허락하지 않았기 때문이다.

저벅.

또 한 걸음.

대지가 가공할 기도에 짓눌렸다.

검엽의 주변을 부유하던 아홉 개의 마벽 중 다섯 개가 수평으로 지면과 평행하게 눕더니 번개처럼 다섯 방향으로 날아갔다.

눈 한 번 깜박이는 것보다 더 빠른 시간 만에 허공을 가로지른 마벽의 형태는 조금 변해 있었다. 크기가 다섯 치 정도로 줄어들고 두께도 종잇장보다 더 얇아졌다.

날아가는 마벽의 기세는 가공스러웠다. 아무것도 마벽을 막지 못했다.

다섯 개의 마벽은 찰나지간 무인지경처럼 다섯 명의 검수를 통과한 후 사라졌다.

통과 부위는 검수들의 목.

서걱서걱.

마벽이 통과하는 순간, 소름 끼치는 소리가 났다. 그리고 동공에서 빛이 꺼진 다섯 명의 검수가 무너져 내렸다.

툭! 툭! 툭!

지면에 쓰러진 그들의 몸에서 목이 떨어져 나오며 공처럼 데굴데굴 굴렀다.

얼어붙은 빙하곡의 대지가 서서히 붉게 물들어갔다.

사라졌던 다섯 개의 마벽은 어느 틈에 검엽의 옆에 다시 모습을 드러내고 있었다.

찬연한 푸른빛을 발하며 부유하는 무적의 방패들.

검엽이 대천강전류구환마벽강기라 명명한 이 절학은 몸을 보호하는 호신강기의 공능만을 갖고 있지 않았다.

검엽이 단일한 구(球)의 형태가 아니라 보다 정교하고 복잡한 내력 운용을 필수적으로 요구하는, 여러 개로 나뉘어진 순(盾)의 형태로 강기를 형상화한 것은 몇 가지 이유가 있었다.

그중의 하나가 공격에 사용하는 것이었다.

구환마벽의 공격 수법은 다양했다.

대표적인 것이 빙원에서 그를 공격한 모든 무기와 사람, 그리고 이곳의 빙령침과 검을 부순 수법은 구환마벽의 흡(吸)과 탄(彈)자결을 함께 운용한 것이었다.

이 수법은 구환마벽 운용의 가장 기본적인 수법으로, 마벽과 충돌한 것은 그것이 무엇이 되었든 강한 흡인력에 의해 마벽과 흡착하게 되고 흡착된 것들은 거미줄에 걸린 벌레처럼 고정된 채 막강한 탄결에 의해 으스러진다.

검엽은 이런 구환마벽의 운용 수법을 암흑생사망(暗黑生死網)이라 불렀다.

설명은 길지만 암흑생사망의 모든 변화는 일수유지간에 이루어진다.

그리고 지금 그가 빙혼검수들의 목을 베는 데 사용한 마벽의 수법은 암천유성혼(暗天流星魂)이었다.

검엽이 산장에서 창안했고, 심마지해에서 완성한 절대의 암기 수법.

그의 창안 절기와 구환공, 천무신화전에서 얻은 무공과 심득들은 무림사에 유래가 없는 초절기로 승화되고 있었다.

저벅.

절대로 멈추지 않을 것만 같은 걸음 소리.

다시 뒤틀리는 대지.

쑤와아아앙!

거칠게 허공을 찢는 소리와 함께 날아든 것은 이십여 자루의 은빛 장창. 그러나 그들의 운명은 앞선 빙령침이나 검이 걸었던 것과 다를 바 없었다.

퍼석.

마벽과 부딪치며 가루로 부서진 창의 파편들이 우수수 흩어졌다.

동시에 솟아나듯 검엽을 공격한 검수들의 수는 일곱.

순백의 검광이 산더미처럼 일어났다.

사사사사사삭!

뒤를 이어 소리가 날 정도의 검엽의 쾌검.

빙혼검수들의 손은 느리지 않았지만 그들의 두 눈 깊은 곳에는 두려움과 자포자기에 가까운 광기의 그늘이 드리워져 있었다.

그들은 빙원에서 도주하여 코타로와 합류한 자들이어서 검엽의 무위를 이미 경험한 자들인 것이다.

그들은 자신들의 공세가 검엽을 어찌할 수 있으리라고는 생각하지 않았다. 검엽이 조금이라도 타격을 받아 뒤의 동료들이 그를 죽일 수 있기를 바랄 뿐이었다.

검엽의 정면을 방호하던 마벽 세 개가 양옆으로 밀려나며 빈 공간을 내주었다.

그 사이로 말아 쥔 검엽의 주먹이 일곱 번 움직였다.

빙혼검수들은 검엽의 주먹을 보았다. 그러나 그 주먹이 어떻게 움직였는지는 보지 못했다.

잔상조차 남지 않는 절대의 쾌.

퍼석!

들린 소리는 하나였다. 하지만 으스러진 것은 일곱 명의 상체. 하체만 남은 빙혼검수들의 시신이 이리저리 나뒹굴었다.

그 위로 피와 육편의 혈우가 쏟아졌다.

빙궁의 공격은 끊임없이 이어졌다.

운무 속에서 검이 불쑥불쑥 튀어나왔고, 발밑에서도 튀어나왔다. 설암과 곳곳에 세워져 있는 사람이나 짐승 형태의 조각들이 공격하는 경우도 있었다.

수시로 날아드는 빙령침은 기본이었다. 빙폭천뢰탄보다 광범위하지는 않았지만 좁은 지역 내에서의 위력은 천뢰탄에 못지않은 화탄들도 쉴 새 없이 터졌다.

갑자기 지면이 꺼지기도 했으며, 허공에서는 그물이 떨어지기도 했다. 무엇보다도 무서운 것은 안개에 섞여 흐르는 독무(毒霧)였다. 독무의 성질은 산공(散功). 하지만 그 무엇도 검엽의 걸음을 멈추게 하지 못했다.

산공독이 녹아든 안개를 가르며 검엽이 지나간 자리는 강물처럼 흐르는 피와 으스러진 육편들로 인해 지옥 같은 모습으로 변했다.

비명도 기합도 없는, 단지 일정한 간격으로 발자국 소리만

들리는 싸움의 기묘한 분위기가 음산함을 가중시켰다.

검엽이 움직인 거리는 육십 장. 걸린 시간은 이각이었다.

빙하곡은 쏟아지는 혈우와 코를 찌르는 혈향에 잠겼다.

죽어간 자의 수가 일백오십을 넘었다. 그들 중에는 절정고수도 수십여 명이 포함되어 있었다.

검엽이 육십 장을 전진했을 때부터 더 이상의 공격은 없었다. 그는 이십 장가량을 더 걸은 후 진의 권역을 벗어났다.

안개를 뒤로하고 선 검엽은 너른 분지 지형의 빙곡 한복판에 그를 노려보며 서 있는 세 사람을 볼 수 있었다.

그들은 분노와 살기, 그리고 공포에 젖은 눈으로 검엽을 맞이했다.

검엽은 그들의 정체를 알 수 없었지만 그들은 발로르의 아들인 코타로와 백웅천, 공야승이었다.

그들과의 거리는 사십오 장.

저벅저벅.

뒤틀리는 대기.

빙하곡이 공명이라도 하듯 발자국 소리는 사라지지 않고 긴 여운으로 사방을 울리며 되돌아왔다.

코타로는 해질 대로 해진 흑의를 걸친 채 다가오고 있는 검엽을 보며 할 말을 잃었다. 흑의는 허름했지만 핏자국은 보이지 않았다. 그것이 코타로를 더 두렵게 했다. 시산혈해를 만들며 통과한 자의 의복이 너무 깨끗했다.

아직도 검엽의 뒤로 보이는 안개의 하단부는 은빛이 아니라 핏빛이었다.

긴 머리카락 사이로 보이는 검엽의 두 눈은 무심하기만 했
다. 그 두 눈을 보고 그가 시산혈해를 이룩한 자라 믿을 사람
이 누가 있을 것인가.

빙원에서 도주해 온 검수들과 그의 수하 전부가 십이연환금
쇄진 안에서 죽었다.

그는 이런 상황이 벌어질 거라는 예상조차 한 적이 없었다.
평생 느껴본 적이 없는 두려움이 그의 마음을 지배했다.

이 년 전 육단공에 들어선 이후, 십 년 이내에 대성할 거라
평을 받던 그의 심후한 빙하월영공으로도 두려움을 떨치는 건
가능하지 않았다.

상대는 단신으로 빙궁의 전력 삼분지 이를 궤멸시킨 자, 외
견상 사람의 모습으로 보일 뿐 사람이 아니었다. 저자는 피와
살육에 미친 사신(死神), 사람의 껍질을 뒤집어쓴 악마였다.

그는 혹의인의 정체와 목적이 미칠 듯이 궁금해졌다.

코타로는 꽉 잠긴 음성으로 물었다.

"너는 누구냐? 바야드에게 고용된 자냐?"

검엽은 대답하지 않았다.

그는 죽음이 예정된 자의 의문을 풀어줄 마음이 전혀 없었
다, 그런 생각 자체를 해본 적도 없고.

저벅저벅.

멈추지 않는 발자국 소리가 천지를 짓눌렀다.

코타로와 백웅천 등의 안색도 시간이 갈수록 점점 더 창백

해졌다. 그들은 백만 근 바위에 깔리기라도 한 것과 같은 무거운 중압감을 느끼고 있었다.

사력을 다해 자신의 마음을 스멀스멀 파고드는 감정을 부인하며 코타로가 발악하듯 소리쳤다.

"너는 대체 왜 본 궁을 공격하는 것이냐? 대답해! 네놈이 이런 짓을 하는 이유는 알아야 할 게 아니냐!"

검엽은 흰 이를 드러내며 소리없이 웃었다.

그 미소를 본 세 사람은 등골을 훑으며 내려가는 전율을 느꼈다.

그때 검엽이 처음으로 말문을 열었다.

"시끄러운 놈이구만. 무사는 입이 아니라 칼로 말하는 거야."

낮으면서도 일체의 감정이 담겨 있지 않은 무심한 어조.

자신을 경멸하는 기색이 실린 억양은 아니었다. 하지만 내용은 더할 나위 없이 모욕적인 말이었다. 수치심을 느낀 코타로의 얼굴이 참혹하게 일그러졌다.

검엽의 말대로 그는 적이었다.

죽어간 빙궁도의 수가 오백을 넘어 육백에 육박했다.

죽이지 않으면 죽어야 하는 마당이다.

이유 따위가 중요한 시점은 지난 것이다.

코타로라고 그것을 모르겠는가. 하지만 그는 묻지 않을 수 없었다. 검엽의 전진이 너무나 두려웠기 때문이다. 전신에 돋은 소름과 미미하게 떨리는 손끝이 그가 느끼는 두려움의 강도를 알 수 있게 했다. 본인은 그것을 의식하지 못하고 있었지만.

코타로는 흘깃 뒤편을 돌아보았다.

까마득히 솟은 만년빙벽.

그 하단부에는 지하의 빙궁으로 통하는 입구가 있다.

그는 자신의 부친 발로르가 수하들을 이끌고 빨리 이곳으로 오기를 기원했다. 발로르가 와야만 했다. 그와 두 명의 중원인만으로는 너무 버거운 상대였다.

'아버지, 상대를 기다리며 여유를 부리실 때가 아닙니다. 저자를 막지 못하면 우리는 다 죽습니다.'

입구를 제외한 삼면의 빙벽에는 감시의 눈이 있다. 이곳 상황은 궁주전에 전해졌어도 벌써 전해졌을 것이다.

'제발 빨리 오세요. 저는 저자의 상대가 아닙니다.'

입 밖으로 말이 되어 나오지는 않았지만 코타로의 내심은 백척간두에 서 있는 사람마냥 절박했다.

그는 검엽이 통과한 금쇄진의 매복과 기관 장치를 그 혼자서는 절대로 통과할 수 없다는 것을 잘 알고 있었다. 더구나 눈앞의 흑의인처럼 한 걸음도 멈추지 않은 채 깨끗한 모습을 유지하면서는 더더욱 불가능했다.

자존심을 따지기엔 상대가 너무 강했다. 동생인 스베타를 죽인 자라는 건 지금 중요하지 않았다. 자존심도 중요하지 않았다.

목숨이, 그리고 가까운 미래에 그의 것이 될 빙궁이 더 중요했다.

그는 현실적인 사내였다.

멈추지 않는 철벽처럼 한 걸음씩 전진하고 있는 검엽의 눈빛이 서늘해졌다.

그는 코타로의 정체를 어느 정도 짐작한 상태였다.

그와 함께 있는 동안 카크타니는 발로르와 그의 두 아들에 대해 얘기해 준 적이 있었다. 그들 중 스베타라는 이름의 아들은 이미 그의 손에 죽었다.

'저자가 코타로겠군. 겉으로 드러난 기도도 출중하고 자질도 괜찮아 보이지만… 마음의 근저에 깔린 욕망이 그것들을 가릴 만큼 강한 놈이다. 반역을 통해 빙궁을 찬탈한 자의 자식이니 당연하다고 해야 하나…….'

검엽과 코타로의 거리는 이십여 장으로 좁혀졌다.

그들 정도의 고수들에겐 한두 번의 운신만으로도 사라질 거리.

"꿀꺽."

코타로를 비롯한 세 사람의 목울대가 동시에 움직였다.

다가오는 검엽의 몸이 점점 커지고 있었다. 그의 뒤쪽에서 꿈틀대는 안개는 벌써 그들의 시야에 보이지 않았다. 검엽의 뒤에 보이는 안개의 폭은 일백 장에 달한다. 검엽의 몸이 안개를 가릴 수 있을 리가 없었다.

실제로는 불가능한 현상이 지금 세 사람에게 동시에 일어나고 있었다.

기세 때문이었다.

검엽의 전신에서 일어나는 가공할 기세가 그들의 심령을 꽉 채워 버린 것이다.

세 사람은 입술을 악물었다. 피할 수 없는 기세가 그들을 강타하고 있었다. 물러날 수도, 도주할 수도 없었다. 상대의 기세에 저항하는 것을 포기하는 순간 사신이 찾아들 것이라는 걸 너무나 잘 알고 있는 것이다.

그때였다.

"물러나라!"

빙하곡을 뒤흔드는 웅장한 일갈이 터져 나왔다.

코타로의 안색이 대번에 환해졌다.

세 사람은 번개가 무색할 만큼 빠른 속도로 후면의 절벽을 향해 후퇴했다. 그리고 이내 분지 전체를 가득 채우는 은빛의 섬광이 우박처럼 쏟아져 내렸다.

검엽은 고개를 들어 자신을 중심으로 반경 오십여 장을 뒤덮으며 날아오는 은빛 섬광, 빙원에서 가장 강했던 자(테루야)가 빙하전이라고 불렀던 화살과 빙폭천뢰탄이라고 불렀던 화탄을 무심한 눈으로 보고 있었다.

빙하전의 수는 셀 수 없었다. 하늘이 보이지 않을 정도였으니, 많다는 것만 알 수 있을 뿐이었다. 그와 달리 화탄의 수를 세는 건 가능했다. 그 수는 오십여 개였다.

그는 쓴웃음을 지었다.

빙하전은 별것이 아니었지만 화탄은 그에게도 조금은 껄끄러운 물건이었다. 열 개의 빙폭천뢰탄으로 인해 그는 작으나마 내상을 입었지 않은가. 그 다섯 배의 화탄이 날아들고 있었다.

'아들이 풍기는 분위기도 꽤 현실적이더니, 아비도 마찬가지로구만. 빙궁의 궁주 정도 되는 자가 얼굴을 드러내지도 않고 화탄부터 집어 던지다니. 무인으로서의 자존심 따위는 개먹이에 불과하다는 건가.'

나쁘지 않았다.

개처럼 구는 자는 개처럼 대접하면 된다.

'귀조!'

그의 마음속 울림을 따라 거대한 흑암의 날개가 공간을 헤집으며 그의 등 뒤에 나타났다.

촤라라라라라라—

기이한 소리가 울려 퍼지는 것과 함께 하나의 크기가 일 장에 달하는 두 장의 검은 날개는 검엽의 몸을 고치처럼 휘감았다.

연이어 흑익(黑翼)으로 뒤덮인 검엽의 사방에 구환마벽이 모습을 드러내며 찬연한 푸른빛을 뿌렸다.

최초의 충돌은 빙하전과 구환마벽.

따따땅, 따다다다당!

귀를 찢는 소음과 함께 으스러진 빙하전의 파편들이 검엽의 사방으로 비산했다.

이어진 충돌은 화탄과 구환마벽.

콰콰콰콰쾅!

가장 많은 삼십여 개의 화탄과 충돌한 전면의 구환마벽 네 개가 강렬한 푸른빛과 함께 사라졌다.

그리고 아직 폭발하지 않은 화탄들이 귀조의 흑익과 거칠게 충돌했다.

콰우우우우우—

어마어마한 굉음이 아이태란산을 뒤흔들었다.

막대한 충격을 받은 고울란봉이 기우뚱거린다 싶더니 아득한 세월 동안 빙하곡의 성쇠를 지켜본 만년빙벽들이 힘을 잃고 곳곳에서 무너져 내렸다.

쿠쿠쿠쿠쿠쿠쿠!

무너진 빙하가 분지를 해일처럼 휩쓸었고, 고울란봉의 허리까지 가리는 엄청난 양의 얼음 가루들이 허공으로 솟구쳐 눈가루가 되어 흩날렸다.

충격과 굉음에 이은 대붕괴의 여파가 사라지기 전 코타로가 물러났던 후면의 빙벽 중간에 수많은 인영이 어른거리기 시작했다.

그들이 나타난 곳은 중간에 뚫린 수십 개의 동굴 입구였다. 이 동굴들은 본래 무너진 앞면의 빙벽에 의해 교묘하게 입구가 가려져 있었지만 앞부분이 무너지며 입구가 드러난 것이다.

동굴의 역할은 이곳에 은신하여 입구를 통과해 분지로 들어선 적을 기습하는 것이었다. 그러나 수백 년 동안 동굴이 제

역할을 한 적은 없었다, 그 어떤 적도 입구를 통과한 적이 없었으니까. 그러다가 오늘 제 역할을 한 것이다.

발로르는 정중앙의 다른 동굴보다 두 배는 넓은 동굴 입구에 코타로, 백웅천, 공야승과 함께 있었다. 그들의 뒤로 창백한 안색의 칼라즈도 보였다.

아직도 여파가 계속되고 있는 빙하곡의 대붕괴를 바라보고 있는 사람들은 누구도 먼저 입을 열려 하지 않았다. 그것은 발로르도 마찬가지였다.

'무서운 힘이 담긴 걸음이었다.'

그의 냉혹한 눈은 무겁게 가라앉아 있었다.

코타로의 생각과 달리 그는 지상의 상황을 보고받기 전에 움직였다. 그를 움직이게 한 것은 심혼이 짓눌린다는 느낌을 받을 만큼 가공할 기세가 담겨 있는 발자국 소리였다.

일정한 박자를 지닌 채 멈춤없이 이어지던 발자국 소리.

궁주전에 있던 발로르는 발자국 소리를 들으며 받는 절대적인 압박감에 숨을 죽여야 했다.

그는 결정이 빠르고 실행은 그보다 더 빠른 사람이다.

접근하고 있는 자가 상상을 초월한 절대고수라는 생각이 들자마자 그는 지하의 궁에 남아 있던 무사들에게 빙하전과 남은 빙폭천뢰탄 전부를 소지하게 하고 지상으로 올라왔다.

그리고 대붕괴가 뒤를 이었다.

지상에는 특별히 귀한 건물이나 물건이 없었다. 입구에 펼쳐져 있던 금쇄진이 조금 아까울 뿐이었다. 하지만 다시 설치하면 되었다. 지하의 피해도 각오했던 것보다 적었다. 지하의 궁은 분지의 밑이 아니라 후면 빙벽의 밑을 중심으로 건설되었기 때문이다.

한 가지 씁쓸한 점은 오랜 역사를 가진 빙궁의 지상이 제 형태를 잃었다는 것이다. 그러나 발로르는 빙폭천뢰탄을 쏟아부은 자신의 결정을 후회하지 않았다.

적은 가공할 능력을 가진 자였다.

수단과 방법을 가리지 말고 제거해야만 한다고 판단했고, 그는 그것을 실행에 옮겼다.

후회가 남을 이유가 없는 것이다.

전설의 금강불괴를 이룬 고금제일의 고수라 해도 방금 그가 행한 공격을 받고 살아날 가능성은 전무했다. 만약 살아난다면 그건 인간의 거죽을 뒤집어쓴 무엇이지, 결코 인간이 아니었다.

눈가루처럼 흩날리던 얼음조각들이 지면으로 가라앉으며 눈앞이 조금씩 밝아졌다.

검엽이 서 있던 자리를 바라보고 있던 사람들의 안색에 괴이한 빛이 떠올랐다.

자기도 모르는 사이 중얼거리는 코타로의 입술이 눈에 보일 정도로 떨렸다.

"저건……?"

온통 순백으로 물든 폐허 속에서 고치 형태의 칠흑처럼 검은 것이 서서히 떠오르고 있었다.

발로르와 코타르는 물론, 대붕괴를 지켜보고 있던 사람들의 안색이 시체처럼 창백하게 변했다.

그들이 반쯤 넋이 나간 얼굴이 되었을 때, 검은 기류를 안개처럼 흘리는 귀조의 거대한 날개가 활짝 펴졌다.

나타나는 것은 푸르스름하게 빛나는 눈동자와 조각처럼 아름답지만 무표정한 사내의 얼굴.

주변의 얼음처럼 투명할 정도로 희어진 얼굴이 너무나 아름다워 오히려 더 비인간적인 사내.

검엽이었다.

귀조의 흑익은 펼쳐짐과 함께 흐릿해지며 사라졌다. 그리고 이제는 옷이라고 하기도 민망하게 갈기갈기 찢어진 흑의를 걸친 검엽의 얼굴에 흰 선이 그어졌다.

그는 웃고 있었다.

"으으으으……."

사람들의 입술 사이로 앓는 듯 기괴한 신음 소리가 흘러나왔다.

공포가 전염병이 되어 좌중을 휩쓸고 지나갔다.

그들과 검엽과의 거리는 칠십여 장이 넘었다. 그럼에도 사람들은 의식하지도 못한 사이 주춤주춤 뒤로 물러나고 있었다.

누구도 검엽을 똑바로 바라보지 못했다. 발로르와 백웅천만이 혼신의 힘을 다해 뒤로 밀려나려는 몸을 안돈시키며 두 눈을 찢어져라 부릅뜨고 있을 뿐이었다.

상상해 본 적도 없는 절대적인 기세, 처절할 정도로 가공스러운 마기가 칠흑 같은 어둠을 가득 채우며 퍼져 나갔다.

푸르스름한 귀화를 피워 올리는 검엽의 눈과 부릅뜬 눈끝이 경련하는 발로르의 눈이 허공에서 만났다.

흰 이를 드러냈던 검엽의 입술이 벌어졌다.

"네가 발로르라는 자인가?"

음의 고저가 느껴지지 않는 무심한 어조.

자인가…… 가…… 가…… 가…….

악다문 발로르의 입술이 터지며 가는 핏물이 흘러내렸다. 머릿속이 공명하듯 계속해서 울리며 곤죽이 되어가고 있는 느낌이었다.

심령에 막대한 타격을 받고 있는 그였다. 흑의인이 하대하고 있다는 것에 주목할 여유는 없었다.

그는 구유음하강(九幽陰河罡)의 기운을 전신경락으로 보내며 주먹을 움켜쥐었다.

구유음하강은 그가 평생을 고련한 빙하월영공과 십 년 전 얻은 현음빙백신공의 장점을 취해 발전시켜 창안한 무공이다.

난관은 있었지만 그는 빙하월영공의 강맹함과 현음빙백신공의 현묘함을 하나의 무공으로 승화시키는 데 성공했다.

두 개의 신공은 모두 음한지기에 근원을 둔 무공이고, 빙백신군이라는 일대 기인 한 사람의 머리에서 나왔다.

발로르는 무(無)에서 유(有)를 창조해야 했던 빙백신군보다 여건이 더 좋았다. 그는 두 가지나 되는 절세의 신공을 알고 있었으니까.

발로르의 장심에 음산한 순백의 반점이 생겨나더니 점점 커졌다. 그리고 잠시 후 반점은 발로르의 두 손 전체로 퍼져 나가며 석 자 길이의 수강(手罡)이 되었다.

구유빙하강과 함께 그가 창안한 구유빙천수(九幽氷天手)였다. 절대고수만이 사용가능하다는 강기를 얻은 후에야 흉내라도 낼 수 있는 초상승절기.

발로르의 손에 수강이 형성되는 것을 보며 백웅천과 공야승은 눈을 마주쳤다.

검엽의 기세에 허옇게 얼굴이 질려 있던 공야승의 입술이 달싹였다.

[단주님, 발로르에게 기회를 만들어주어야 합니다. 빙궁은 그분께서 기대를 많이 하고 계시는 곳이 아닙니까. 그분을 위해서라도 빙궁은 무너지면 안 됩니다.]

백웅천은 고개를 끄덕였다.

[목숨을 걸어야 할 것이야. 저자는 정말… 강한 자일세.]

공야승의 창백한 얼굴에 가느다란 미소가 떠올랐다.

[제 나이가 벌써 예순일곱입니다. 앞으로 산다고 얼마나 더 살겠습니까. 모양새가 발로르를 위한 것처럼 된 게 마음에 들지 않습니다만, 회를 위한 일입니다. 제 죽음이 회에 도움이 될 수 있다면 제겐 영광이지요.]

[좋네. 해보세.]

삶에 미련을 버린 자는 강해진다. 백웅천과 공야승의 눈에서 스러져 가던 기세가 되살아났다.

그들과 지척에 있던 발로르는 두 사람의 기세가 변한 것을 단숨에 알아차렸다. 그들의 속내도.

그는 유목민지파의 후계자로 태어나 빙궁의 궁주 자리를 거머쥔 입지전적인 인물. 권모술수의 한복판을 온몸으로 통과하며 살아온 사람이다. 당연히 사람의 속을 읽는 데는 도가 텄다.

저벅저벅.

멈췄던 발자국 소리가 다시 울려 퍼졌다.

검엽이 전진하는 정면의 대기가 진저리를 치며 움츠러드는 게 눈에 보이는 듯해서 빙궁의 인물들은 사색이 되었다.

꿈에서도 상상해 본 적이 없는 가공할 기세가 그들에게 다가오고 있었다.

검엽은 여전히 무표정한 얼굴이었다.

그러나 겉으로는 잘 드러나지 않아도 현재 그는 빙폭천뢰탄 오십 개가 한꺼번에 터지는 충격을 그 자리에서 받아낸 터라 경락이 흔들려 능력이 온전치 못한 상태였다.

회피하려면 그의 경공으로 어찌 그것을 피하지 못했으랴. 그러나 검엽은 화탄을 피한다는 시도는커녕 생각조차 하지 않았다. 그리고 그것은 그를 공격하는 것이 화탄보다도 강한 것이었더라도 마찬가지였을 것이다.

어리석어 보이는 그 결정의 이면에는 심마지해에서 형성된 검엽의 처절한 각오와 광오할 정도로 강한 자부심이 깔려 있었다.

천하에 그가 피해야 할 것은 없었다. 만약 자신이 회피해야 할 정도의 적이 있고, 그렇게 약하다는 생각이 들었다면 검엽은 결코 심마지해를 떠나지 않았을 것이다.

검엽의 기세는 무공이 아니라 정신에서 나온다. 그의 기세가 약화될 가능성은 전무했다.

발로르와 백응천, 공야승을 제외한 사람들은 무형의 강기에 얻어맞기라도 한 것처럼 조금씩 뒤로 밀려났다. 그들 속에는 코타로도 있었다.

하지만 코타로가 물러나는 것은 이유가 달랐다.

그를 물러나게 한 것은 발로르의 전음이었다.

[아들아, 물러나라. 최악의 경우 나는 저자와 동귀어진할 것이다. 너는 나의 빈자리를 맡아야 한다. 바야드가 이끄는 자들을 주의하거라. 그들은 곧 이곳에 들이닥칠 것이다.]

코타로는 피가 나도록 입술을 악물었다.

[알겠습니다, 아버지…….]

말끝이 떨렸다.

평소 정을 표현한 적이 거의 없는 냉혹한 성정의 발로르지만, 그래도 코타로에게는 아버지였다.

백응천과 공야승이 앞으로 나섰다.

구름처럼 가볍고 바람처럼 빠른 운신.

검엽은 자신을 향해 접근하는 중원인 두 명을 볼 수 있었다. 좀 더 강한 기도를 풍기는 노인의 몸에서 익숙한 열기가 느껴졌다. 그의 눈빛이 스산해진 순간, 검엽의 전면 십 장 앞까지 쇄도한 백웅천의 공격이 시작되었다.

그의 신형이 희끗거린다 싶은 순간, 쇠라도 녹여 버릴 것 같은 열기가 담긴 붉은 강기가 검엽의 가슴을 눌러왔다.

적색의 강기가 지나는 길 아래가 단숨에 녹으며 뜨거운 수증기가 화산이 폭발하듯 솟구쳤다. 구름 속에 들어와 있는 듯 시야가 대번에 차단되었다. 하지만 누구도 이런 수증기가 상대의 시야를 막을 수 있으리라고는 생각지 않았다.

그들은 모두 어둠 속을 대낮처럼 볼 수 있는 허실생동의 경지에 오른 초강고수들이었으니까.

홍염의 강기가 직진하는 길 앞에 석 자 크기의 육각을 이룬 푸른빛의 방패가 일렬로 줄지어 생겨났다.

처처처처척!

그리고 충돌.

쾅!

날벼락이 치는 굉음과 함께 제일 앞에 있던 마벽 하나가 터져 나갔다. 하지만 놀라운 위세로 날아들던 홍염의 강기도 속절없이 허공중으로 흩어졌다.

다음 순간 백웅천의 안색이 돌처럼 굳어지며 번개처럼 허리가 뒤로 꺾였다.

쑤와아아앙!

소름 끼치는 파공음이 일며 그의 한 꺼풀 벗겨 나간 콧날에서 피가 터졌다.

육안으로는 식별할 수도 없는 암기가 그를 스쳐 지나간 것이다.

암천유성혼.

일렬의 두 번째에 있던 마벽이었다.

설마 호신강기가 암기가 되어 날아올 거라고는 생각지도 못했던 백웅천은 단 일 초에 저승으로 갈 뻔했다.

찰나지간의 임기응변이 그의 목숨을 구했다. 그러나 그의 위기는 끝나지 않았다. 그에게 날아든 암기는 한 개만이 아니었다.

찬연한 빛을 뿌리는 직경 다섯 자 크기의 종잇장처럼 얇은 방패 세 개가 뒤로 꺾은 상체를 일으키기도 전에 그의 단전과 두 다리로 날아들었다.

"으합!"

백웅천은 기괴한 기합성과 함께 신룡육전(神龍六轉)의 신법을 펼쳤다. 신룡육전은 몸을 여섯 번 뒤집으면 어떤 공세에서도 벗어날 수 있다고 알려진 절세의 경공이다. 하지만 암천유성혼 앞에서 신룡육전의 평가는 빛이 바랬다.

스팟!

뼈가 드러날 정도로 벌어진 백웅천의 양쪽 허벅지에서 분수처럼 피가 튀었다.

신룡육전의 시전이 끝났을 때, 백웅천의 신형은 검엽의 오장 앞까지 전진해 있었다.

검엽은 적지 않은 상처를 입은 백웅천의 눈이 아직도 빛나는 것을 보았다.

그리고 백웅천의 쌍장이 붉게 물들며 이글거리는 홍염의 강기가 검엽을 후려쳐 왔다.

무서운 열기였다.

빙판이 녹으며 검엽의 발목까지 물에 잠겼고, 주변은 늪처럼 변하고 있었다.

사라진 한 개의 마벽과 암기로 사용한 세 개의 마벽이 아직 재형성되지 않은 상황.

일렬로 늘어선 다섯 개의 마벽과 홍염의 강기가 재충돌할 때, 한가닥 가공할 검강이 검엽의 정수리로 날아들었다.

백웅천의 다리가 피에 젖는 것을 보면서도 움직이지 않고 있던 공야승이었다.

뛰쳐나가려는 마음을 필사적으로 다잡고 있던 그는 한 번의 충돌을 겪은 검엽이 조금이라도 약화되었다고 판단된 순간 움직인 것이다.

그의 손에는 방금 전까지 보이지 않던 낭창낭창한 넉 자 길이의 연검이 들려 있었다. 연검의 검첨에서는 석 자 길이의 유백색 검강이 돋아나 찬란한 빛을 발하며 검엽의 정수리를 향해 수직으로 떨어지고 있었다.

눈빛이 스산해지며 사라졌던 미소가 검엽의 입가에 나타났다.

두 명의 중원인은 그가 심마지해를 나선 후 만난 자들 중 가장 강했다.

장법을 구사하는 자는 능히 지난날 검엽이 상대했던 패마성 초평익의 오백 초 상대는 될 듯했고, 검을 쓰는 자는 초평익과 삼백 초를 겨룰 만한 절세의 고수였다.

검엽은 심마지해를 거치며 무인으로서의 자신을 자각했다.

무인이란 강자와의 끝없는 싸움 속에서 자신을 단련하고, 생사의 간극이 찰나의 순간 엇갈리는, 그 소름 끼치는 혈로(血路) 속에서 존재의 의미를 획득하는 자가 아니던가.

백웅천과 공야승은 괴이하기 이를 데 없는 아홉 겹의 강기 뒤편에서 뒷짐을 진 채 오연하게 서 있던 검엽이 뒷짐을 푸는 것을 볼 수 있었다.

검엽은 두 손을 반쯤 말아쥐고 있었는데, 권(拳) 같기도 하고 수(手) 같기도 해서 어떤 공격이 펼쳐질지 감을 잡기 어려웠다.

백웅천과 공야승은 직감했다.

검엽의 두 손이 움직이면 그들이 감당하기 어려운 공세가 닥칠 것이라는 것을.

그들은 진원지기까지 끌어올렸다. 적은 손에 사정을 두는 자가 아니었다. 패하면 죽어야 했다. 죽으면 진원 따위는 아무것도 아니다. 살아야 진원도 쓸모가 있는 것이다.

홍염의 강기가 노을처럼 붉은빛을 사방으로 뿌리고, 석 자 길이였던 유백색의 검강은 넉 자로 늘어났다. 방원 오 장 이내가 두 사람의 공세하에 놓였다.

멀리서 싸움을 지켜보고 있던 코타로는 침을 삼키며 주먹을 꼭 쥐었다.

그의 안력으로도 싸우고 있는 세 사람의 신형은 흐릿한 그림자로 보일 정도로 빨랐다. 그러나 돌아가는 상황을 알아보지 못할 정도는 아니었다.

십 년 전 반역의 날, 두 사람의 무공을 본 적이 있는 그였다. 그러나 오늘 보는 두 사람의 무공은 전보다 훨씬 강해져 있었다. 다른 때였다면 그는 두 사람에 대한 경계심을 강화했을 테지만 지금은 고맙기만 했다.

그가 볼 때 두 사람의 공세하에 놓인 검엽에게 피할 구멍은 없었다. 선택은 둘뿐이었다. 부딪치거나 손놓고 죽거나. 그리고 지금까지 적이 보여준 태도로는 당연히 부딪칠 터였다.

검엽의 두 손은 뒷짐을 풀자마자 정면과 위을 향해 둘로 갈라지며 무시무시한 속도로 허공을 쳤다.

구환마벽은 본질적으로 호신강기였다. 호신강기를 쓴다고 다른 무공을 쓰지 못하는 고수는 없다. 백웅천과 공야승은 구환마벽을 일종의 공격류 무공으로 착각했다. 그것은 작은 차이처럼 보였지만 결과는 무시무시했다.

묵청색 손그림자가 태풍처럼 백웅천과 공야승의 공세에 맞서갔다.

뇌전을 방불케 하는 속도.

이어지는 것은 뇌성벽력음.

우르르릉.

백웅천과 공야승의 안색이 누렇게 떴다.

그들은 홍염의 강기와 유백색 검강이 마치 파도에 휩쓸린 모래성처럼 무너지는 것을 보았다.

항거불능의 거력이 담긴 뇌전의 해일이 그들을 향해 밀려왔다.

진정으로 그들을 공포스럽게 한 것은 수강의 해일이 한 번에 그치지 않고 있다는 것이었다.

해일에 뒤에는 또 다른 해일이 있었다. 끝없이 밀려드는 수강의 해일.

해일의 수는 아홉이었다.

천강구겁수(天罡九劫手).

지존천강수의 제사초이자 검엽이 산장에 있던 시절 만첩(萬疊)을 꿈꾸며 창안했던 영겁천뢰장의 오의를 기반으로 천강낙뢰의 힘을 아홉 번 연속해서 펼치는 수법.

아홉 번 겹쳐지는 장세는 상대에게 영겁의 세월 동안 구천을 떠도는 악몽을 선사한다.

일겁과 이겁은 홍염의 강기와 유백색 검강을 으스러뜨렸다. 사색이 된 백웅천과 공야승은 초식을 변화하려 했지만 그것은 허락되지 않았다.

전장을 지배하고 있는 사람은 검엽이었다, 그들이 아니라.

삼겁이 공야승의 연검을 산산조각으로 부수고 밀려든 사오겁과 충돌한 백웅천의 두 팔이 피 모래로 화했다. 연이어진 칠겁은 사력을 다해 물러나려는 두 사람의 전신을 그대로 휩쓸었다.

발로르가 움직인 순간은 그때였다.

백웅천과 공야승이 피떡으로 으스러지려는 바로 그 직전의 순간,

키히히히히히—

쇠톱으로 뼈를 긁는 듯한 귀곡성이 빙하곡을 뒤흔들었다.

장내를 휩쓸던 세 사람의 강기는 아직도 여파가 남은 상태.

반투명한 수정처럼 맑은 구유빙천수의 수강이 지나간 자리엔 얼음 가루로 변한 수증기가 분분히 날렸다. 사방 십여 장의 공간을 장악한 수강이 검엽의 전신을 눌러갔다.

적중당한다면 금강불괴라도 바위에 눌린 개구리처럼 만들어놓을 힘이 실린 공세였다.

검엽의 전면을 방호하던 다섯 개의 구환마벽이 갑자기 사라졌다.

텅빈 정면.

마치 길을 내주는 듯했다.

발로르는 상대의 호신강기가 사라진 것에 위험을 느꼈지만 무서운 기세로 검엽을 향해 육박해 갔다.

승부는 일 초에 날 터였다.

그는 알고 있었다.

두 사람이 만들어준 이 기회가 아니라면 눈앞의 악마 같은 자를 어찌할 기회는 두 번 다시 오지 않으리라는 것을.

쾅! 쾅!

두 번의 굉음이 들려왔다.

발로르는 보았다.

백응천과 공야승의 피떡으로 으스러진 육신이 한 줌의 혈수가 되어 지면에 뿌려지는 것을.

이를 악문 그의 구유빙천수는 검엽과 한 자도 되지 않는 곳에 도달하고 있었다.

검엽의 구겹수를 펼치던 두 손이 그의 가슴 앞에서 수인(手印)을 맺는 듯 미묘한 호선을 그린 것도 그 순간이었다.

발로르는 검엽의 손이 수인을 맺음과 동시에 어린아이의 손처럼 보이는 작고 앙증맞은 검푸른 수강이 불쑥 허공에 튀어나오는 것을 보았다.

그의 안색이 흙빛이 되었다.

작고 앙증맞은 수강은 너무나 선명한 궤적을 그리며 그의 구유빙천수 안으로 뛰어들었고, 그것과 부딪친 구유빙천수는 허무하게 구멍이 뻥 뚫렸던 것이다.

작은 수강이 전진하는 속도는 가공, 그 자체.

구유빙천수의 중심을 단순한 직선을 그리며 관통한 작은 수강이 발로르를 강타하는 데 걸린 시간은 일수유.

발로르는 수강이 나타나는 순간만을 보았을 뿐, 그 이후를 보지 못했고, 앞으로도 볼 수 없게 되었다.

퍼억!

소름 끼치는 파육음과 함께 발로르의 상체가 흔적도 없이 사라지며 피분수가 터졌다.

검엽이 심마지해에서 창안한 절기, 천강쇄심인(天罡鎖心印)

의 초헌이었다.

무거운 정적이 내려앉았다.

아무도 입을 열지 못했고, 누구도 눈을 치켜뜨지 못했다.

북해의 살아 있는 신(神)으로 불리던 사람이 죽은 것이다, 그것도 단 일 초에.

검엽은 혈구로 변한 세 사람의 시신을 무심한 시선으로 일별했다.

발로르와 중원인들과의 관계, 중원인들의 정체와 목적. 누군가 그의 입장이었다면 당연히 알아보려 했을 것들이다. 하지만 검엽은 아무것도 묻지 않았다.

그는 저들을 추궁해야 할 필요성을 느끼지 못했다.

그의 앞에 놓인 시간은 많았다.

그리고 그가 행하고자 마음먹은 일이 진행된다면 그들은 그의 앞에 모습을 드러낼 수밖에 없을 터였다.

저벅저벅.

대기를 뒤틀리게 만드는 공포스러운 발걸음이 멎은 것은 코타로가 있는 동굴의 아래에서였다.

"나는 내 머리 위에 있는 자를 별로 좋아하지 않는다."

낮고 담담하지만 사방을 울리는 음성.

빙벽의 동굴에 있던 빙궁의 사람들은 자신이 발휘할 수 있는 최고의 경공을 시전했다. 놀란 메뚜기 떼가 날아오르는 듯했다.

눈 두어 번 깜박일 사이에 검엽의 앞은 무릎을 꿇은 사백여 명의 무인으로 가득 찼다.

그들 중에는 코타로도 있었다. 그는 움직이지 않으려 이를 악물었지만 저항은 불가능했다.

무릎을 꿇은 치욕적인 자세에도 불구하고 사람들은 그것을 부끄러워하지도, 이상하다 여기지도 않고 있었다. 누구도 검엽에게 저항할 생각을 하지 않았다.

그것은 그들의 의지가 아니었다.

공포.

믿을 수 없을 정도로 강대한 공포가 그들의 심신을 지배하고 있는 때문이었다.

칠흑처럼 긴 머리를 허리까지 드리우고 넝마가 되어버린 흑의를 걸친 검엽의 앞에 코타로는 머리를 조아렸다.

악문 입술 사이로 핏물이 흘렀다.

애틋한 정이 오간 부자지간은 아니라 해도 그의 눈앞에 있는 흑의인은 같은 하늘을 이고 살 수 없다는 살부지수(殺父之讐)였다. 그리고 그의 영광된 미래를 파괴한 자였다.

발로르와 그가 중원인과 손을 잡고 반역을 도모했던 것은 북해에 안주하는 빙궁의 전통을 바꾸고 싶었기 때문이다. 그들은 중원의 중심지에 휘날리는 빙궁의 깃발을 꿈꾸었던 것이다.

그러나 그 야망은 꽃을 피워보지도 못한 채 핏속에 잠겼다.

무릎을 꿇고 머리조차 들지 못하는 자신의 모습이 그의 가슴을 칼처럼 후벼팠다.

그럼에도 그는 저항할 생각을 하지 못했다.

그의 심령은 이미 검엽의 제어하에 놓인 것이다.

검엽의 무심한 시선이 코타로의 정수리에 꽂혔다.

"죽어라."

코타로는 절망한 얼굴로 고개를 들었다. 그의 눈에 들어온 것은 조각처럼 아름다운 얼굴을 한··· 악마였다.

"죽기 전에··· 대체 왜 본 궁을 공격했는지 이유는 알고······ 죽고 싶다."

그 한마디를 하는 데도 코타로의 얼굴은 식은땀에 젖었다. 그리고 그의 몸은 눈에 띌 만큼 부들부들 떨리고 있었다.

검엽은 말없이 코타로를 내려다보았다.

감정을 읽어낼 수 없는 눈빛.

그가 코타로에게 빙궁을 왜 공격했는지를 설명해 줄 이유는 없었다. 그럴 마음도 없었다. 그것을 설명하려면 운려에 대해 이야기를 해야 했다. 그를 인간이게 해주는 유일한 추억에 대해 시시콜콜 적에게 말해준다는 것은 있을 수 없는 일이었다.

그리고 운려와의 약속을 떠나 무사란 사신을 어깨에 태우고 살아가는 자들이다. 언제 어디서 강적과 조우해 죽어갈지 알 수 없는 것이다.

그때마다 이유를 알고자 할 것인가.

죽이지 않으면 죽을 수밖에 없는 전장에서 이유란 사치에 불과하다.

"패자(敗者), 유구무언(有口無言)."

짤막한 대답이었다.

검엽의 말을 들은 코타로의 얼굴이 무참하게 일그러졌다.

"…죽어 원귀가 되어서라도 너를… 용서치 않으리라! 악귀가 되어서라도 너를 죽이리라!"

폐가 찢어지는 듯한 절규.

그것이 그가 이승에 남긴 마지막 말이었다.

퍽!

스스로의 손으로 천령개를 부순 코타로의 시신이 스르르 무너졌다.

검엽은 천천히 뒷짐을 졌다.

그의 입술이 보일 듯 말 듯 달싹였다.

"그럴 수 있기를."

휘이이이이—

갑작스레 불어온 바람이 빙곡을 휘돌아 나가고 있었다.

第十章

천마
검섭
전

카크타니와 바야드 일행이 빙하곡에 도착한 것은 두 시진 후였다. 빙하곡의 정경을 보게 된 그들은 아연한 얼굴이 되어 침묵했다.

빙하곡은 거대한 폐허였다. 그리고 후면의 절벽 앞에는 내리는 눈에 전신이 덮여 눈사람처럼 변하고도 움직일 생각조차 하지 못하고 있는 사백여 무인이 무릎을 꿇고 있었다.

사람들의 입이 절로 벌어졌다.

그러나 누구도 말을 하지는 못했다.

이 믿어지지 않는 광경을 보며 누가 입을 열 간담을 갖고 있을 수 있겠는가.

분지를 가로지르던 카크타니 일행은 하반신만 남아 있는 발로르의 시신을 볼 수 있었다.

그를 알아본 것은 옷 덕분이었다.

빙궁에서 이처럼 화려한 은의를 입고 은피화를 신는 자는
발로르밖에 없었으니까.

떨리는 가슴을 안고 발로르의 시신을 지나 절벽 앞에 도착
한 카크타니 일행은 머리가 부서진 코타로의 시신도 발견했
다.

한눈에 그가 스스로 목숨을 끊었다는 것을 알아차린 사람들
의 낯빛이 희게 탈색되었다.

발로르는 죽임을 당했지만 코타로는 자결했다. 그들은 이
상황을 어떻게 받아들여야 할지 혼란에 빠졌다.

코타로는 냉혹할 뿐만 아니라 야망이 큰 자였다. 자결을 할
사람이 아닌 것이다. 그러나 그는 자결했다.

게다가 사백여 명의 눈사람까지. 이곳에서 벌어진 일은 사
람들의 상상을 가볍게 넘고 있었다.

코타로의 시신에서 눈을 뗀 카크타니는 눈사람이 되다시피
한 사백여 명이 머리를 조아리고 있는 방향으로 시선을 옮겼
다.

그곳에 그가 있었다.

지면에서 칠 장 위에 자리잡은 가장 큰 동굴의 입구.

검엽은 가부좌를 틀고 앉아 있었다.

앞으로 걸어나간 카크타니가 검엽을 향해 머리를 숙였다.
눈앞의 광경을 보고 받은 충격이 가시지 않은 터라 그녀의 안

색은 여전히 창백했다.

"도착… 했어요."

말없이 고개를 끄덕인 검엽이 일어났다.

옷이 넝마가 되었을 뿐, 상처 하나 없는 몸이다.

카크타니의 눈길은 검엽의 가슴에 머물렀다. 오랜 도피 생활로 마음이 독기로 가득 찬 바야드와 부누데이조차 검엽의 얼굴을 제대로 올려다보지 못했다.

얼핏 검엽을 일별하는 것만으로도 심혼이 으스러지는 듯한 공포가 그들의 마음을 파고들었기 때문이다. 그러나 검엽은 지금 신마기도, 천강력도 운용하고 있지 않았다.

사람들을 공포에 떨게 만든 것은 인위적인 기세가 아니라 검엽이라는 존재, 그 자체였다.

"카크타니."

"예."

"현재 빙궁엔 상황을 수습하고 안돈시킬 사람이 없는 듯하오. 이제 그대가 이곳의 주인. 수습하시오."

명령조에 가까운 어투.

그러나 카크타니는 물론이고, 바야드를 비롯한 삼대봉공 역시 거부감을 느끼지 못했다.

검엽이 하대했어도 아마 그들의 반응은 비슷했을 것이다.

그들은 상상조차 해본 적이 없는 압도적인 존재감을 검엽으로부터 받고 있었기 때문이다.

카크타니의 눈짓을 받은 바야드 등의 움직임이 바빠졌다.

그들은 먼저 눈사람이 된 사백여 무인을 살폈다. 사백의 무인은 모두 빙궁의 정예였고, 한기에 저항하는 공력을 쌓은 인물들이라 몸에 큰 문제는 없었다. 단지 미친 사람처럼 눈동자가 풀린 채 공포에 질려 있었을 뿐.

삼대봉공과 제자들이 사백 무인을 추슬러 지하로 사라져 가는 것을 본 뒤 카크타니는 검엽의 가슴에 시선을 주며 말했다.

"안으로 드세요."

검엽은 망설이지 않고 고개를 끄덕여 그녀의 제안을 수락했다.

하루 정도는 쉴 필요가 있었다.

싸우며 얻었던 내상 따위야 이미 다 나았다. 하지만 그는 피로를 느끼고 있었다.

정신적인 피로였다.

오늘 그의 손에 죽은 자의 수는 육백여 명에 달했다.

외견상 치열한 싸움이었으나 그에게는 그렇지 않았다.

가히 대학살이라 불러도 무방한 싸움이었다.

그나마 그가 전력을 기울이지 않았기에 결과는 이 정도에 그쳤다. 그가 본신의 무공을 극한으로 발휘했다면 학살의 규모는 더 커지고 참혹했을 것이다.

그의 흑백이 너무나 투명해 얼음처럼 차가워 보이는 두 눈이 깊게 가라앉았다.

그는 알고 있었다.

자신의 앞에 놓인 길이 핏빛이라는 것을.

오늘 벌어진 싸움은 그저 그 길을 걷기 전의 작은 전초전이 었을 뿐이었다.

발로르는 그를 카크타니와 연결된 잔존 세력에 속한 자라는 판단을 했고 공격을 멈추지 않았다. 사실과 어느 정도 부합되는 판단이기는 했으나 정확한 진실이라고 할 수는 없었다.

검엽이 카크타니와의 관계를 밝히고 손에 사정을 두었다면 참혹한 결과는 피했을 수도 있었다. 발로르가 공격을 과연 멈추었을지는 의문스러운 일이긴 하지만.

그러나 검엽은 설명도 하지 않았고 손에 사정도 두지 않았다.

그는 무인이었고, 그를 공격했던 빙궁의 인물들도 무인이었다. 죽음에 대한 공포도, 삶에 대한 미련도 도산검림 아래 묻고 살아가는 사람들, 그게 무인이 아닌가.

그리고 싸움의 원인이 무엇이냐는 싸우기 전에나 중요한 것이다. 싸움이 벌어지고 나면 중요한 것은 오직 하나, 이겨야 한다는 것뿐이다. 패하면 죽으니까.

침침하게 가라앉았던 검엽의 눈이 무심해졌다.

감상은 부질없었다.

천하의 일은 눈에 보이는 것이 전부가 아니다. 현재의 그가 십 할의 승산을 장담할 수 없는 절대초강자들이 같은 하늘 아래 숨 쉬고 있다면 그의 능력을 본 사람들은 아무도 믿으려 하지 않을 것이다. 그러나 그것이 진실이었다.

'쓰러지는 순간까지 내 갈 길을 간다.'

검엽은 상념을 접었다.

두려움에 젖은 눈으로 자리에서 일어서는 그를 지켜보는 삼대봉공의 눈에 찰나간 미묘한 빛이 스쳐 지나갔다.

카크타니의 안내를 받으며 지하의 빙궁으로 들어선 검엽은 방대한 미로와 그 조형적 아름다움에 내심 적지 않게 감탄했다.

최초의 건설 이후 수백 년 동안 다듬어진 방사형의 미로는 중원의 도시에 못지않은 규모를 갖고 있었고, 그들이 갖고 있지 못한 신비로운 화려함을 품고 있었다.

지상의 싸움으로 인해 미로의 천장과 벽은 곳곳에 균열이 가 있었고, 무너진 곳도 심심찮게 보였다. 하지만 길을 막을 정도는 아니어서 일행은 오래지 않아 빙궁의 중심부에 도착할 수 있었다.

카크타니가 검엽에게 쉴 곳이라며 안내한 곳은 궁주전을 지나야 나오는 대전이었다.

끝에 화려의 극을 이룬 침상이 있어 잠도 자는 곳이라는 것을 알 수 있었지만, 단순한 침실이라기엔 너무 넓었다. 언뜻 보아도 너비가 오백여 평, 순백의 기둥이 십 장 간격으로 떠받치고 있는 천장은 높이가 오 장에 달했다.

그리움과 한이 담긴 눈으로 대전을 둘러보던 카크타니가 말문을 열었다.

"이곳은 궁주의 침실이면서 연공실이기도 해요. 빙궁의 제자들은 이곳을 천신전(天神殿)이라고 부르지요. 이곳에 들 수 있는 사람은 궁주 부부와 후계자밖에 없어요. 그 외에는 아무리 신분이 높아도 출입이 금지되지요. 그 이유는 저 열두 개의 기둥 때문이에요. 기둥의 표면에 그려져 있는 무늬는 본 궁의 개파조사이신 빙백신군께서 남기신 절기들이거든요."

카크타니는 설명은 간단했다.

검엽은 기둥을 쳐다도 보지 않았다.

빙궁의 제자들에게 빙백신군이라는 이름이 갖는 의미는 어마어마했지만 검엽에게 빙백신군은 길 가는 사람 아무개 이상의 가치를 갖고 있지 못했다. 그런 그가 남긴 무공이 검엽의 관심을 끄는 건 불가능한 일이었다.

카크타니도 그것을 인정하고 있었다. 검엽이 만들어낸 싸움의 결과는 빙백신군보다 열 배 더 강한 사람도 만들어내지 못하는 것이었다. 그렇지 않았다면 어떻게 그녀가 빙궁 최대의 중지라 할 수 있는 곳으로 외부인인 검엽을 안내할 수 있었겠는가.

카크타니의 걸음은 천신전의 중앙에 자리잡고 있는 좌대로 향했다.

원형의 좌대는 일곱 자 높이에 면적이 일 장가량이었는데, 한 마리의 사나운 빙룡이 표면을 휘감은 형상으로 조각되어 있었다. 좌대 앞에서 걸음을 멈춘 그녀가 말했다.

"이곳이 연공실로 쓰이는 또 다른 이유는 이것 때문이에요."

천신전에 들어섰을 때부터 좌대를 유심히 보고 있던 검엽이 카크타니의 말을 받았다.

"만년빙옥이군."

좌대는 빙백신군의 무공보다는 조금 더 그의 관심을 끌 수 있었다.

"역시 알아보시는군요."

카크타니는 고개를 끄덕였다.

만년빙옥은 만년온옥과 더불어 무가지보로 꼽히는 전설상의 물건이다.

어린아이 주먹만 한 크기의 만년빙옥이라도 몸에 지니고 음한 계열의 무공을 수련하면 그 수련 속도가 배가될 뿐만 아니라 휴대하고 있는 것만으로도 꾸준히 내공을 증진시켜 주는 공능을 갖고 있기 때문이다.

그런 만년빙옥이 커다란 좌대 형태로 놓여 있었다. 값어치로 따진다면 성을 수십 개는 사고도 남을 양이다.

카크타니는 좌대로 걸어가 표면에 양각된 빙룡의 뿔을 떨리는 손으로 쓰다듬었다.

그녀의 눈에 습막이 어렸다.

일 다향이 지나도록 그녀는 말이 없었다.

검엽은 그녀를 방해하지 않았다.

첫 만남에서 보았던 그녀의 처참한 모습을 방금 전의 일처럼 기억하는 그다.

그런 세월을 겪은 후 돌아온 곳이 아닌가. 그녀의 마음이 어떨지는 충분히 짐작할 수 있었다.

소맷자락으로 눈가를 훔친 카크타니가 볼을 붉히며 검엽에게 고개를 숙였다.

"죄송해요. 못난 모습을 보여 드렸네요."

"신경 쓰지 마시오. 이곳의 주인은 당신이니까."

카크타니의 표정이 부드러워졌다.

"감사합니다."

그녀가 말을 이었다.

"이곳에서 쉬세요."

"고맙소."

검엽은 사양하지 않았다.

사양하면 카크타니의 마음이 불편할 거라는 건 삼척동자도 알 수 있는 일이었다.

표면적으로 카크타니는 빙궁을 되찾은 것처럼 보이지만 그건 그저 입에 발린 말에 불과했다.

실질적으로 이곳의 주인은 검엽이었다.

그가 그렇게 주장한다면 반대할 수 있는 사람이 아무도 없는 게 현실이 아닌가.

검엽의 가슴에 머물러 있던 시선을 내려 그의 전신을 빠르게 훑은 카크타니가 말했다.

"소첩이 작은 선물을 드리고 싶습니다. 허락해 주세요."

"선물?"

검엽이 조금 의아한 어조로 묻자 카크타니는 밝게 웃었다.

"그걸 계속 입고 계실 생각은 아니겠지요?"

그제야 검엽은 자신의 행색을 되돌아보았다.

상의는 갈기갈기 찢어지거나 가루가 되어 벌거벗은 것이나 다름없고, 하의는 무릎 위를 간신히 가릴 정도였다.

카크타니의 말이 맞았다.

벌거벗고 다닌다 해도 개의치 않을 그였지만 이런 행색으로 다닐 수는 없었다. 사람들의 시선이 철창 안에 갇혀 있는 원숭이를 구경하듯 따라다닐 게 뻔했으니까.

"선물이란 게 의복이오?"

"예."

"받겠소."

카크타니의 얼굴에 떠오른 웃음이 진해졌다. 그녀는 활짝 웃으며 벽면의 침상으로 다가갔다.

허리를 숙이고 침상의 모서리를 복잡하게 조작하던 그녀가 허리를 펴자 침상은 그그긍거리는 작은 소음과 함께 한 자가량 아래로 주저앉았다.

카크타니는 웃은 얼굴로 입술을 뗐다.

"발로르는 이곳을 발견하지 못했어요. 그가 이곳을 발견했다면 죽을 때 은의를 입고 있었을 리가 없었거든요."

검엽은 침상이 아래로 내려가며 드러난 벽면에 높이 반 자, 폭 두 자가량의 사각형의 구멍이 나 있는 것을 볼 수 있었다.

카크타니는 그 구멍 안에서 속이 내비치는 투명한 수정함을 꺼냈다.

검엽의 눈이 수정함의 안에 고정되었다.

수정함은 네 치 높이에 한 자 반 폭의 장방형이었는데, 그 안에는 눈처럼 흰 백색의 장포가 들어 있었다.

잠금 장치가 되어 있지 않은 듯 가볍게 수정함의 뚜껑을 연 카크타니가 함을 검엽에게 내밀었다.

"이 옷은 신군 조사께서 말년에 아이태란산의 심처에서 용이 되기 위해 승천을 준비하던 빙천혈홍사(氷天血紅蛇)를 잡아 그 껍질로 만들었다고 전해지는 빙천혈의(氷天血衣)예요. 한기에 대한 저항력이 특별하고 강하지 않은 수화(水火)와 독(毒)을 막아주는 공능도 있어요. 만독까지는 아니어도 웬만한 독은 혈의를 침범하지 못한다고 해요. 아참, 신병이기가 아닌 도검류는 혈의를 뚫지 못하는 공능도 있다고 하더군요. 백의에 혈의라는 이름이 붙은 게 의아하실 수도 있지만 혈의를 만든 빙천혈홍사는 본래 백사가 오랜 세월을 살아 영물로 화한 것이어서 살기를 일으키면 피부가 붉게 변했다고 해요. 그 특성을 이 빙천혈의도 가지고 있어요. 입고 있는 사람의 마음에 살기가 일면 옷의 색은 핏빛으로 변하지요. 하지만 사실인지는 알 수 없어요. 신군조사 이후 이 옷을 입어본 사람은 아무도 없었으니까요."

가치를 따질 수 없는 보물이었다.

"남에게 선물할 물건이 아닌 듯하오만?"

카크타니의 얼굴에 쓸쓸한 빛이 스쳐 지나갔다.

"사백오십 년 동안 이 옷을 입은 선대분은 아무도 없었어요.

조사께서 만드신 물건이 훼손될까 저어해서였죠. 반역의 그날 제 남편 토레두도 이 옷을 입지 않았어요. 모셔두기만 한 세월이 너무 길어 입으면 도움이 될 거란 생각도 하지 못한 거죠. 이곳에 있으면 빙천혈의는 예전과 같은 대접을 받을 거예요. 그럴 바에야 귀공께 도움이 되는 것을 조사께서도 바라지 않으실까 싶군요."

검엽은 손을 내밀어 수정함에서 빙천혈의를 꺼냈다.

빙천혈의는 뱀가죽으로 만든 것이라고는 믿어지지 않을 정도로 느낌이 부드러웠고, 복식 일체가 구비된 옷이었다. 머리를 묶는 건(巾)과 상의와 하의, 발에 신는 백피화, 빙룡의 문양이 정교하게 수놓인 요대(腰帶), 그리고 바람을 막는 피풍까지.

사백오십 년 전에 만들어진 물건이라 지금의 복식과는 많이 달랐다. 고풍스럽다고나 할까.

눈대중이었지만 검엽은 빙천혈의가 자신의 몸에 맞춘 듯 꼭 맞는다는 것을 알 수 있었다. 그로 미루어 빙백신군은 상당한 장신이었던 듯했다.

검엽이 빙천혈의를 만지는 것을 보고 있던 카크타니의 입이 딱 벌어졌다.

그의 손에 들린 혈의의 색이 변하고 있었다.

순백의 빛은 타는 듯한 노을빛으로 물들더니, 이윽고 핏물에 담갔다가 꺼낸 것처럼 시뻘겋게 변했다.

빙궁의 전설에 전하기를 빙천혈의를 핏빛으로 물들일 수 있는 자는 천살성의 살기를 타고난 자라고 했다. 그만큼 막대하고 예리한 살기가 필요하다는 뜻이었다.

지금 검엽이 혈의에 투사하고 있는 살기의 정도가 어느 정도인지 충분히 짐작케 하는 전설.

하지만 카크타니는 검엽으로부터 한 점의 살기도 느끼지 못했다. 검엽의 제어력은 천의무봉한 경지에 도달해 있는 것이다.

검엽은 빙천혈의가 마음에 들었다.

혈의가 가진 공능이야 관심밖이었다. 그런 것은 그에게 있어도 그만, 없어도 그만이었으니까.

그가 마음에 들어한 것은 살기에 반응하며 변화한 빙천혈의의 색깔이었다.

피처럼 붉은빛.

혈의의 옷자락을 움켜 쥔 검엽의 눈빛이 스산해졌다.

'려아가 선물해 주었던 옷을 한 번도 입어보지 못했지…….'

운려가 떠오른 것이다.

그는 그녀가 선물해 주었던 적포를 챙기지 못했다. 정신이 들었을 때 그는 진애명의 간호를 받으며 마차에 누운 채 무맹에서 이천 리 떨어진 곳을 달리고 있었다.

십이 년이 흘렀다.

운려의 선물이 남아 있기를 바라는 건 무리였다.

등골을 훑으며 내려가는 오싹한 전율을 느낀 카크타니의 안색이 하얗게 질렸다.

검엽의 가슴 위쪽으로는 시선을 올리지 못하는 그녀였지만 그녀는 자신의 선물이 검엽에게 무언가를 상기시켰다는 것을 여인의 직감으로 알아차렸다.

방해해서는 안 된다는 것을 본능적으로 깨달은 그녀는 기척을 죽이며 천신전을 나섰다.

그래서 그녀는 보지 못했다.

빙천혈의에서 아지랑이처럼 흘러나오는 핏빛의 기류를.

검엽은 빙궁에서 닷새를 머물렀다.

처음 생각했던 것보다 나흘을 더 보낸 것이다.

닷새째 되던 날 구궁현음대진 속에 남아 있던 오치르가 빙하곡에 도착했다.

궁주전에 들어선 오치르는 태사의에 앉아 있는 카크타니와 시녀 두 명, 그리고 카크타니 주변에 시립해 있는 삼대봉공을 보았다.

오치르의 눈에 눈물이 맺혔다.

상전벽해(桑田碧海)였다.

검엽을 만나고 한 달도 지나지 않았다. 그런데 언제나 병상에서 죽음과 싸우던 그의 모친이 빙궁의 태사의에 앉아 있는 것이다.

그는 눈물이 면구스러워 몰래 소맷자락으로 눈가를 훔치며 시선을 돌렸다.

그의 눈에 대전의 한쪽 벽에 등을 기대고 팔짱을 낀 채 서 있는 사내가 들어왔다.

잠시 갸웃하다가 사내가 누구인지 깨달은 오치르는 순간적으로 넋을 잃었다. 그의 눈이 금방이라도 튀어나올 것처럼 두 배는 되게 커졌다.

넝마에 가까운 흑의를 입고 맨발로 눈 위를 걸어다니던 장신의 사내는 더 이상 없었다.

윤기 흐르는 검은 머리는 목 뒤 어림에서 눈처럼 흰 백건으로 질끈 묶었고, 그로 인해 드러난 조금 창백해 보이는 얼굴은 명공이 빚은 조각처럼 아름다웠다.

고풍스러운 백의와 백색 피풍에 의해 감싸여 있는 균형 잡힌 장신의 육체는 보는 이의 혼을 빼놓을 듯 우아하면서도 불가해한 기품이 있었다.

변하지 않은 것은 오직 눈빛뿐이었다.

오치르는 자신을 무심하게 바라보는 흑백이 뚜렷한 눈동자가 아니었다면 백의인이 누구인지 알아보지 못할 뻔했다.

마음에 차오르는 경외심을 느끼며 오치르는 허리를 깊숙이 숙여 인사했다.

"이제 도착했습니다."

검엽은 고개를 끄덕였다.

"이리 오너라. 너를 기다렸다."

오치르는 어리둥절해하며 검엽에게 다가갔다. 아무리 생각해 보아도 그가 자신을 기다릴 이유가 없었던 것이다.

팔짱을 푼 검엽은 허리춤에서 백색의 비단천으로 묶은 작은 보자기를 꺼내어 자신을 올려다보는 오치르에게 건넸다.

"풀어보아라."

보자기를 푼 오치르의 미간이 좁아지는가 싶더니 다음 순간 안색이 변했다.

"이것은……!"

활짝 풀린 보자기에는 보자기와 같은 재질의 백색의 비단으로 만든 두 권의 책이 들어 있었다. 오치르는 그 책의 표지를 보고 놀란 것이다.

천신전 무공총람.

색목인지파 무공편람.

책의 표지에 적힌 제목이었다.

"천신전 무공총람에는 현음빙백신공을 비롯한 여섯 가지 절기가 수록되어 있다. 천신전에서 찾아낸 것들이지. 색목인지파 무공편람에 기록된 무공들은 명칭을 적지 못했다. 종수는 세 가지이고, 그들 중 두 가지는 발로르가 마지막에 사용한 무공이다. 배워두면 그럭저럭 쓸 만하리라. 주석을 달아놓았으니 최선을 다한다면 공(功)을 얻을 수 있을 것이다."

검엽의 행동을 호기심 어린 눈으로 보고 있던 카크타니 등의 얼굴에 충격을 받은 기색이 그대로 드러났다. 생각조차 하지 못했던 일이기 때문이다.

충격에서 벗어난 카크타니는 감격한 얼굴이 되었다.

빙천혈의를 받은 다음날 검엽이 비단 한 필을 구해달라고 했을 때 고개를 갸웃했었는데, 설마 비단에 신공을 기록하여 책을 만들었을 줄이야.

두 권의 서책에 기록된 무공들은 현음빙백신공과 빙하월영공, 그리고 구유음하강 등이었다.

사실상 이들 무공은 실전될 위기에 처해 있었다.

현음빙백신공을 익힌 사람은 그녀가 유일했는데 그 화후가 높지 않아 기둥에 기록된 현음빙백신공의 오의를 구현할 수가 없었고, 빙하월영공의 마지막 육단공을 익혔던 발로르 부자는 이 세상 사람이 아니었기 때문이다. 구유음하강이야 발로르밖에 몰랐으니 두말이 필요없었고.

그 때문에 카크타니와 삼대봉공은 심각한 고민에 빠져 있는 상황이었다. 그 고민을 검엽이 한순간에 날려 버렸다. 그가 주석을 달아놓았다면 간단할 리가 없는 것이다.

빙궁의 권력을 되찾고도 빙백신공을 오치르에게 가르칠 스승이 없어 절망하고 있던 그녀였기에 놀람과 감사함은 이루 말할 수 없을 정도였다.

두 신공을 온전히 터득한 사람이 없으면 빙궁이라는 초거대 문파의 재건은 불가능했다. 빙궁을 빙궁이라 부를 수도 없었다. 봉문이 아니라 멸문인 것이다.

검엽이 스베타와의 싸움부터 발로르를 죽이는 순간까지의 과정 속에서 빙하월영공과 구유음하강을 얻었으리라는 걸 꿈에도 알 수 없는 카크타니는 의혹을 느꼈지만 그 의혹은 생겨나자마자 사라져 버렸다.

어떻게 얻었는지는 중요하지 않았다. 눈앞에 인간의 한계를 벗어난 절대초강고수의 주석이 달린 빙궁 양대 지파의 최고 무공이 비급으로 되살아났다는 게 중요했다.

카크타니의 눈가에 언뜻 복잡한 속내가 스쳐 지나갔다. 빙궁을 붕괴 직전까지 몰고 간 당사자가 궁의 재건에 반드시 필요한 절학을 전해주는 이 상황을 어찌 받아들이기 쉬울 것인가.

하지만 그녀는 속마음을 내색할 만큼 어리석지 않았다.

그녀의 눈앞에 있는 백의인은 일반인의 상식으로는 결코 재단할 수 없는 인물이었다.

태사의에서 일어난 카크타니가 검엽에게 고개를 숙였다.

"정말… 정말 감사합니다."

"혈의의 대금이라 생각하시오."

짤막한 대답이었다.

검엽은 걸음을 옮겼다.

그가 닷새를 지체한 것은 오치르를 만나기 위해서였다.

일이 묘하게 되어 그는 빙궁을 카크타니 모자에게 되찾아준 사람이 되었다.

비록 그 과정에서 삼분지 이에 가까운 빙궁의 전력이 소멸되었지만 아까워할 일은 아니었다. 잔존 세력은 빙궁의 권력을 장악할 수 있었으니까.

반역도에 의해 피눈물나는 세월을 보내야 했던 빙궁의 잔존 세력에게 그는 하늘같은 은인이었다.

그러나 그는 그들의 생각에 동의하지 않았다. 그는 자신이 하고 싶은 일, 해야만 하는 일을 했을 뿐이다. 그래서 카크타니에게 선물받은 빙천혈의는 그에게 빚이었다.

빚은 갚아야 한다. 그것이 그가 오치르를 위해 두 권의 비급을 만든 이유였다.

자신의 옆을 스쳐 지나가는 검엽을 보며 오치르가 물었다.

"다시 뵐 수 있을까요?"

"인연이 있다면."

검엽은 걸음을 멈추지 않았다.

삼대봉공이 그 뒤를 따르고 가장 뒤에 카크타니와 오치르가 서운한 기색이 역력한 얼굴로 걸었다.

배웅하기 위함이었다.

궁주전의 입구는 폭이 일 장, 높이가 일 장 오 척, 두께가 일 척가량이었는데 오치르를 맞기 위해 열어놓았던 문은 아직도 닫히지 않은 채 열려 있었다.

그 일은 검엽이 막 문을 통과하려 할 때 일어났다.

검엽의 다섯 자 뒤에서 어깨를 나란히 하고 걷던 바야드와 부누테이, 소야르의 눈이 마주쳤다.

여섯 가닥의 순백의 강기가 무시무시한 기세로 검엽의 등을 쳤다.

쾅!

날벼락이 치는 듯한 굉음과 함께 경기의 여파에 의해 부서진 얼음 가루가 안개처럼 자욱하게 궁주전을 뒤덮었다.

폭풍처럼 궁주전을 휩쓴 경기의 여파에 휩쓸린 카크타니와 오치르의 몸이 사정없이 뒤로 날아가 바닥을 굴렀다.

마음을 푹 놓고 있던 카크타니는 지면과 부딪칠 때의 충격으로 이마가 찢어졌다.

상상도 못한 일에 한 뼘은 되게 찢어진 이마에서 피가 흐르고 있다는 것도 의식하지 못한 채 카크타니는 벌떡 일어섰다.

그녀의 안색은 검게 죽어 있었다. 무슨 일이 일어난 건지 깨달은 것이다.

얼음의 안개가 천천히 내려앉으며 시야가 열렸다.

절망으로 인해 눈앞이 노래진 카크타니의 신형이 쓰러질 듯 비틀거렸다.

궁주전의 입구에 검엽은 몸을 돌려 안쪽을 보며 서 있었다.

무표정한 얼굴.

무심한 눈.

바야드와 부누테이, 소야르는 형체를 알아볼 수 없을 정도로 으스러진 두 팔에서 피를 강물처럼 흘리며 무릎을 꿇고 있었다.

세 사람의 표정은 복잡미묘했다.

공포와 두려움, 후회와 아쉬움, 그리고 절망.

검엽은 찬연한 푸른빛을 발하며 그를 중심으로 회전하고 있는 아홉 개의 방패, 구환마벽을 거두었다.

바야드를 비롯한 삼대봉공은 검엽이 타인의 살기에 얼마나 민감한지, 지존천강력이 심마에 어떻게 반응하는지를 전혀 알지 못했다. 당연히 그들은 지상의 동굴에서 그들을 본 검엽이 자신을 향하는 그들의 은밀한 살기를 느꼈을 거라고는 꿈에서도 생각지 못했다.

그들의 암습은 이미 실패가 예정되어 있었던 것이다.

시퍼렇게 얼굴이 질린 바야드가 검엽의 발을 보며 터무니없을 정도로 부들부들 떨리는 입술을 간신히 열었다.

"주모님은 모르시는 일이요."

그때 카크타니가 피가 엉겨붙은 흐트러진 머리카락을 날리며 미친 듯이 뛰어와 검엽 앞에 무릎을 꿇었다.

"공자… 제발… 저분들의 어리석음을…… 용서해 주세요……"

검엽은 카크타니늘 보지 않았다.

그가 말했다.

"두 번의 무례는 용서하지 않는다고 경고했었다."

억양이 없는 어조였다.

말 뒤에 이어질 검엽의 행동이 두려워진 카크타니가 무릎걸음으로 삼대봉공의 앞을 가로막으며 발악하듯 바야드에게 소리쳤다.

"봉공! 대체 왜 이런 어리석은 짓을……!"

"그가 살아 있는 한 본 궁은 절대로 봉문을 풀 수 없을 것이라 생각했기 때문입니다, 주모님……. 봉문이란 제자를 받을 수도, 안팎으로 내왕할 수도 없는 것이 아니오이까……. 그의 무공으로 보았을 때 그의 강호군림은 백 년을 넘게 갈 수도 있습니다. 그렇게 오랜 세월 동안 봉문한다면 본 궁은 흔적도 없이 사라지게 될 것입니다!'

구구절절 충절이 어린 절규였다.

카크타니의 입이 벌어졌다.

삼대봉공이 저와 같은 생각을 가지고 있을 줄이야. 그녀는 자신이 너무 안이했다는 자책감으로 가슴이 찢어지는 듯했다.

몇 대를 가더라도 기다려야 했다. 삼대봉공은 자신들이 세운 계획에 눈이 어두워 검엽이라는 사람을 제대로 보지 못했다. 검엽은 절대로 적으로 삼아서는 안 되는 사람이었다.

그녀는 검엽을 올려다보았다.

가슴께에 머무르던 그녀의 시선이 검엽의 눈과 마주쳤다. 악물린 이에 힘을 빼며 그녀가 절절한 음성으로 애원했다.

"공자님… 제발 이들을 살려주세요. 제가 못난 탓에 저들이 이런 일까지 하게 되었어요. 제 탓입니다…… 제 탓입니다……. 저들은 충성스러운 사람들이에요……. 제발 살려주세요."

그녀는 이마를 바닥에 댔다.

이미 심신이 검엽에게 경복한 그녀였다. 오체투지와 다름없는 자세가 수치스럽다는 생각은 전혀 들지 않았다.

검엽은 카크타니의 흐트러진 뒷머리를 내려다보며 천천히 입을 열었다.

"그대를 향한 저들의 충성심이 내 뒤를 친 배신보다 더 가치 있다고, 그렇기 때문에 저들의 목숨을 살려주어야 한다고 생각해야 할 이유가 있는가?"

카크타니는 말문이 막혔다.

무어라 대답할 것인가.

어떤 말이라도 해서 검엽의 마음을 바꾸어야 한다는 절박함을 느끼며 그녀가 입을 열려 했을 때, 검엽의 오른손이 미미하게 움직였다.

세 가닥의 검푸른 수강이 공간을 일그러뜨리며 밤하늘을 가르는 뇌전처럼 궁주전을 질주했다.

퍽, 퍽, 퍽!

카크타니와 오치르는 멍한 얼굴로 말을 잊었다.

바야드와 부누테이, 소야르의 몸은 흔적을 찾을 수 없게 되었다. 남은 것은 궁주전의 바닥에 퍼져 나가는 핏물뿐이었다.

무심한 눈으로 넋을 잃은 채 주저앉은 카크타니와 사색이 된 오치르를 내려다보던 검엽이 미련없이 몸을 돌렸다.

사람은 각자 자신이 해야 할 일이 있다.

이곳에서 그가 할 일은 끝났다.

카크타니와 오치르가 무엇을 할지는 그들의 몫이었다.

정신을 반쯤 놓고 있는 카크타니와는 달리 멀어지는 검엽의 등에 고정된 시선을 거두지 못하고 있던 오치르는 마치 환상처럼 귓전을 파고드는 검엽의 무심한 음성을 들었다.

"천하에 존재하는 초강자와 초강세력은 모두 나의 손아래 쓰러지고 부서질 것이다. 나는 혼돈에서 태어난 만상의 파괴자, 모든 것을 혼돈으로 되돌리고자 하는 자다……."

여운은 길지 않았다.

검엽은 떠났다.

오치르는 비명과도 같은 울음소리에 정신을 차렸다.

"흐흑……. 흑흑흑…… 소야르……. 바야드… 부누테이…… 좋은 세월이 이제 시작되려 하는데…… 참았어야 했는데…… 흑흑흑……."

바닥에 엎어진 채 몸부림을 치며 오열하는 카크타니를 부축하며 오치르는 혈수(血水)로 변한 삼대봉공의 육신을 보았다.

그의 눈가에 떠오른 기색은 열세 살의 나이와는 전혀 어울리지 않는 허무였다.

그의 입술이 달싹였다.

"할아버지들은…… 저분을 너무 몰랐어요……. 저분은 군림과는 거리가 멀어도 너무 먼 분인데…… 빙궁의 봉문은 할아버지들의 생각과는 달리 짧게 끝날 거예요. 천하가 저분의 손 아래 무너지고 나면…… 저분도 더 이상 강호를 떠돌지 않으실 테니까요……."

오치르는 삼대봉공의 죽음에 충격을 받았지만 카크타니만큼은 아니었다. 그가 삼대봉공을 본 것은 불과 십여 일 전이다. 그것도 보자마자 헤어졌다. 정이 붙을 시간이 없었던 것이다.

그래서 그의 중얼거림은 꽤 담담했다.

아이의 순수한 직관 때문일까.

빙궁에서 검엽을 조금이라도 정확하게 본 사람은 오치르 한 사람에 불과했다.

만약 오치르의 중얼거림을 삼대봉공이 들었다면 그들은 아연실색했을 것이다. 자신들이 한 짓이 얼마나 바보짓이었는지 깨달을 수 있었을 테니까.

그러나 삶에는 만약이 없다.

第十一章

천마
검섭
전

말갈어로 사하롄우라, 한어(漢語)로 흑룡강(黑龍江)이라 부르는 대륙의 동북방을 따라 칠천 리를 흐르는 대강을 멀리 굽어보는 지점에 천제산이 있었다.

계절은 한여름.

중천에 뜬 태양이 사위를 환하게 밝혔다.

오천사백 척 높이의 천제산은 간간이 말갈족 사냥꾼만이 오갈 뿐, 사람의 종적이 닿은 적이 없는 곳이다.

태초의 모습을 그대로 간직한 아름드리 거목들이 모여 이루어진 장대한 숲에 짙은 녹음이 우거졌다.

푸드득!

무엇엔가 놀란 듯 갑자기 수천에 달하는 수의 새 떼가 세차게 날개를 휘저으며 분분히 날아올랐다.

다음 순간,

하얀 뇌전이 새들의 무리 한복판을 신기루처럼 통과했다. 새들의 수는 셀 수 없을 정도였음에도 하얀 뇌전은 미끄러지듯이 새들의 틈을 지나쳤다.

한 점의 파공음이나 바람도 일으키지 않으면서 숲의 상공을 쭉쭉 스쳐 지나가는 한가닥 하얀 뇌전.

그것은 시백력과 인접한 이곳에서도 깊은 겨울에나 볼 수 있는 극광처럼 기이했다.

수평.

하얀 뇌전이 그리고 있는 궤적은 한 치의 이지러짐도 없는 수평이었던 것이다.

말 그대로 숲의 가장 키가 큰 나무보다 더 높은 허공을 일직선으로 움직이고 있는 것이다.

더구나 속도는 경인지경.

하얀 뇌전이라는 표현조차 부족했다. 눈 한 번 깜박이기도 전에 일백 장을 나아가고 있었으니까. 전설상의 축지성촌(縮地成寸)을 연상시키는 움직임이었다.

한 가지 특이한 점은 사오십 장을 가로지를 때마다 백색 선의 밑에 손바닥만 한 육각형의 검푸른 방패가 순간적으로 나타났다가 사라진다는 것이었다.

마치 징검다리처럼.

그 검푸른 방패를 밟으며 백색 선은 뇌전처럼 창공을 가로

질렀다.

본 사람이 없는 게 다행이었다.

그 백색 선의 정체가 사람이라는 것을 알았다면 그는 자신을 미쳤다고 여겼으리라. 백색 선의 움직임을 볼 수 있는 안력의 소유자가 있을지 의심스럽긴 하지만.

검엽이었다.

그가 펼치고 있는 경공은 심마지해에서 암천부운행과 가문의 비전 경공들의 장점을 취합해 창안한 암천신마행(暗天神魔行)이었다. 그것은 후일 천하인들이 천마행공(天馬行空)이라 부르게 될 절대의 신법이기도 했다.

암천신마행으로 직진하는 그의 두 발을 받치는 검푸른 방패는 물론 구환마벽이었다.

빙궁을 떠나 남하한 지 두 달.

그는 시백력과 사하렌우라를 넘어 천제산에 왔다.

경공을 사용했다면 며칠 걸리지 않을 거리였지만 그는 경공을 사용하지 않았다. 그가 경공을 사용한 것은 천제산의 산자락에 들었을 때부터였다.

빨리 올 필요가 없었기 때문이다. 그는 두 달 동안 자신의 행적이 전해지기를 바랐다, 그가 지금 만나고자 하는 사람을 보좌하고 있는 사람의 귀에.

천제산의 정상은 천단봉(天壇峰)이다.

검엽이 천단봉에 도착한 것은 산자락에서 경공을 전개한 후 일 다향이 지났을 즈음이었다.

사방이 백여 장을 넘는 깎아지른 듯한 절벽으로 되어 있어 올려다보는 것만으로도 현기증이 날 듯한 천단봉의 정상은 의외로 넓고 평평했다.

사십여 장의 평지. 게다가 평지의 중앙에는 돌을 쌓아 만든 제단까지 있었다.

명백하게 사람의 손이 닿은 흔적이다.

세찬 바람을 맞은 피풍이 깃발처럼 펄럭였다.

정상에 발을 디딘 검엽은 잠시 제단을 바라보다가 그 앞으로 다가갔다.

그리고 품에서 몇 개의 향을 꺼내 제단 앞에 놓고 삼매진화로 향에 불을 붙였다.

그는 두 번을 절하고 일어나 반절한 후 제단을 뒤로하고 돌아서서 뒷짐을 졌다.

검엽은 아득하게 보이는 사하렌우라를 바라보았다.

어둠이 느껴지는 눈길이다.

침묵은 길지 않았다.

"나오라!"

그의 말을 기다리기라도 했다는 듯 그의 앞 공간이 일그러지며 두 개의 인영이 나타났다.

전신이 마치 안개에 휩싸인 듯 흐릿하여 진면목을 알아볼 수 없고 한시도 멈추지 않고 물결치고 있어 움직임의 방향을 예측할 수 없는 경공.

이런 경공은 천하에 단 한 곳에만 존재한다.

봉황천 십방무맥의 일원, 운중천부가 그곳이다.

"산화무영운(散花無影雲)을 거두지 않겠다면 내가 걷어주마."

검엽의 서늘한 음성에 실린 힘은 가공스러운 것이었다.

막대한 타격을 받은 두 인영의 신법이 흐트러지며 안개가 절반이나 걷혔다.

찰나간 경악한 회의중년인들의 얼굴이 드러났다가 사라졌다.

산화무영운이라는 경공이 회복된 것이다.

하지만 중년인들을 감쌌던 운무(雲霧), 운중천부의 비전 무공 광운무상신공(廣雲無上神功)은 곧 사라지며 중년인 두 명이 나타났다.

모습을 드러낸 중년인들 중 좀 더 나이가 많아 보이는 우측의 중년인이 검엽을 향해 예를 표했다.

"어디서 오신 분인지 알 수 없어 예를 드리지 못했습니다. 알려주시겠습니까?"

"나는 창룡신화종의 당대 종주 고검엽이다."

담담한 대답.

그러나 검엽의 말을 들은 중년인들은 얼마나 놀랐는지 얼굴이 중풍 걸린 사람마냥 떨렸다.

봉황의 날개 아래서 숨 쉬는 열 개의 문파 중 창룡신화종을 가장 강한 문파라고 하기는 어렵다.

그러나 그들의 처절할 정도로 강한 정신력과 두려움을 모르

는 무모할 정도의 용기, 그리고 혈관에 얼음이 흐르고 있다고
까지 평해지는 냉혹무정한 손속은 십방무맥 중 첫손에 꼽혔
다.

이십 년 전 그 일이 벌어지기 전까지는.

중년인이 조심스럽게 말했다.

"창룡신화종은 이십 년 전 멸문한 것으로 알고 있습니다
만……."

검엽의 무심하던 눈빛이 깊어졌다.

"감히 그대들 정도가 내게 질문을 한단 말이냐! 나는 천 년
의 도전, 봉황비무를 청하기 위해 이 자리에 왔다. 연 문주에게
도전자가 있음을 전하라. 그것이 그대들의 임무가 아니더냐."

자신도 모르는 사이 두어 걸음 뒤로 물러난 중년인들의 안
색이 희게 탈색되었다.

검엽이 천강력을 외부로 발산하고 있지 않음에도 그들의 능
력으로 검엽의 기세를 이겨내는 건 가능하지 않았다.

그가 발현하고 있는 기세는 정신에 기반을 둔 것, 심마지해
를 거치며 억눌렸던 본래의 기질을 되찾은 후 시간이 흐를수
록 강화된 그의 정신력은 중년인들의 것과는 차원이 달랐다.

그가 정중하게 말했다.

"최대한 빨리 전해 드리기는 하겠지만 그래도 한 달여는 걸
릴 겁니다. 그동안 머무실 곳을 안내해 드리지요."

나이 든 중년인이 안색을 굳혔다.

기세의 강력함이 그를 놀라게 했지만 그 때문에 그가 검엽

의 신분을 순순히 인정한 것은 아니었다. 이곳에 와서 신분을 속일 자는 십방무맥 내에 존재하지 않았다. 그들은 명예와 자부심으로 수천 년의 맥을 이어온 사람들이기 때문이다.

연이어 그는 말없이 자신의 행동을 주시하고 있는 옆의 중년인에게 말했다.

"종주를 뵈시게. 난 종주께서 도전을 요청하셨음을 전하러 다녀오겠네."

"알겠습니다, 사형."

사형이라 불린 중년인이 운무에 휩싸여 사라진 후 남은 중년인이 검엽에게 예를 표하며 말했다.

"저는 곽우현이라 합니다. 따라오시지요. 쉬실 곳으로 안내하겠습니다."

곽우현이 안내한 곳은 천단봉 뒤쪽의 절벽 중간에 뚫려 있는 동굴이었다.

동굴의 입구는 한 사람이 통과할까 말까 할 정도였지만 안으로 삼 장가량 들어가자 십여 평 정도의 공간과 그곳을 중심으로 만들어진 세 개의 석실이 있었다.

"이곳에서 쉬시면 됩니다. 이미 알고 계시리라 생각합니다만 혹시 모르실 수도 있기에 말씀드리겠습니다. 우측은 주무시는 데 사용하는 석실입니다. 석실 안에는 벽곡단이 있습니다. 기다리시는 동안 그것을 드시면 공복은 해결하실 수 있습니다. 두 번째 석실은 연공실이며, 세 번째 석실은 저희가 교대로 머무는 곳입니다. 의문 나시는 점이 있거나 필요한 것이 있으시면 언제든 저희를 찾아주십시오. 그리고 이곳에 머무르는 동안 움직임에 특별한 제약은 없습니다. 얼마든지 다니시며 천제산의 풍광을 보셔도 되고 그냥 돌아가셔도 됩니다."

간략한 설명을 하고 예를 표한 곽우현은 동굴을 나갔다.

곽우현의 설명은 천무신화전에 남아 있는 기록에서 읽은 대로였다.

혼자가 된 검엽은 우측의 석실로 들어갔다.

안은 단출하다는 말이 무색할 만큼 소박했다.

다섯 평이나 될까.

돌침상 하나와 그 밑에 벽곡단이 들어 있는 작은 항아리 하나가 덩그러니 놓여 있을 뿐이었다.

벽곡단의 냄새는 신선했다.

새로운 것으로 바꾸어놓은 지 얼마 되지 않은 듯했다.

침상에 가부좌를 틀고 앉은 검엽은 눈을 감았다.

며칠 동안 먹은 것이 아무것도 없었지만 벽곡단에 손이 가지는 않았다.

믿을 수 없게도…….

그는 긴장하고 있었다.

이제 빠르면 며칠 늦어도 한 달 이내에 그는 인생 최대의 적수를 만나게 된다.

창궁고학 연휘람.

봉황천 십방무맥 최강의 문파인 혼천무극문의 문주.

십방무맥의 감시자이며, 또한 무(武)의 수호자이기도 한 사람.

절세무쌍의 자부심을 가진 봉황천의 구성원들이 서슴없이 환우제일 천하독보라는 말을 먼저 붙이는 천하제일인.

심마지해를 거치며 끝을 알 수 없는 능력을 얻은 그조차 승패를 예단할 수 없는 절대초강고수. 아니, 절대초강고수라는 말로는 설명이 불가능한 초월자가 연휘람이었다.

그를 넘어서지 못한다면 운려의 복수도, 그녀의 꿈도 그 자신의 사명과 업도 모두 물거품으로 변할 것이다.

'봉황비무… 선친께서 평생을 염원했던 그 자리에 내가 왔다. 연휘람을 꺾는다. 나는 반드시 이긴다. 나를 위해 죽어간 가문의 어른 일백 명의 혼이 나와 함께하니까.'

입술을 굳게 다문 검엽의 턱선이 선명해졌다.

*   *   *

봉황비무(鳳凰比武).

이는 봉황금약이 만들어진 후 봉황의 이름을 사용할 자격을 가지고 세상에 나가고자 하는 십방무맥의 후예들이라면 누구나 거쳐야만 하는 필수적인 절차였다.

이것을 만든 이들은 봉황금약에 합의했던 선대의 십방무맥 종사들이다.

그리고 봉황비무를 이해하기 위해서는 봉황천의 역사와 봉황금약에 대한 이해가 선결되어야 함은 물론이다.

봉황천(鳳凰天) 십방무맥(十方武脈).

이는 봉황이라는 고대 세계의 지배자들이 숭배했던 성스러운 새의 그늘 아래 숨 쉬는 열 개의 무맥을 하나로 통칭하여 부르는 이름으로, 인간이 무(武)라 부르는 것의 근원이 그들에게 있다고 전해지는 전설 속의 동이무맥(東夷武脈)이다.

혼천무극문(混天無極門).

창룡신화종(蒼龍神火宗).

신창비순곡(神槍秘盾谷).

운중천부(雲中天府).

절대천궁(絶代天宮).

축융열화종(祝融熱火宗).

광한루(廣寒樓).

멸절독림(滅絶毒林).

무적검제문(無敵劍帝門).

요지성화원(遙池聖花院).

이들 열 개의 문파를 십방무맥이라 한다.

당대에 이르러 이 이름을 아는 자는 실로 손에 꼽을 정도로 적어졌다. 일천이백 년 전부터 무맥의 후예들 중 강호에 나온 사람이 거의 없기 때문이다.

가히 전설과 신화 속에 묻혀진 이름이라 할 수 있었다.

그러나 세상에 알려진 것이 모두 사실은 아니었다. 가장 크게 잘못 알려진 것은 봉황천 십방무맥이 마치 동이에 국한된 무맥인 듯 알려진 것이었다.

십방무맥이 봉황천이라는 하나의 이름 아래 모이기 전, 그들의 영향력은 사람의 발길이 닿는 전 대륙에 미쳤다.

당시의 대륙에 살고 있는 사람들은 부족이라는 개념은 있을 지언정 현재와 같은 한족, 동이족, 서융, 북적, 남만… 이런 식의 규모가 큰 종족적 분별력을 갖고 있지 않았다.

사실상 이런 식의 종족 구분이 생긴 것은 십방무맥이 활동하고서도 아득한 세월이 흐른 뒤 전국시대를 마감시킨 잔혹한 패왕, 진의 시황 정 때부터라고 보는 게 옳다. 사마천 이후의 사가(史家)들이 춘추필법으로 중화 중심의 역사를 써서 그 구분을 영속화시켰고.

그럼에도 십방무맥이 동이무맥으로 알려진 이유는 십방무맥 중 수위를 다투는 최강의 무맥 넷이 현재 요동이라 불리는 지역을 근거지로 하여 일어났기 때문이다.

혼천무극문, 창룡신화종, 신창비순곡, 무적검제문이 그들이다.

나머지 여섯 개의 무맥은 아득한 북해부터 대륙의 최남단과 비단길이 펼쳐진 서쪽 끝까지 여러 곳에 분포되어 있었다.

이들 열 개의 무맥을 봉황천이라는 하나의 이름 아래로 불러모은 사람이 누구인지는 십방무맥 내부에서도 아는 사람이 거의 없다. 그는 의도적으로 자신의 이름을 남기지 않았다.

하지만 그는 혼천무극문과 창룡신화종에 절대적인 영향력을 가졌던 사람이고, 두 무맥을 중심으로 천하를 암중에 지배하다시피 하던 여덟 개의 무맥을 더하여 봉황천을 만들어냈다.

그가 봉환천을 만들어냈던 것은 열 개의 무맥이 힘을 합쳐야만 막는 것이 가능한 위험이 세상에 그림자를 드리우기 시작했기 때문이었다.

그렇게 봉황천의 이름으로 모인 열 개의 무맥은 수천 년 동안 자신들의 업을 충실히 수행하며 천하에 영향력을 유지해 갔다.

당시의 십방무맥은 하나의 이름 아래 모여 있긴 했어도 창설자의 뜻을 따르는 일 이외에는 각자 자신들의 영역 내에서 절대적인 힘을 행사했었다.

그리고 서로의 힘을 너무 잘 아는 그들이었기에 십방무맥의 제 무맥들은 타 무맥의 영역을 침범하지 않기 위해 노력했다.

무맥끼리의 충돌이 가져올 결과는 파멸이라는 공감대가 형성되어 있었던 것이다.

그러나 사람의 마음이 수천 년의 세월 동안 변하지 않는다는 건 기대하기 난망한 일.

일천이백 년 전 십방무맥 내부에서는 각파의 역사상 유래를 찾기 힘든 초천재들이 수년을 간격으로 동시에 태어났다.

이는 축복이 아닌 불행이었다.

열 명의 초천재 중 혼천무극문과 창룡신화종, 신창비순곡, 운중천부의 후예를 제외한 여섯 명의 초천재는 종사의 지위에 오르자 다른 무맥을 자신의 무맥 휘하에 두며 천하를 지배할 대야망에 불타올랐다.

지배를 꿈꾸는 자의 동맹인 천존회(天尊會)와 그것을 막으려고 하는 자들의 연합인 단심련(丹心聯)의 대전쟁은 필연이었다.

천하가 시산혈해에 잠겼다.

시간이 갈수록 힘의 균형은 여섯의 절대자가 연합한 천존회 측으로 기울었다.

절대자의 수에서 밀리는 단심련 측의 패색은 짙어져만 갔다. 인력으로 어찌할 수 없는 일이었다.

십방무맥의 종사들은 어느 누구도 다른 종사 두 명을 한꺼번에 상대해서 승리할 수 없었다. 그들의 개개인의 무공은 그처럼 차이가 적었다.

그러나 그러한 상황은 단심련에 속한 종사 한 사람의 괴이무쌍한 행보로 인해 극적으로 반전되며 단심련 측의 승리로 끝이 났다. 그의 행보는 오늘날까지도 십방무맥 내부에 여전히 납득하기 어려운 신비로 남아 있다.

전쟁이 끝난 후 열 명의 종사는 회동하여 천하를 돌아보았다.

천하를 지배할 대야망에 불타던 종사들도, 그것을 막으려던 종사들도 참담한 심정이 되었다.

그들의 싸움으로 인해 천하는 대혼란에 빠져 있었다.

외부적으로 대륙의 정세는 급변했다. 그리고 내부적으로도 그들 열 개의 무맥 중 몇몇은 존망의 기로에 설 정도로 막대한 타격을 입었다.

열 명의 종사는 긴 협의 끝에 다시는 이런 일이 일어나서는 안 된다는 것에 합의하고 그 합의를 문서화하여 십방무맥 전체에 선포했다.

그것이 봉황금약(鳳凰禁約)이었다.

금약의 내용은 항목이 십여 개에 불과할 정도로 단순했다.

세세한 간섭을 허락할 무맥의 종사는 아무도 없었기에 당연한 일이었다.

금약의 제일항은 무맥 사이의 쟁패는 그것을 원하는 종사들 당사자만의 대결로 마무리 짓는다는 것이 되었다.

그리고 제이항은 무맥과 무맥 전체의 전쟁을 금지한다는 것, 제삼항은 무맥의 후예가 세상 밖으로 나가 무공과 무맥의 힘으로 천하의 흐름에 개입하는 것을 금지한다는 내용이 되었다.

제사항은 외부에 무맥의 무공을 전하는 것을 금하지는 않으나 무맥의 무공을 얻은 자들은 종가들과 마찬가지로 봉황금약의 금제를 받는다는 것이 되었다.

제오항에서 금약은 단순한 외유(外遊)와 각 종가의 직계와 방계가 아닌 자들이 십방무맥과의 절연을 통해 세상으로 나가는 것을 허락했다. 그러나 이 경우 무맥의 정통 무공을 익히지 않아야 한다는 전제가 충족되어야 했다.

그리고 제육항…….

천이백 년 동안 무맥에서 태어난 희대의 천재들을 끝없는 좌절로 몰고 갔던 것이 바로 봉황금약의 제육항이었다.

제육항의 내용은 이렇다.

무맥의 후예 중 세상에 나아가 무맥의 무공을 공식적으로 사용하고자 하는 자는 혼천무극문주와 비무해야 하고, 그 비무에서 최소한 무극문주와 평수를 이루거나 그를 꺾어야만 한다. 그리고 이 경우에도 세상에 나간 자의 외유기간은 십 년을 넘을 수 없다.

이들의 뒤를 잇는 조항들도 가볍지는 않았으나 이 여섯 개의 조항이 가장 중요했다.

봉황금약의 수호하는 자는 혼천무극문주가 되었다. 그는 개인으로 상대할 자가 존재하지 않음을 아홉 무맥의 종사들도 서슴없이 인정하는 절대초강자였으니까.

혼천무극문주를 보좌하여 각 무맥을 감시하는 역할은 운중천부가 맡았다.

운중천부의 무공이 무맥 내에서 특출나게 뛰어난 것이라고 하기는 어려웠다. 하지만 하루 천 리를 이동할 수 있는 그들의 경공만큼은 무맥 내에서 누구도 부정하지 못하는 독보적인 위치를 차지하고 있었다.

아무도 이의를 제기하지 않았다.

종사들 간에 이루어진 봉황금약의 합의에 따라 십방무맥은 천하에서 그 모습을 감추었다.

봉황금약의 발효 이후 간혹 각 무맥 내에서 태어난 희대의 천재들이 혼천무극문주와 평수를 이루어 세상 밖으로 나오곤 했다. 그리고 그들은 너나 할 것 없이 천하를 대경동시켰다.

그러나 그들에 대한 얘기는 전설 속에만 희미하게 그 흔적을 남기고 있을 뿐이다.

그들이 강호상에서 행도할 시절 상대에게 자신의 정체를 밝힌 적이 드물었던데다가 그들의 정체를 안 사람들도 후대에 그들의 정체에 대해 전하지 않은 탓이었다.

어찌 전할 수 있으랴.

변방의 오랑캐라 비웃는 곳에서 온 사람들에 의해 천하의 모든 강자가 꺾였다는 사실을.

어쨌든 그런 경우는 지난 천이백 년 동안 두어 번에 불과할 정도로 없다시피 했다.

그 이유는 두 가지였다.

하나는 무맥의 후인들이 세상 밖에 큰 관심이 없었다는 것이고, 다른 하나는 봉황금약을 수호하는 혼천무극문의 후인들이 너무 강해 그들을 넘어서는 것은커녕 평수를 이루는 것조차 불가능에 가까웠기 때문이다.

제육항을 위해 마련된 장소가 바로 천제산 천단봉이었다.

장소를 이곳으로 정한 것에는 이유가 있었다.

천단봉은 아득한 고대, 십방무맥이 봉황천이라는 하나의 이름으로 묶인 첫날 제사를 지낸 곳이어서 봉황천의 무인들에게 성지와 같은 의미를 가지고 있었던 것이다.

봉황의 이름을 가지고 세상에 나가고자 하는 자는 이곳에서 혼천무극문주에게 도전을 하고 비무를 해야 했다.

달리 천 년의 도전이라 부르기도 하는 그 비무의 정식 명칭이 봉황비무였다.

그처럼 중요한 장소를 봉황천의 종사들이 방치해 둘 리는 없었다.

천단봉에는 운중천부 소속의 무인이 십 년을 교대 주기로 상주한다.

그들의 역할은 세 가지였다.

하나는 천단봉의 훼손을 막는 것이고, 또 하나는 이곳을 찾아오는 무맥의 후예들을 안내하고 도전자가 있음을 혼천무극문주에게 전하는 것, 그리고 마지막으로 비무의 결과를 운중천부에 보고하여 각 무맥의 종사들에게 전해지도록 하는 것이었다.

일천이백 년 동안 천단봉은 이 자리를 지켜왔고, 운중천부의 무인들도 변함없이 자신의 임무를 수행해 왔다.

그곳에 검엽이 온 것이다.

그가 이곳을 찾아온 목적은 당연히 혼천무극문주와의 봉황 비무였다.

＊　　　　　＊　　　　　＊

천단봉에 얽힌 봉황천의 역사를 생각하던 검엽의 입가에 쓴웃음이 떠올랐다.

무맥에 속한 무인들의 대부분은 봉황금약의 금제를 자연스럽게 받아들였다. 자신들의 힘이 천하에 어떤 영향을 미치는지 너무나 잘 알고 있었으니까.

그러나 일천이백 년의 은거와 다름없는 삶 속에서 불만을 가진 사람이 전혀 나오지 않을 수는 없다.

봉황금약의 제육항 또한 언제든 그런 후인들이 생겨날 수 있다는 것을 인정했기에 만들어진 조항이 아니던가.

'혼천무극문주와의 평수……. 그것을 어떻게 평수라는 말로 표현할 수 있을까? 그 또한 무인에게 치욕이나 다를 바 없는 것을…….'

봉황비무에서 혼천무극문주와 평수를 이룬 사람은 있었다. 그러나 그 비무를 혼천무극문주와 대등하게 싸운 것이라고 말하는 것은 언어도단이었다.

평수를 판단하는 조건 자체가 그랬다.

통상의 경우 비무에서 평수를 이룬다는 것은 승부를 낼 수 없을 만큼 두 사람의 무공이 비슷하다는 것을 뜻한다.

그러나 봉황금약 제육항에서 말하는 평수는 서로의 능력이 비슷하다는 것을 인정할 때까지 싸우는 것이 아니라 비무를 하는 동안 혼천무극문주의 일백 초를 받아내는 것을 말했다.

단 일백 초.

그렇다.

일천이백 년 동안 혼천무극문주와 일백 초를 겨룰 수 있었던 사람이 불과 두엇에 불과했던 것이다.

그리고 비무를 통과했던 사람들조차 일백 초가 끝났을 무렵엔 만신창이가 되어 수년간 요양을 한 후에야 천하로 나갈 수 있었다.

그것을 어찌 대등한 싸움이었다고 할 수 있을까.

긴 세월이 흐르는 동안 도전자가 손에 꼽을 만큼 드물었던 이유가 그 때문이다.

강호에 나가면 일대 종사라 불릴 능력을 가진 사람들이 무맥의 후예들이다.

그런 그들에게 무극문주의 일백 초를 받아내는 것조차 힘에 겨운 현실을 인정해야 한다는 것은 참혹하다는 말로도 부족한 좌절과 절망이었다.

봉황비무에 도전하고 그것을 통과하지 못했던 무인들은 예외없이 자결했다.

그들은 한결같이 각 무맥의 역사상 유래가 드물었던 천재.

자부심 강한 그들은 같은 하늘 아래 혼천무극문주와 같은, 도저히 넘을 수 없는 절대자와 함께 숨을 쉬고 있다는 절망감과 그와의 비무에서 백 초조차 버티지 못했다는 치욕을 이겨내지 못했다.

검엽은 눈을 떴다.

흑백이 뚜렷한 눈동자에 어린 강렬한 섬광이 석실을 밝혔다.

'나는 평수 따위에 만족하기 위해 심마지해를 나온 것이 아니다.'

그는 다시 눈을 감았다.

이제는 기다리는 일만이 남아 있었다.

그의 호흡이 가늘어지는가 싶더니, 어느 순간 끊어졌다.

이십 일이 지났다.

석실에 좌정한 후 석상이라도 된 것처럼 움직이지 않는 검엽이 궁금하기라도 하련만 운중천부의 무인들은 한 번도 찾아오지 않았다.

하지만 검엽은 누군가 천단봉으로 접근하고 있다는 것을 느끼고 있었다.

들어서는 순간 천제산 전체가 숨을 죽이는 막강한 기세, 절대의 능력자였다.

천천히 눈을 뜨는 검엽의 칼끝처럼 뻗어나간 눈썹이 꿈틀거렸다.

'연 문주가 아니다. 이 기세는… 운중천부주? 왜 그 혼자뿐이지?'

검엽은 연휘람을 만나본 적이 있다. 지금 천단봉으로 향하고 있는 사람에게서는 죽어 흙이 되어도 결코 잊을 수 없는 연휘람의 천지일원기가 느껴지지 않았다.

그 느낌은 그가 순양에서 만났던 노인, 운중천부주의 기세에 가까웠다.

그는 자리에서 일어나 석실을 나섰다.

거의 동시에 그의 앞 공간이 일그러지며 구름 같기도 하고 안개 같기도 한 인영이 나타났다. 산화무영운이 걷히며 사형이라 불렸던 중년인이 정중하게 허리를 숙였다.

"종주, 천단에서 부주께서 기다리고 계십니다."

가타부타 설명이 없는 말.

하지만 검엽은 아무런 질문도 하지 않은 채 중년인의 뒤를 따랐다.

이곳을 찾을 정도의 능력자라면 천단봉의 정상에 낯선 사람이 도착했다는 것을 기세로 알 수 있었다. 그래서 중년인은 검엽에게 설명을 하지 않았다. 그 정도의 능력은 기본적인 것이었으니까.

중년인과 함께 천단봉의 정상에 오른 검엽은 그가 생각한 대로의 사람을 볼 수 있었다.

순양에서 만난 노인, 신무자 동방록은 뒷짐을 진 채 멀리 굽이쳐 흐르는 사하렌우라를 바라보고 있었다.

그 눈빛이 묘하게 어둡다는 것을 깨달은 검엽은 의혹을 느끼며 동방록에게 목례를 했다.

"오랜만에 뵙습니다, 부주."

동방록도 뒷짐을 풀고 목례로 검엽의 예를 받았다.

"알고 계셨소?"

"운중천라연을 십이성 대성하신 분이 부주 외에 누가 있겠습니까?"

"허허, 눈썰미도 좋으시오. 십이 년 만인가 싶구려, 종주. 정말 반갑소."

그는 말을 높이고 있었다.

당연했다.

검엽이 창룡신화종의 종주 신분을 받아들인 이상 공식적인 만남에서 두 사람 간의 나이 차이는 아무런 의미가 없는 것이다. 사석이라면 달라지겠지만.

검엽을 응시하는 동방록은 경악을 숨기지 못하는 얼굴이었
다.

그는 보고 있었다.

검엽의 몸을 중심으로 수레바퀴처럼 회전하며 천지를 암울
하게 물들이는 절대의 마기를.

"십 년이면 강산도 변한다는 말이 있긴 하다지만 불과 십수
년 사이에 종주의 기도가 이처럼 변하다니, 직접 대하면서도
내 눈이 잘못 본 게 아닌가 의심스럽구려."

"짧은 세월은 아니지요."

말을 받으며 검엽은 걸음을 옮겨 동방록과 어깨를 나란히
하고 섰다. 사하렌우라에 시선을 준 그가 말했다.

"무슨 일이 있는 것입니까?"

"왜 그렇게 생각하시오?"

"저는 연 문주를 만나러 왔지, 부주를 만나러 온 것이 아니
니까요."

동방록의 얼굴빛이 눈에 띄게 무거워졌다.

그는 잠시 망설이다가 뒤를 향해 가볍게 손짓을 했다.

오 장 뒤에 시립해 있던 두 명의 중년인이 환상처럼 사라졌
다.

검엽의 눈매가 살짝 일그러졌다.

"이곳에서조차 경계를 해야 할 정도입니까?"

"그렇소."

고민스런 눈빛으로 침묵하던 동방록이 입을 열었다.

"그는 실종되었소, 십이 년 전에."

검엽은 눈을 부릅떴다.

하늘이 무너져도 변하지 않을 것 같던 검엽의 무심(無心)이 한순간에 무너졌다. 심마지해를 지나며 감정을 잃은 그조차 반응을 보이지 않을 수 없을 만큼 운중천부주의 말은 청천벽력과도 같았다.

그는 어이가 없다는 듯하기도 하고 믿어지지 않는다는 듯하기도 한 표정으로 동방록을 돌아보았다.

"실종이라고요?"

"그렇소, 종주."

"하… 하…….."

검엽의 입술 사이로 어처구니없어 하는 실소가 흘러나왔다. 하지만 곧 그의 얼굴은 무섭게 일그러졌다.

동방록이 그에게 거짓을 말할 이유가 없기 때문이었다.

동방록은 혼천무극문주를 보좌하는 운중천부의 주인. 그와 연휘람은 실과 바늘처럼 어울렸고, 서로의 소식을 절대로 모를 수가 없는 사이였다.

"연 문주를 실종케 할 만한 세력이나 사람이 있을 수 있단 말입니까?"

한 호흡을 할 시간 만에 놀람의 기색을 지운 검엽이었지만 아직도 말끝은 흔들렸다. 충격이 너무 큰 것이다.

동방록은 고개를 저었다.

"있을 리가 없지……."

연휘람과 같은 사람의 종적이 세상에서 사라졌다 함은 제거되었다는 말과 같다. 그러나 그럴 수 있는 능력자는 세상에 존재하지 않는다. 그것은 수천 년 동안 불변의 진실이었다.

"단서가 있습니까?"

검엽의 추궁은 집요했다.

그럴 수밖에 없었다.

연휘람이 없으면 봉황비무는 이루어질 수 없다.

그는 고천강과 가문의 혈족들이 죽음으로 만들어준 능력을 몸에 지닌 사람. 연휘람을 넘어서는 것은 그에게 운명이라 할 수 있는 일이었다.

운명이 비켜가려 하고 있었다.

"연 문주의 거처를 개미 한 마리의 흔적까지 뒤졌지만 단서를 찾을 수는 없었소. 싸움이 있었다는 흔적을 발견한 게 고작이었지……. 그것도 아주 미미한 흔적이었소. 흉수는 철저하기 그지없는 자요. 흔적을 없애기 위해 연 문주의 거처와 인근 지형을 완전히 재창조하다시피 했으니까 말이오."

동방록의 말 중 다른 말은 귀에 잘 들어오지도 않았다. 들어온 말은 하나뿐이었다.

"싸움……."

검엽의 혼잣말에 무거운 울림이 담겼다.

동방록은 누군가가 혼천무극문주와 싸워 그를 납치하거나 제거했다 말하고 있었다.

들을수록 믿을 수 없는 얘기가 아닌가.

현재의 그조차 승패를 장담할 수 없는 연휘람을 대체 누가 그리할 수 있단 말인가.

검엽의 흑백이 뚜렷한 눈동자가 동방록의 눈을 바라보았다.

"제게 전부를 말씀하지 않고 계시는군요."

동방록의 어깨가 움찔거렸다.

그는 탄식하며 말했다.

"눈치도 빨라지셨구려. 종주의 말씀이 맞소. 하지만 종주는 도전자가 아니오? 나는 연 문주를 보좌하는 사람. 종주에게 모든 것을 말해줄 수는 없소."

검엽은 동방록의 입장을 이해했다.

자신이 동방록의 자리에 있었다 해도 같은 얘기를 할 수밖에 없었을 테니까.

동방록의 말이 이어졌다.

"한 가지 종주에게 말해줄 수 있는 건 무맥 내부에 기이한 힘의 변화가 일어나고 있다는 것이오. 주의하시구려. 종주가 지난날에 비할 수 없는 힘을 얻은 듯하긴 하지만 세상은 힘만으로 헤쳐 나가기에는 너무 변수가 많은 곳이라오."

입을 다문 동방록이 검엽에게 목례를 했다.

대화는 끝난 것이다.

검엽도 목례를 했다. 그러나 그가 목을 숙이는 각도는 동방록보다 좀 더 깊었다.

고마움에 대한 답례였다.

동방록이 마지막에 한 얘기에는 그의 재량권 내에서 검엽에게 줄 수 있는 최대한의 단서가 담겨 있었다.

천단봉의 정상이 텅 비는 데 걸린 시간은 얼마 되지 않았다.

억겁의 세월 동안 사하렌우라를 지켜봐 온 천단봉은 거대한 강물의 흐름을 따라 흐르는 세월을 묵묵히 지켜볼 뿐이었다.

*　　　*　　　*

검엽은 천제산의 울창한 수림 속을 지나고 있었다. 경공을 펼치고 있지 않은 터라 그의 움직임은 답답할 정도로 느렸다.

하지만 펼쳐지는 광경은 가공스러웠다.

그의 앞을 가로막고 있는 것이라면 그것이 둘레 일 장에 달하는 아름드리 고목이라도 부러질 듯 옆으로 휘어지며 길을 내주고 있었던 것이다.

당사자인 검엽은 그것을 의식하지 못하는 듯했다. 정면을 향한 그의 두 눈은 깊게 가라앉아 있었다.

'연 문주의 실종……. 동방 부주는 무맥의 종사들 가운데 누군가를 의심하고 있는 듯한데……. 그것이 가능한가? 적어도 둘 이상이 연수해야 연 문주를 상대할 수 있다. 두 사람의 연수로도 필승을 장담하기 어렵고, 단독으로는 불가능한 일이다. 그렇다면 두 개 이상의 무맥이 움직였다는 말……. 하지만 무맥의 종사들은 연수하지 않는다. 이는 천존회와 단심련의 역사에서 배운 경험 때문이기도 하지만 그들의 드높은 자부심 때문이기도 하다. 그들이 연수한다면 욕망이 자부심과 명예심을 넘어설 정도라는 말인데, 무맥의 종사들은 욕망에 자신을 맡기고 연수 따위나 하는 천박한 사람들이 아니다. 설령 그런 연수가 가능하다 하더라도 그들이 대체 어떤 욕망을 만족시키려 연수를 한단 말인가? 천하군림과 지배라는 것과는 거리가 멀어도 너무 먼 사람들인데…….'

검엽의 미간에 작은 골이 패었다.

십방무맥의 종사들은 물질적인 욕망에서 벗어난 사람들이었다. 권력욕이나 탐욕으로 움직일 사람들이 아니라는 뜻이다.

봉황금약이 금제하는 것은 무공을 통해 천하의 정세에 개입하는 것이다.

봉황의 이름을 사용하지만 않는다면 돈을 벌거나 세상 속에 섞여 들어가 출세하는 것을 금하지는 않는다.

가까운 예로 여은향의 제자인 이옥빈을 들 수 있었다. 그녀는 남편인 정철림을 도와 표국을 운영하고 있지 않은가.

무맥의 후인들은 개개인이 세상에 드문 천재이고 능력자들이다. 부를 쌓으려 하거나 권력을 얻으려 한다면 무공을 제외한 능력으로도 얼마든지 세상의 정점에 설 수 있는 사람들이었다.

그래서 그들은 세상사에 관심이 없는 것이다.

너무 쉬우니까.

그들이 아니라도 손만 뻗으면 언제라도 얻을 수 있는 것들에 지속적으로 마음을 쓸 사람이 몇이나 될 것인가.

만약 그런 사람이 있다면 편집증에 가까운 정신병을 앓는 사람일 것이다.

'연 문주를 상대로 승리를 쟁취하기 위해서라고 보기도 어렵다. 여럿이 연수하여 한 사람을 쓰러뜨린다면 그것을 어떻게 승리하고 할 수 있을까. 그런 저열한 승리를 얻기 위해 진흙탕에 뛰어들 사람이 무맥 내에 있으리라 생각하는 건 무리다. 그런 승리를 하려 했다면 지난 세월 동안에도 얼마든지 시도할 수 있었다. 그럼에도 시도하지 않은 건 그렇게 혼천무극 문주를 이기더라도 자부심을 충족시킬 수 없을뿐더러 자신의 무맥 내에서도 인정을 받을 수 없다는 것을 잘 알고 있었기 때문이다. 자결을 명받지나 않으면 다행한 일이지……'

두 그루의 아름드리 나무가 휘청하며 옆으로 허리를 굽혔다. 그 사이를 느리게 지나치는 검엽의 눈빛은 복잡한 머릿속과 달리 무심하기만 했다.

'진실로 연 문주의 신변에 문제가 생겼다면 그자는 언제까지나 침묵하지는 않을 것이다. 뜻이 있지 않다면 그런 짓을 하지 않았을 테니까. 그나저나… 필요한 것을 알아내 줄 사람이 있기는 해야겠구나.'

검엽은 자신의 이목이 되어줄 사람이 필요함을 느꼈다.

머리가 아무리 좋고 무력이 절대지경에 도달한 사람이라 할지라도 사람의 몸은 하나다.

정보를 얻는 데는 한계가 있을 수밖에 없는 것이다.

'장성을 넘어 해야 할 우선순위를 정해두어야겠군.'

생각을 잇는 그의 눈빛이 한순간 얼음처럼 서늘하게 변했다.

'빙궁에서 나를 공격했던 중원인들이 사용했던 무공은 분명 오산에서 운려에게 해를 끼치려던 그자가 사용했던 열화기공과 같은 류였다. 당시 상황이 급박하여 그자의 내기가 어떻게 흐르는지 보지는 못하였지만 빙궁에서 열화기공을 사용한 자들과 같은 느낌이었다.'

푸드득!

후다닥!

나무들이 허리를 옆으로 굽힐 때마다 놀란 새들과 산짐승들이 이리저리 날고 뛰는 것이 보였다.

하지만 이어지는 생각의 자락을 꽉 움켜쥐고 있는 검엽의 눈에 그들은 들어오지 않았다.

'오산의 그자는 사마결과 일행이었지……. 단목천이 했던 말을 생각할 때 그들은 창천곡에서 왔고, 수뇌는 여러 명이다. 그리고 그들과 관련이 있는 것으로 생각되는 자들이 빙궁에 식객으로 머물며 발로르의 반역을 도왔다. 오래전 내가 추정했던 것이 많을 가능성이 커졌다. 천하라는 이름의 판을 암중에서 짜는 자들이 존재할지도 모른다는 추정…… 하지만 완전히 속단하기는 아직 이르다. 그것을 확인하려면 몇 곳을 더 쳐야 한다. 내 추정이 맞고 그런 자들이 존재한다면 내 움직임에 따른 반응이 올 것이다. 오지 않는다면 오게 만들어야 한다.'

어느새 다 내려온 것일까.

앞을 막아서던 수림이 사라지며 검엽의 시야가 확 트였다.

검엽은 걸음을 멈추었다.

그의 시선이 서남쪽을 향했다. 그 방향으로 계속 가면 그에게 소중한 추억으로 남아 있는 정가장이 나온다. 그리고 더 내려가면 장성의 관문, 산해관이 나온다.

그곳을 지나면 중원이었다.

그러나 검엽의 시선은 곧 서남방을 떠나 서쪽을 향했다.

그는 아직 장성 이북에서 해야 할 일이 남아 있는 것이다.

그의 시선이 향한 서쪽, 그곳에 새외오마세 중 하나가 웅거하고 있었다.

청랑파(靑狼派)라는 이름의 초거대 세력이.

〈제6권 끝〉

304

천마검섭전

임준후 新무협 판타지 소설

一天魔劍攝傳一

철혈무정로 1부

인세에 지옥이 구현되고 마의 군주가 천신하면
그 누구도 그를 막지 못하리라!
이는 태초 이전에 맺어진 혼돈의 맹약, 육신에 머문 자나
육신을 벗은 자나 누구도 파할 수 없는 구속의 약속일거니……

주검과 피, 그리고 살기가 강물처럼 흐르는 전장에서
본연의 힘을 되찾게 되는 신마기!
신마기의 주인은 전장을 거칠 때마다 마기와 마성이 점점 더 강해져
종국에는 그 자체로 마(魔)가 된다……

제어되지 않는 신마기 …
이는 곧 혼돈의 저주, 겁화의 재앙이다!

- 유행이 아닌 자유추구 -
WWW.chungeoram.com
Book Publishing CHUNGEORAM

長虹貫日

장홍관일

월인 新무협 판타지 소설

세상은 언제나 정의가 승리하고,
그래서 사필귀정(事必歸正)이라고?

개소리!

세상은 나쁜 놈들이 지배하지.
그러나 그놈들은 아주 교활해서 절대로 나쁜 놈처럼 안 보이지.
현재 무림을 지배하고 있는 백도의 어떤 인간들처럼……

암제혈로

설경구
新무협 판타지 소설

—떠나세요, 가능한 한 멀리.
—하나만 기억하세요. 일단 살아남아야 후일을 도모할 수 있습니다.
—떠나.

오랫동안 연락이 두절되었던 이들이 약속이라도 한 듯 찾아와
꺼낸 이야기들과 함께 시작되는 집요한 추적.
그리고 거대한 음모에 휘말려 억울한 누명을 쓴 채로
오직 살아남기 위해 필사적으로 도주하는 한 사내, 진가흔.

"왜 하필 나입니까?"
"자네가 가장 적당하기 때문이지."
"아시겠지만 그를 죽인 것은 제가 아닙니다."
"물론 알고 있네. 그런데 말일세… 그래도 그를 죽인 것이 자네라는
사실은 변하지 않네."

누구를 믿어야 할까.
적어도 명확하지 않은 상황에서 이유조차 모른 채 도주하던
한 사내의 역습이 시작된다.

유행이 아닌 자유추구 –
WWW. chungeoram.com
Book Publishing CHUNGEORAM